光文社文庫

長編小説

レモン・インセスト

小池真理子

KOBUNSHA

Lemon incest

Inceste de citron

Lemon incest

Je t'aime je t'aime te j'aime plus que tout

L'amour que nous ne ferons jamais ensemble

Est le plus rare le plus troublant

Le plus pur le plus émouvant

レモンの近親相姦

レモン・インセスト

ジュ・テーム、誰よりも愛してる

一緒に愛し合うことのない、私たちの愛は

いちばん珍しく、いちばん不安な形

いちばん純粋で、いちばん感動的なはず

Charlotte Gainsbourg
en duo avec Serge Gainsbourg
"Lemon incest"

レモン・インセスト

1

タクシーは雨の中をのろのろと進んでいた。進んでは止まり、また少し進んでは信号が赤に変わって止まってしまう。

しのつくような、冷たい十一月の雨である。フロントガラスのワイパーが、右に左に忙しく動きまわっている。カーラジオからはのべつまくなし喋《しゃべ》り続けている男の声が、途切れることなく聞こえてくる。ボリュームをしぼってあるので、何を喋っているのかはわからない。それはまるで、室内を飛び続ける、小うるさい蠅《はえ》の羽音のようでもある。

「完全に遅刻ね」美沙緒《みさお》が溜め息まじりに腕時計を覗《のぞ》きこみながら言った。「もっと早く出て来ればよかった。失敗したな。雨の金曜日の渋滞を計算に入れてなかった」

本多《ほんだ》美沙緒は、嶋田《しまだ》澪《みお》の母方の叔母にあたる。母は澪が四歳の時、弟を出産してまもなく他界した。以来、美沙緒は母親代わりとなり、時に姉、時に親友のようにして、澪の近くにいてくれる。

焦げ茶色のバックスキンのパンツスーツが、ベリーショートにカットされた栗色の髪によく似合っている。首に結んだ豹柄《ひょうがら》の小さなスカーフが小粋《こいき》で、その姿、その物腰、何もかもが洗練されて見える。銀座に法律事務所を構える有能な女性弁護士、と聞けば、たいていの人間はそれだけで萎縮するが、それも無理はない、と澪はいつも、叔母を見て思う。

五十歳とは思えない若々しさと、図抜けてひんやりした美貌。仕事ともなれば滅多に笑顔を見せず、能面のような無表情を続けるので、相手に近寄りがたい印象を与える。言葉づかいは常に的確で、メトロノームのような固有のリズムを感じさせる。情よりも理知、感覚よりも論理を感じさせ、その無駄のない言動は敬遠されこそすれ、親しみ深く思われることは滅多にない。

「彼、携帯、持ってないの?」

澪がそう聞くと、美沙緒は唇をへの字に曲げながら首を横に振った。「あの店、地下だから圏外になっちゃうのよ」

「じゃあ、お店に電話して遅れる、って伝えてもらえば?」

「その通りだけど、できない」

「どうして」

「店の電話番号がわかんないから」

「アドレス帳に書いてないの?」

「アドレス帳を持って来るの、忘れたのよ」

澪は声をたてずに笑った。それが叔母の素顔だった。

絵に描いたように有能で、誰にもつけ入る隙を与えないように見える女弁護士も、私生活では常にどこか適度に間が抜けていて、あどけない少女めいた一面を覗かせる。財布を持たずに外出する。手荷物が二つ以上になると、そのうち一つをどこかに置いてきてしまう。人の顔と名前を覚えられず、公式の席で密かに冷や汗をかく。そのくせ、そのことをいつまでも気に病んだりしない。けらけら笑って、肩をすくめ、自分の失態はじきに忘れてしまうことができる。

母亡き後、父はいつしか義妹である美沙緒と関係をもつようになり、それは父が不慮の事故で急死するまで続いた。今頃になって、澪はぼんやり考える。あれだけ日替わりメニューのように女性を替え続けてきた父が、唯一、美沙緒との絆《きずな》だけは断ちきらずにいた理由がよくわかる、と。

父は多分、女の持つ天性の強さを欲していたのだ。ただそこにいるだけで、男を安堵《あんど》させる頼もしさ。過剰な自意識も過剰な演出も何もなく、泰然自若《たいぜんじじゃく》として生きる女の凜《りん》とした潔《いさぎよ》さ。かまってやらずとも、野に放っておいても、自在に生きていくだろうと思わせる女の、強靭《きょうじん》な生命力……。

ひとり娘である澪を溺愛《できあい》するあまり、父は妻と死別しても決して再婚しようとはしなかった。結婚してくれなかったら死んでやる、と口にする女もいた。あてつけのようにして自殺未遂をしでかした女もいた。だが、何が起ころうと、父は断固としてその生き方を貫いた。

そんな父が、義妹にあたる美沙緒に対してだけは、終生、変わらぬ情愛を抱き続けていたのである。当初の燃えたぎる思いは、やがて変容し、穏やかなものに姿を変えていったのかもしれないが、少なくともそれは信頼に基づいた深い情愛……変わらぬ友情、同志愛にも似たものであったことだけは確かだった。

「どきどきしてる?」

ふいに美沙緒がそう聞いてきた。いたずらっぽい口調だった。

澪は「ううん、別に」と言って、無表情に首を横に振った。

「冷静なのね」

「どきどきしなくちゃいけないわけ?」

「どうしてそう聞いたのか、教えてあげようか。私がどきどきしてるからよ」

美沙緒は眉をつり上げ、澪に向かって軽く笑いかけると、腕組みをし、足を組んで、言葉とは裏腹の、落ち着き払った視線を窓の外に投げた。

弟の嶋田崇雄《たかお》が見つかった、と澪が美沙緒から聞かされたのは十日ほど前のことになる。

二十四年前、澪が四つになった年の夏、生まれたばかりの崇雄は自宅のベビーベッドから何者かに連れ去られた。新聞やテレビなどで事件は大きく報道された。嶋田家をめぐる大勢の関係者が、長期間にわたって警察の取調べを受けた。

事件当日、崇雄をベビーベッドに寝かせたまま、近くの公園で慌ただしく男友達と逢い引きしていた住み込みの若い家政婦は、取調べの最中に何度も貧血を起こして倒れた。すべて自分の責任です、自分さえ、あの時、崇雄ちゃんから目を離さずにいれば何も起こらなかったんです、と言い、泣きくずれた。

事件後一と月ほどたってから、辞表とも遺書ともつかぬ書き置きを残し、家政婦は姿を消した。その後、郷里の島根県の山中で、ひっそりと縊《くび》れている彼女の遺体が発見された。

崇雄は見つからなかった。犯人からも何の連絡もなかった。目撃者は一人もおらず、手がかりは少なすぎた。当初は父親の派手な女性関係が捜査上の最大のポイントになっていて、その洗い出しに長い時間がかけられた。だが、かんばしい結果は得られなかった。

崇雄とおぼしき嬰児《えいじ》の遺体が発見されることもなく、やがて時が流れた。捜査本部は大幅に縮小された。こつこつと捜査に加わっていた刑事たちも次々と部署替えになり、中には停年を迎える者もいて、そうこうするうちに事件は時効になった。

世間は事件を忘れ去った。嶋田家の周囲の人間たちも、崇雄という名の嬰児がいたということを記憶の底に封印した。縁戚関係の人間が集まった際も、その話題が出ることはなくなった。

その弟……二十四歳になっている嶋田崇雄が見つかった、というのだった。岩崎昭吾《いわさきしょうご》という名前で元気に生きている、と。宇都宮市にある高校を卒業してから上京し、しばらくの間、自力で生活費を稼ぎながら、二年前、私立大学の入学試験に合格した。大学の奨学金を受けつつ、都内にあるアパートに一人で暮らし、今はバーテンダーのアルバイトをしているのだ、と。

美沙緒からその話を打ち明けられた時、澪はほとんど無反応のままでいた。弟、と言われても、咄嗟《とっさ》に何の感慨も浮かばなかった。猿のように皺《しわ》の寄った、小さな赤ん坊の顔しか思い出せない。赤ん坊は皆、似たりよったりだ。その泣き声も、泣く時の表情も。身体から発散されているミルクの匂いも、歯のない口の中の様子も。澪の側に、それが弟である、という認識すらなかった時に、弟は忽然と消えていなくなったのだった。

ベビーベッドに眠っている弟の、小さな温かい手に触れてみたことは覚えている。だが、温かかった、という以外に何の記憶も残されていない。澪はその時、まだ四歳だった。抱き上げたこともなければ、頰ずりをしたこともなかった。そうしたい、とも思わなかった。澪にとって、目の前の赤ん坊はただの赤ん坊でしかなかった。

「会ってみる?」と美沙緒に聞かれ、返答に窮《きゅう》した。

会いたい、とも、会いたくない、とも言えなかった。それは、名前も聞いたことのない、縁もゆかりもない見知らぬ他人に会いたいか、と問われ、返事に詰まる時の気持ちにどこか似ていた。

「どっちでもいいのよ」と美沙緒は言った。「どのみち、このことを今さら表沙汰にしようっていう気持ちはないんだし。崇雄ちゃんを誘拐した女はね、彼の実の母親を装って生きたことになるわけ。その夫は何も知らずに、彼を自分の子と信じていたの。崇雄ちゃんは、岩崎昭吾という名前で出生届が出されて、岩崎昭吾として、これまで生きてきたのよ。夫婦は彼が八つの時に離婚したわ。唯一、秘密の鍵を握っていた母親も、二年前、彼が大学に入った年に病気で死んじゃった。崇雄ちゃん自身、今の今まで、自分の出生の秘密をなんにも知らずにいたわけよ。彼だって好きこのんで今さら事件の話なんか、むしかえしたくないでしょう。自分の母親が本当の母親ではなくて、誘拐犯人だったなんて、今ごろになってほじくり返されたくないだろうし。それがどうした、っていう気分でいたとしても不思議じゃないものね」

「あちらはどう言ってるの。私に会ってみたい、って？」

「今のところは別になんとも」

「じゃあ、向こうから会いたい、って言い出してるわけじゃないのね」

「ともかく私は、澪に今話してることと、同じことを彼にも伝えたのよ。姉がいるんだから、会ってみなさい、だなんて、そういう強制は何ひとつしてないから」

澪はうなずいた。「ここで会ったとしたら、どうなる？　何かが変わる？」

「別に何も変わらないと思う。多分ね」

「弟がみつかった、なんて急に言われても、正直、ぴんとこないのよ」

美沙緒は大きく息を吸った。「わかるわよ。たった三週間しか一緒にいられなかった弟なんだから、無理もない。それでも興味があって会ってみたいと思うんなら、すぐに会わせてあげられるし、今さら何の関係もない、興味なんかない、忌まわしい事件のことなんか、考えたくもない、って言うんなら、もちろん、それでいいの。それだけのこと」

崇雄が見つかった、という話は澪以外の人間の誰にもしていないし、今後もそうするつもりでいる、と美沙緒は言った。少なくとも美沙緒が崇雄を見つけたのは、偶然のめぐりあわせでしかなく、捜し出そうとして躍起になった結果ではなかった。

事件の顚末《てんまつ》は、弁護士という職業の性格上、思ったよりもたやすく明らかにすることができたものの、一切合切を細かくさらけ出そうとするために、澪と崇雄を引き合わせようとしているのではない、もしも両者に会いたいと思う気持ちがあるのなら、会わせてやれるし、その準備もできている、それだけのことなのだ……そんな意味の話を美沙緒は淡々と繰り返した。

沈黙が流れた。考えさせて、と澪は言った。そうとしか言えなかった。

「あと一つ。これは余計なことかもしれないけど」と美沙緒は微笑と共にやんわりとつけ加えた。「崇雄ちゃん……いえ、今は昭吾という名前になってるけど、彼、いい子よ。頭もいいわ。会って不愉快な子でないことだけは保証する。それにね……これは言わないでおこうと思ってたんだけど……あなたのお父さんにそっくりなの。初めて彼に会った時、お父さんがそこにいるのかと思って、一瞬、声が出なかったくらい」

澪は顔を上げ、まじまじと美沙緒を見つめた。会ってみてもいい、会ってみたい、とする、自分でも説明のできない強烈な感情に突き動かされたのは、その時だった。

それは不思議な感情だった。弟が生きていた、という事実よりも、その子が亡き父の面影をそっくり受け継いでいる、という事実のほうが澪を強く刺激してきたのだった。

「会うとしたら」と澪は聞いた。「どうやって会うの？」

美沙緒はその時、ふいに母親のような和らいだ表情を浮かべ、「まずは気軽に、三人でお昼御飯でも食べればいいんじゃない？」と言ったのだった。


嶋田崇雄＝岩崎昭吾と落ち合うために約束したレストランは、青山通りから少し奥に入った静かな場所にあった。

夜はワインバー・レストランになるが、昼間はア・ラ・カルトで軽いフランス料理を供する。くすんだ色合いの煉瓦が貼られた壁や、石畳を模した廊下など、全体にクラシカルな雰囲気が漂っており、洗練されたよそよそしい優雅さは、その日の三人の、曰《いわ》くありげな会食に似合っていた。

顎《あご》に髭《ひげ》をたくわえた年若いギャルソンに案内されて、三、四組の客しかいない空《す》いている店内を歩きながら、澪は急に言いようのない気持ちにかられ始めた。

それは緊張感ではなく、照れでもなく、不安でもなかった。自分は何か、途方もなく間違ったことをしようとしているのではないか、という思いであった。死んだも同然だったはずの弟と今さら再会しようなど、こんな馬鹿げたことはやはりするべきではなかったのではないか、という、後悔にも近い思いであった。

何故、そんな気持ちになるのかわからなかった。澪は後に、その瞬間のことを幾度もありありと思い出すことになる。あの時、何故、逃げ出さなかったのか、と。叔母に向かって、ごめん、やっぱりやめる、今さら弟だなんて、ちゃんちゃら可笑《おか》しくて話にならない……そんなふうに言い放ち、何故、店から出て行かなかったのか、と。

後で美沙緒にこっぴどく叱られ、だったら初めから、会おうだなんて言いださなければよかったのよ、と説教されても、いつものようにふてくされた態度で「だって」と言うこともできたのだ。「だって急にいやになったんだもの。仕方ないじゃない」と。

だが、澪は逃げ出そうとしなかった。やっぱりやめる、とも言わなかった。躊躇《ちゅうちょ》するあまり、歩みを止めて美沙緒を振り返る、ということもしなかった。

澪はまっすぐに……或る意味ではまっしぐらに……弟の待つテーブルに向かって行ったのだった。あたかも、苛酷な運命の扉を自ら開け放とうとでもするかのように。

アラベスク模様が彫りこまれた厚手の衝立《ついたて》の向こう、六人掛けのオーバル型のテーブルの手前で、気配に気づいた一人の青年が、慌てたように椅子から立ち上がったのがわかった。

美沙緒が先に前に進み出て、「ごめんね、遅くなって」と言った。親しくなって何年にもなる友人に向けたような、ざっくばらんな言い方だった。「ずいぶん待ったでしょう」

「いえ、そうでもありません」

「よりによって、こんな特別な日に三十分の遅刻だなんて。ここ、携帯の電波が届かないのよ。雨で道路が渋滞して、すごかったの。連絡しようにも、店の電話番号がわからなくて。104で聞いて調べてもらおうかとも思ったんだけど、そんなことをしている間に着いてしまうような気もしてね。あげくにこんなに遅れちゃった、ってわけ。ほんとにごめんなさい」

背の高い青年だった。黒のタートルネックセーターに黒のパンツ、チャコールグレーのジャケットを合わせていた。決して金をかけた装いではなく、品物も上等には見えなかったが、それは彼によく似合っていた。

青年は笑みを浮かべて美沙緒にうなずき返し、そうしながら、ゆっくりと視線を澪のほうに移した。軽くうなずくような会釈がそれに続いた。

澪はどうやって自分をごまかそうか、と内心、動揺していた。美沙緒の言う通りだった。青年は若かった頃の父の面影をそっくりそのまま、受け継いでいた。まるで本当に、若かった頃の父が目の前にいて、にこやかに微笑みかけてくれているようでもあった。

ギャルソンがテーブルにメニューリストを置いて去って行くのを待ち、美沙緒は「さて」と改まったように姿勢を正した。「紹介するまでもないかな。澪、あなたの弟の崇雄君よ。

あ、ごめんなさい。今は崇雄じゃなかったわね。岩崎昭吾君だった。で、昭吾君、彼女があなたのお姉さんの嶋田澪」

どう挨拶をすればいいのか、わからなかった。澪は不器用に笑みを浮かべてみせ、こんにちは、と小さな声で言った。自分の目が、猫のそれのように抜け目なく、同時に落ちつきを失っているのがわかった。

動揺を悟られまいとし、澪はそっけなく聞いた。「久しぶり、って言うべき？　それとも、初めまして、かしら」

「どうでしょう。僕にもよくわかんないな。でもやっぱり、久しぶり、って言うべきなのかもしれませんね」昭吾は澪を見つめたまま、照れを含んだ晴れやかな笑みを投げかけた。

「だって本当に、久しぶりなんですから」

そうよね、と澪もにこやかに応じた。「じゃあ、久しぶり、っていうことにしましょう」

「二十四年ぶりよ」美沙緒がそう言い、二人に向かって屈託なく笑いかけた。「姉弟のくせして、なんて長く離れ離れになってたものかしらね。さあさあ、こんなとこに突っ立ってないで、席につきましょうよ。堅苦しい挨拶はこれで終わり」

美沙緒と澪が並んで席につき、崇雄が……いや、岩崎昭吾として生きてきた弟が正面に坐る形になった。

澪はちらちらと昭吾を観察した。

無造作にカットされた髪の毛は、柔らかく額に垂れていた。ヘアカラーを施した跡はなかった。やや栗色がかったその色もまた、生きていた頃の父親の髪の色を思い出させた。

卵型の顔。切れ長の目。造作は端整きわまりないが、端整すぎるあまり、これといった特徴が感じられない。それなのに、彼にはそこにいるだけで否応なしに人を引きずり込む、強烈な憂いのようなものが感じられた。しかもそれは嫌味のない憂いだった。孤独を引き受けて生きてきた人間特有の、さばさばとした陽気さを含んだような憂い……。

その点だけが、父と違う、と澪は思った。死んだ父に、憂いはなかった。あるとしたらそれは、父が演出した憂いであり、父本人は根っから陽気なロマンティスト、華やかなオプティミストであった。

なんて言えばいいのか、と昭吾が背筋を伸ばしながら言った。「緊張します。なんだかドラマの中のワンシーンみたいですよね。自分でも信じられない」

低く、やや掠《かす》れた声だった。彼は澪に向かって微笑みかけた。口ほどにもなく、ちっとも緊張などしていないように見える微笑み方だった。

その落ちつき、泰然自若とした態度は澪に好感を抱《いだ》かせた。この期《ご》に及んで、それこそありふれた再会ドラマを演じてみせようとしなかっただけでも、この男は優れている、と感じた。この男が、どこかで聞いたような安手の科白《せりふ》を吐いてきたら、徹底して小馬鹿にしてやろうと待ち構えていた自分を知って、澪は少なからず驚いた。

自分の母親がかつて自分を誘拐し、わが子として育てていた、という事実は、目の前にいる男の中に、何ひとつ影を落としていないように見えた。出生の秘密など、自分にとっては何の意味も持たないし、実のところ、さほど興味があるわけでもない……そんなふうに思っているかのようでもあった。

そのことが澪を気楽にさせた。この人は他人なのだ、と澪は思った。弟という立場にある赤の他人……そう思えばいっそ気楽にこの場を楽しめるような気もした。

それぞれの料理をオーダーし、白ワインを抜いてもらって乾杯のまねごとをした後、澪は訊《たず》ねた。

「バーテンダーのお仕事をしてるんですってね」

「そうですが、ただのアルバイトですよ。一応、カクテルなんかは作りますが」

「その前は遊園地で働いてたんでしょ?」

昭吾がバーテンダーになる前、都内の遊園地で、子供の相手をするアルバイトをしていたことは美沙緒から聞いて知っていた。バックス・バニーの着ぐるみを着て、園内を歩き回り、子供たちの相手をする仕事だった。

「外からはそう見えないかもしれないけど、着ぐるみって重たいんですよ。子供たちの中に入って、走り回ったり、追いかけっこやらされたり、握手させられたり、一緒に写真撮られたり……。夏なんか汗が噴き出してきて、サウナ状態です。全身、あせもだらけになって大変でした」

澪はフォークで手長海老《えび》をつつきながら、形ばかり笑ってみせた。「どんなお店なの？」

「え？」

「今働いている店のことだけど」

「ああ、今ですか。渋谷にあるカウンターバーです。オーナーがホモなんですけどね」

「平気？　口説かれたりしない？」

「平気ですよ。こっちにその気はまったくないですから」

澪はうなずき、白ワインに口をつけた。あまり食欲がなかった。バッグの底をまさぐって煙草を取り出し、「いい？」と訊ねた。僕も吸いますから、と昭吾は答えた。

火をつけて深々と煙を吸い込んだ。「聞いていいかしら」

「なんでも」

「宇都宮から東京に出て来て、大学の入学試験にパスするまで、何をしてたの」

「いろいろです。金になりそうなことは何でもやりました。例えば、ホストクラブのホストとか……」

「ホスト？」

「これでも指名が多かったんですよ。おかげで、いっぺんに金を貯めることができました。おふくろへの送金も含めてね。おふくろはその頃、すでに身体を壊して入退院を繰り返してましたから。あ、すみません。この場合の、おふくろ、っていうのは、誘拐犯人のことですが……」

皮肉とも受け取れる言い方だったが、昭吾の口ぶりにその種の嫌味はなかった。澪は何も聞かなかったような顔をして続けた。「ホストナンバーワンか。すごいのね。金持ちの風俗嬢たちが、あなたにぴったりくっついてたってわけだ」

「相手の職業なんか、知りませんけど。どうせ聞いても嘘を言うだろうし」

「なんだか、凄い人生を送ってきたのね」

「そうですか?」

「そうよ。赤ちゃんの時に誘拐されて、誘拐犯に育てられて、成長してからホストになって、そこでお金を稼いで大学に入って……入った後、バックス・バニーの着ぐるみを着て、カクテル作って、あげくに雨の降るうっとうしい日の午後、姉と称する見知らぬ女に会ってるわけだわ、あなたは」

あはっ、と昭吾は乾いた笑い声をあげた。「それはもしかして、皮肉、ですか」

澪は煙草の灰をクリスタルの小さな灰皿に落とすと、姿勢を正し、ごめんなさい、と言った。「そういうつもりじゃないの。ただ……面と向かって何を話せばいいのか、わからないだけなのよ」

昭吾は曖昧にうなずいたが、黙っていた。

「弟が生きていた、って言われても、あ、そう、って思うしかないし、それはあなただって同じだったと思うわ。姉がいる、姉を紹介する、って言われたところで、今さら、どんな顔すればいいのか、わからないわよね」

「そうですね」

「会わずにすませようとは思わなかったの？」

昭吾はフォークを動かす手を止め、じっと澪を見た。「初めは確かに、頭が混乱しましたよ。整理するのに時間がかかりました。でも……姉という女性がどんな人なのか、知りたいという思いは正直なところ、ありましたよね」

「で、どうだった？」

「何がですか」

「現実に姉に会ってみて、その感想よ」

「澪ったら」と美沙緒が呆れたように笑いながら、間に割って入った。「そんな質問、会ってすぐにしたって、彼、答えられるわけがないじゃない」

いや、いいんです、と昭吾は言い、フォークを置くなり、正面から澪を見据えた。「自分にこんな魅力的な、チャーミングな姉がいたのだったら、もっと早く会いたかった、もっと早く、この事実を知っておけばよかった、って……そう思いました」

澪は一瞬、呆れたように目を瞬かせてみせた。女に慣れた言い方だった。多分この人は、と澪は思った。父に似て、多くの女たちを巧妙に口説き、その気にさせて、楽しく人生を送ってきて、今後もそうすることができる男に違いない、と。

「気を悪くしましたか」昭吾が聞いた。

「気を悪くするはずなんか、ないでしょ。魅力的だって言われたんだから」

「でも、あんまり嬉しそうに見えないな」

「そんなことないわ。嬉しいわ。ありがとう」

澪の気持ちのかすかな揺らぎ、困惑、ささくれ立ち始めた神経に気づいたらしい。美沙緒がさりげなく話題を変えて、澪の仕事に関する話を始めた。

「彼女はね、今は珈琲店を手伝ってるの。前にも言ったかしら、広尾《ひろお》にある老舗《しにせ》の珈琲店なんだけど、そのおかげでコーヒーのいれ方だけはうまいのよ。誰にも真似ができないくらい。ね、澪。そうよね」

「大したことないわ。誰だってあのくらい、できるわよ」

「そのお仕事を始めて何年くらい?」昭吾が聞いた。

「さあ、四、五年になるかな」

「昼間の仕事ですか」

「店をしめるのは八時。私は適当な時間に行って、適当な時間に帰って来ればいいの。いつ休んでもいいし、行きたくなければ行かない。その分のお給料も払ってもらえることになってるのよ」

「へえ。いまどき、珍しく楽な仕事なんですね」

「どうしてだと思う?」と澪は自虐的な気持ちにかられて聞き返した。「教えてあげるわ。その店のオーナーがね、私を愛人にしてるからよ」

美沙緒は一瞬、いやな顔をしたが、昭吾は顔色を変えなかった。黙ってうなずき、軽く肩をすくめ、ややあって、彼は言った。

「愛人、っていう言い方は変ですよ。なんだか自分を卑下《ひげ》してるように見える。恋人、って言ってほしいな」

「どっちだって似たようなものよ。私は呼び方にはこだわらない主義なの」

そう言って、澪はワインを飲み干し、メインディッシュの子羊のローストを運んで来たギャルソンに、大半残したままの前菜の皿をうんざりした顔で押しやってみせた。

何がそんなに気にいらないのか、わからなかった。弟、という男が目の前にいることが気にいらないのか。それともその男が異様に落ちつきはらっていて、そのうえ、あなたは魅力的だ、などという科白を吐いたことが気にいらないのか。想像していた以上にその男が父に似ていて、父と似たような応対をしてきたことが気にいらないのか。

沈黙が漂った。昭吾の前菜の皿の中はほとんど空になっていたが、端のほうにセロリの塊《かたまり》が、まとめて押しやられているのが見えた。

ギャルソンが皿を指し、お下げしてよろしいでしょうか、と昭吾に聞いた。昭吾は、ギャルソンを軽く見上げてうなずいた。

「もしかして」と美沙緒が低い声で聞いた。「あなた、セロリが嫌い?」

「すみません。残しちゃって」

「あやまることなんかないのよ。嫌いなのか、って聞いただけ」

「僕にはこの世で絶対に口にできないものが二つあるんです」昭吾は冗談めかして言った。「一つはセロリ。もう一つは……信じられないでしょうけど、梅干しなんです。いつだったか……」

美沙緒はその先の昭吾の言葉を遮《さえぎ》るようにして目を輝かせながら、勢いよく澪を振り返った。「驚いた。澪とまったく一緒じゃない」

澪はしげしげと正面に坐っている青年を凝視した。こんな場所に来なければよかった、という、わけのわからない苛立ちのようなものが消えていき、代わりにひたひたと、彼に対する好奇心が漣《さざなみ》のように押し寄せてくるのを覚えた。

「私は、梅干しの入ったおにぎりが食べられないのよ」澪は抑揚をつけずに言った。「セロリも同じ。セロリ、っていう言葉もいやで、昔、友達が、飼ってた猫にセロリ、って名前をつけた時、どうしても名前で呼べなかったくらい」

昭吾はくすくすと笑い出した。美沙緒も笑い声をあげ、二人の笑い声が混ざり合ってすっかり座が和み始めた。

そして、それにつられるようにして、澪もまた、気がつくと笑っていた。

2

本当にこれでよかったのだろうか。

その問いは、長い間、美沙緒の胸の中から消えなかった。

何故、そんなことを繰り返し、考えてしまうのか、自分でもよくわからない。二十四年ぶりの再会劇は、案じていたよりもあっさりと、或る意味では上首尾に終わった。

澪は、弟にあたる青年に対し、さほどの混乱も見せずに、さりげなさを装って応対していた。昭吾のほうでも、複雑な過去を暴かれたにしては、深刻になっている様子はなく、姉と再会できたことを素直に喜んでいる様子だった。

後日また、二人が会うことになるのかどうかは不明である。互いの連絡先を教え合い、二人はお愛想のようにして、「またね」などと言い合ってはいた。だが、実際、この先、二人が改めて会おうという気になるのかどうかは、美沙緒にも判断がつきかねた。

それでも、とりあえずは血のつながった者同士が、運命の再会を果たしたわけである。この先、再び永遠に会わずに終わったとしても、とりあえずはこれでよかったと考えるべきだろう、と美沙緒は思った。

だが、何かが引っ掛かっていた。何が気になるのか、いくら考えてもはっきりしなかった。

二時間ほどかけた昼食を終え、青山のレストランを出て、そこで昭吾とは別れた。アルバイト先の広尾の珈琲店に戻る、と言う澪を送ってやるために、タクシーを拾った。車中、美沙緒はざっくばらんに感想を求めた。

美沙緒ちゃんが言ってた通りね、と澪は言った。「なかなかいい子だったわ」

澪は、叔母である美沙緒のことを「おばさん」と呼んだことがない。いつも名前で呼ぶ。

美沙緒ちゃん……そう呼ばれるたびに、美沙緒はかえって、澪との深い絆を感じる。姪《めい》でもなく、年下の友人でもなく、可愛がっている娘でもない。澪のまわりにはいつも、その父親だった男の蔭がまとわりついていて、澪から、美沙緒ちゃん、と呼ばれるたびに、美沙緒はその男のことを思い出し、同時に、その男が溺愛していた娘である澪のことを誰よりもいとおしく思うのである。

「でも、ただのいい子、っていうんじゃないわね」澪は続けた。「一筋縄ではいかないような感じもする。さすがに私の弟で……それに……パパの子だと思っちゃった」

どういう意味？　と美沙緒は聞いた。

澪は軽く肩をすくめ、「別に」と言った。「単にそういう意味よ」

濃紺のトレンチコートの衿を立て、澪はふいに会話を拒絶するように、視線を窓の外に向けた。その冷たい、酷薄そうな美しい横顔を見て、美沙緒は次の質問を飲みこんだ。

無理もなかった。単なる懐かしい、旧《ふる》い友人と再会したのではない。今しがた澪が会ってきたのは、二十四年前、突然、嶋田家から姿を消した弟であり、いっとき、嶋田家を不幸のどん底にたたき落とした事件の被害者なのだった。

セロリと梅干しが嫌いだ、という昭吾の話を再現し、さすがに姉弟ね、と美沙緒は屈託なく笑ってみせた。「驚いちゃった。こんな不思議ってある？　やっぱり血なのかしら。血がつながっていると、こういうことって、あるのかもしれないわね。長い間、離れて暮らしていても、好き嫌いは同じになっちゃうんだわ」

澪はうなずき、力なく、形ばかり微笑み返してきた。だが、それだけだった。

地下鉄広尾駅付近で澪を降ろしてから、美沙緒は銀座の自分の事務所に戻った。留守中、かかってきたという電話の相手に連絡を取り直し、あれこれと矢継ぎ早に書類に目を通した。約束していた依頼人と事務所の応接室で会い、抱えている訴訟の資料を読み、合間にまた電話でいくつかの打ち合わせをした。

それが美沙緒の日常だった。事務所にいると、息つく暇もない。ぼんやり考え事をしたり、夢想にふけったりできる余裕など、一分たりともなく、常に時間に追われている。やらねばならないこと、会わねばならない人間が眼前に立ちはだかる。抱えている訴訟のための文書作りは、時に深夜にまで及ぶ。法廷に立っていない時は、連日、そういうことが続くのである。

その間隙《かんげき》をぬうようにして、携帯電話に楠田《くすだ》から電話がかかってきた。今夜、人と会う約束が相手の都合で急にキャンセルになった、遅い時間でもいい、少し会いたいのだけど、会えないだろうか、という。

楠田勝彦《かつひこ》は、私立大学法学部の教授で四十七になる。二年ほど前、美沙緒が都内で開かれた法律関係のシンポジウムに出席した際、知り合った。終了後の宴席で携帯電話の番号を聞かれ、深く考えずに教えたのは、すでにその時、美沙緒の中に、楠田に対する興味があったからかもしれない。

食事を共にしたり、飲みに行ったりしているうちにすぐに親しくなった。妻も子もいる男である。教授職という仕事以外にも、多方面で仕事をしている。互いに忙しく、都合をやりくりして逢瀬の時間を作るのもままならないが、平均して月に一度ほどの割合で会っている。澪を紹介し、三人で食事をしたこともある。

恋人か、と問われれば、そうだ、と応える他はないが、恋人、という語感に潜む胸ときめくような妖しさはない。会えば会ったなりに心弾むが、会わずにいれば忘れている。忘れているばかりか、最後に会ったのがいつだったか、思い出すのに時間がかかることさえある。

「急な話だものね。無理かな」と楠田に言われ、美沙緒は返す言葉に窮した。

夜、依頼人と共に食事をしながらの打ち合わせが一件入っていた。マンションに戻るのは早くても九時半過ぎになる。その後、楠田が部屋を訪ねて来てくれるのなら、一時間ほど共に過ごせないこともないが、それもどことなく億劫《おっくう》な気がした。

今夜は遅くなりそうなの、と美沙緒はすぐ隣の部屋で聞き耳を立てているかもしれない女性秘書を気遣いつつ、小声で口早に言った。「何時に戻れるか、今のところはっきりしないのよ。どうすればいいかしら」

「ともかく携帯に連絡してみるよ」と楠田は言った。「だめならだめでかまわないし。それでいいかな」

楠田の声は少し掠れている。喋り方は落ちつき払っていて、時に冷淡にも聞こえるが、その冷淡さが時に、美沙緒を意味もなく性的にかきたてることがある。

烈《はげ》しい感情がないとはいえ、決して楠田を疎《うと》ましく思っているわけではない。それどころか、楠田の肌、楠田から囁《ささや》かれる情愛のこもった言葉が恋しくなる時もある。恋しいあまり、自分から連絡をとって、会いたい、今すぐ会いに来てほしいと、訴えてしまうことさえある。

わかった、と美沙緒は言った。「電話してみてくれる？　携帯の電源、切らないでおくから」

「会えればいいね」と楠田は言った。「しばらく会っていない。そうじゃなかった？」

「そうね」

そう言った途端、美沙緒は唐突に、楠田に会いたくてたまらなくなった。楠田に抱きしめられ、狂ったように唇を交わし合うひとときが欲しくなった。

じゃあ、と言う楠田の声を聞き終え、しばらくの間、美沙緒は自分の携帯電話の銀色のストラップを弄《もてあそ》びながら放心していた。

楠田の抱擁、楠田の唇の感触、楠田の肌を思い出した。ここのところ、昭吾のことで仕事以外の雑用が多くあり、楠田とは二月《ふたつき》ばかり会っていない。別に会いたいとも思わずにいられた。くたくたに疲れて部屋に戻り、楠田から携帯に留守番電話が入っているのに気づいても、電話をかけ直そうという気力もわかないことが多かった。

だが、こうして昭吾と澪のことが一件落着してみると、楠田の誘いは甘い蜜のように感じられた。そんな気分になるのは久しぶりのことだった。

隣の秘書室で電話が鳴り出した。内線で電話が回されてきて、美沙緒は我に返った。

少し厄介な問題を抱えている依頼人からの電話だった。気分を切り替え、応対しているうちに、今しがた、楠田に引きこまれそうになっていた美沙緒の中のかすかな蠢《うごめ》きは薄れ、やがて消えていった。

そうやって、いつもの日常をいつものようにこなしつつ、その傍らも、ずっと美沙緒は考えていたのだった。

澪と昭吾を引き合わせたのは、本当によかったことなのだろうか、と。

美沙緒が岩崎昭吾という青年と知り合ったのは、たまたま手がけた離婚訴訟の最中だった。訴訟自体はありふれたものだった。東京郊外にある遊園地で支配人として雇われていた四十五歳の男が、ひと回り年下の妻の不貞を理由に離婚を申し出た。妻側はそんな事実はない、と強く反発して両者は真っ向から対立。家裁での調停では決着がつかず、訴訟に持ち込まれた。

知人の紹介で、美沙緒のところに依頼人として現れたのは妻のほうだった。離婚するにあたって、妻のほうは八つになる一人息子の親権と慰謝料を要求していた。それさえ与えられるのなら、今すぐにでも黙って離婚に応じる、と言う。だが、慰謝料の額が多すぎた。法外、と言ってもよかった。夫は徹底して戦う構えを見せていた。

妻は「夫との間に赤ん坊ができたが、早いうちに流産してしまった。そのことがきっかけで夫は自分を疑い始めた。夫の自分に向けた疑惑は、すべて病的妄想である」と主張した。

装いが派手で、深夜まで友人たちとカラオケに興じるのが趣味だ、というわりには、話をしてみると、純朴さの抜けない田舎育ちの、真っ正直な女だった。とりたてて男好きするようにも見えず、大勢の仲間とわいわい騒ぐのが好き、というだけの女で、妻として母として、家の中のことはきちんとやっている様子である。生真面目なところもあり、だからこそ夫からありもしないことで疑われるのが我慢ならなかったようで、美沙緒は早くから、この女の主張にはさほどの嘘もないだろうと直感していた。

そんな或る日、その女が一人の背の高い青年を伴って事務所に現れた。夫が支配人を務めている遊園地で、バックス・バニーの着ぐるみを着ながらアルバイトをしている青年だ、と紹介された。

青年をひと目見るなり、美沙緒は一瞬、声を失った。青年は澪の父親の、亡き嶋田圭一《けいいち》の若い頃にそっくりだった。

だが、その時は、他人の空似《そらに》だろう、としか思わなかった。ただ似ている、というだけで、目の前にいる青年から、かつて誘拐された嶋田崇雄を即座に連想できるわけもなかった。

「私が主人との間にできた子供を流産しかかった時、病院に連れて行ってくれたのは、この人なんです」と女は説明を始めた。

奇妙な話だとは思ったが、美沙緒は黙って聞いていた。

女は続けた。「あの日は木曜日だったんですけど、主人は前の晩、車を運転して出かけた先でお酒を飲んでしまって、車をそのまま置いてタクシーで帰って来たんです。主人はその日、仕事で地方に出張しなくてはならなかったので、誰かに頼んで、車を自宅まで持って来てもらおう、ということになって、岩崎君に頼んだんですね。そういう雑用を主人は時々、バイトの岩崎君に頼んでたようで、岩崎君もすぐに引き受けてくれました。車のキイは自宅にあったので、主人の留守中、私が岩崎君にそれを渡す、という段取りになりました。でも、主人が出かけて行ってから、急に私のお腹が痛くなったんですよ。経験したことのないような痛みで、気分も悪くて……どうしようと思っていた時に、岩崎君が来てくれたので、慌ててタクシーを呼んでもらって、付き添ってもらいながら病院に行ったんです」

その際、女はまだ自分が妊娠していることにも気づかなかったそうで、食べ物にあたったのだろう、としか思わなかったそうである。病院で診察を受け、流産していると知った後、女は岩崎昭吾を相手にさめざめと泣いた。ちっとも知らなかった、せっかく授かった命なのに、私ったら、なんてことをしてしまったんだろう、主人に申し訳がたたない、とそんなことを訴えたのだという。

確かに、流産したのが他の男との間にできた赤ん坊だったとしたら、親しくもない人間……夫の職場で働いているだけの若い男に向かって、それほど正直に取り乱すこともなかっただろう。

岩崎昭吾、というその青年は、女の言うことを受けて、その通りです、と言った。

言葉数は少なかったが、彼の言うことに嘘はなさそうだった。第一、そんなことでつまらない嘘をついて、その女に忠誠を誓わなければならない理由は何ひとつ見当たらなかった。

青年はただ、大学生活のかたわら遊園地でアルバイトをしていただけであり、支配人からは時々、雑用を頼まれてはいたものの、その妻と会ったのはそれが初めてだったという。

それが美沙緒と昭吾の出会いだった。美沙緒は後になって幾度も考えたものである。出会いというのは、何と不思議なものだろう、と。人生にある無数の歯車の、その不可思議な法則がほんのわずか、狂っただけでも、人と人とは永遠に出会うことなく、すれ違っていくのである。

あの離婚訴訟を自分が手がけなかったら、昭吾とは一生、会うことはなかった。いや、それだけではない。あの訴訟で、妻のほうが自らの身の潔白を主張するために、藁《わら》をもつかむ思いで岩崎昭吾という、バックス・バニーの着ぐるみを着て働いているアルバイト青年を連れて来なかったら……たとえそれが、民事裁判上、ほとんど何の意味も持たないことだったにせよ……美沙緒と昭吾との接点は何ひとつ生まれようもなかったのである。

遊園地の支配人夫妻は裁判所で争い、結果、「妻が不貞を犯したという明白な証拠はない」とされた。夫側の常軌を逸した病的な猜疑心《さいぎしん》が、妻側に精神的苦痛を与えた、と見なされ、判決では親権はもちろんのこと、妻から請求されていた慰謝料の四分の一を夫が支払うことが命じられた。

夫側が控訴しなかったので、そのまま結審し、裁判は類を見ないほど珍しく、短い期間で決着をみた。

岩崎昭吾が改まった様子で美沙緒の事務所を訪ねて来たのは、その裁判が結審した直後のことである。

昭吾からの電話で、折入ってご相談したいことがある。と言われた時、美沙緒はてっきり法律相談だとばかり思っていた。どうせ、バイクか何かで事故でも起こしたのだろう。双方の補償の問題でもめているのかもしれない。たまたま、弁護士と知り合いになったものだから、何かいい知恵はないものか、と聞き出そうとしてやって来るに違いない、などとも考えた。

弁護士をしていると、知人友人を介して、法律に疎い人々から法律相談を受けることが頻繁にある。中には相談ではすまされないほど切羽詰まった問題を抱えている人もいる。いかにも気軽そうに訪れて来た人が、次にはもう、依頼人として訴訟の準備を頼んでくることもある。だが、抱え込んだ問題に呆れるほど感情的になって、法律の助けを求めてくるケースが殆どだった。

したがって、いちいちまともに相手をしていられないことも多い。涙ながらに事情を訴え続ける相談者のせいで、仕事の予定を大幅に狂わせられてしまうこともある。

どうせ、交通事故の示談がこじれたか何かしただけなのだろうから、と美沙緒は勝手に想像した。とはいえ、知らない相手ではない。むげに断るのも気がひけた。

岩崎昭吾という青年が、澪の父親、嶋田圭一とよく似ていたことが鮮やかに思い出された。もう一度、会ってみたいような気もした。

三十分だけ、という約束で、昭吾の申し出を引き受けながら、自分はいったい、何をやっているのだろう、と美沙緒は内心、苦笑した。青年が亡き嶋田圭一の若い頃に似ているからといって、それが何だというのか。

すでに過ぎたことだった。澪の父、圭一とのめくるめく愛の記憶はあの時、自ら封印し、鍵をかけて、闇の彼方に置き去りにしてきたはずであった。

昭吾がやって来た日のことを、美沙緒はよく覚えている。七月の、梅雨が明けたばかりのよく晴れた日の午後だった。

事務所の冷房が効きすぎるので、部屋の窓は少し開けたままにしてあった。そのせいで銀座の街の騒音が、かすかに室内になだれこんできて、それは何か、遠くざわめく、けだるい波の音を連想させた。

「実はおふくろのことなんです」

応接室のソファーに腰を下ろすなり、昭吾はそう切り出した。「僕の母親は、亡くなる数日前のことだったのですが、病院のベッドで泣きながら、僕に打ち明けました。ごめんね、私はあなたを産んだ本当の母親ではないんだ、って。産みの親は別にいて、あなたは岩崎昭吾という名前ではないんだ、って。面白くもない退屈な三文ドラマみたいな話ですよね。どうせ、薬による妄想だろう、と思って気にもしなかったんですけど、ずっとそのことが引っ掛かってました。もしかしてあれは本当のことだったかもしれない、と思って……それで……」

美沙緒は大きく眉を吊り上げてみせた。青年が何のためにここに来たのか、だいたいの見当がついた。

信じられないことだが、世間には、弁護士と私立探偵の仕事を混同している人間が結構いる。頭がよさそうに見えたこの青年もまた、同じだったのかと思うと、いささか失望した。

「私は弁護士で、人探し専門の探偵ではないのよ」美沙緒は皮肉をまじえてそう言い、両腕を組んだ。「あなたの実のお母さんを探してほしい、という依頼だったら、他の専門機関に行くことをお勧めするわ。いくらでもそういうところはあるんだし、それに……」

「わかっています」と昭吾は美沙緒の言葉を恭《うやうや》しく遮った。「ただでさえお忙しい方に、失礼な相談であることは充分、承知しています。弁護士の先生に人探しをやってもらおうだなんて、考えているわけではありません。ただ、どう言えばいいのか……この間の離婚訴訟の時、ここに連れて来られて、本多さんとお目にかかって、この方なら、僕のこういう話を少しはまともに聞いてくださるような気がしたんです。だから来ました」

青年のために、無理をして空けた時間は三十分だった。何があろうと、約束は約束である。三十分だけ、つきあおう、と美沙緒は自分に言いきかせた。

青年は続けた。「実の母親を探そうなんてことは、考えていません。こんな年齢になって、今さら、という思いもありますからね。僕の母親は、あの時死んだ母親しかいないし、それでいい。そう思っています。でも……気持ちの中に何かもやもやとしたものが残されていて、それが何なのか、確かめてみたいような気もする。……すみません。こんな話、やっぱりご迷惑だろうと思います。弁護士としての本多さんに話すような話ではない、とわかっているんですが……」

いいえ、いいのよ、と美沙緒は言った。「先を続けて。気持ちの中のもやもやしたものを確かめて、それでどうするの？」

「わかりません。自分が何をしたいと思っているのか、正直なところ、よくわからないんです。でも……母が打ち明けたことがもし事実だったとしたら、なんとなく、思いあたるようなことがあるような気もして」

「思いあたること？　例えば？」

昭吾はテーブルの上の麦茶をひと口飲み、グラスをゆっくりとコースターの上に戻すと、「法律には全く関係のない、抽象的なことです」と言った。「死んだおふくろは、どう考えても、僕に対して異様に優しかった」

「あなたはひとり息子？」

「はい。兄弟姉妹はいません」

「よくある話じゃないかしら」美沙緒は形ばかり微笑んだ。「お母さんは、たった一人の息子さんであるあなたを溺愛していたのよ。一人息子を溺愛する母親は多いわ。それは実際、困ったことではあるんだけど、異常なことではない。違う？」

「溺愛していたなら、優しいだけじゃなくて、僕を不愉快にさせるような厳しさもあったはずだと思うんです。束縛したり、つまらないことで小言を言ったり、自分勝手に息子を操縦しようとしたり……。それが普通でしょう。でも、死んだおふくろにそういう面はひとつもなかった。本当に異様に優しくて、異様に僕を自由にさせてくれて、それは或る意味で……そう、何ていうのか、彼女は僕の召使みたいだった」

「だから、本当のお母さんではなかったかもしれない、って言うの？」美沙緒は、隣室で秘書が電話に応対しているのに耳を傾けながら、半ばうわの空で聞き返した。これじゃあ、まるでカウンセラーだ、と内心、苦笑した。仕事が山積みになっていた。早く話を終えて、青年を帰してしまいたかった。

「お父さんはどうしているの？」

「母と離婚しました。ずいぶん昔に。僕が八つの時でした。今は中堅の商事会社に勤めています」

「生まれはどちら？」

「僕ですか？　宇都宮市です」

「あなたを東京の大学まで行かせてくれたのは、お母さんなのね？」

「いえ……母は貧しかったし、僕が自力で働いて、金を稼いで……あとは奨学金を受けながらなんとか……」

「親戚のどなたかが、あなたがお母さんの本当の子ではない、というようなことを匂わせてきたことはなかった？」

「ありません」

「入学や何かの時に、戸籍謄本を見ることも多かったと思うけど、何かあなたにとって不審な記載はありました？」

「いいえ、何も」

ふうっ、と美沙緒は溜め息をつき、軽く肩をすくめてみせた。「私の出る幕ではなさそうね。もしもよ、仮にあなたのご両親が、子供ができなくて養子縁組をしたのだとしたら、そのことはきちんと戸籍の中に記載されることになりますからね」

そうですね、と昭吾は言った。何かを忙しく考えている様子だったが、彼は何も言わなかった。

内線電話が応接室に回されてきた。それに応じてから美沙緒が席に戻ると、昭吾は意を決したように改まって背筋を伸ばし、静かに頭を下げた。「申し訳ありませんでした」

「何が？」

「こんな話、本多さんにとっては迷惑でしかない、ってことはわかっていたはずなんです。自分でも今、こうやって話をしながら、おまえはいったい何をやってるんだ、って、自己嫌悪にかられています。甘えるのもいい加減にしろ、とおっしゃってくださってかまいません。

その通りですから」

そんなこと、別にいいのよ、と美沙緒は言った。漠然と助けを求めているような青年を傷つけてしまったようで、気がとがめた。「気にしないでちょうだい。こうやって知り合いになれたのも、何かの縁だもの。近いうちに、ちゃんとあなたの話を聞く機会を作るわ。但し、仕事としてではなく、ね。それでいい?」

「いえ、いいんです。これ以上、お邪魔しては申し訳ないですから。話を聞いてくださって、ありがとうございます。じゃあ、僕はこれで……」

ちょっと待って、と美沙緒は、立ち上がりかけた昭吾を引き止めた。

昭吾は中腰になったまま、美沙緒を見つめ、再び静かにソファーに腰をおろした。

「どうして私が、今日、あなたの話を聞こうという気になったか、わかる?」

「いいえ」

「別に恩きせがましく言ってるわけじゃないのよ。誤解しないでね。ただ、あなたがね、私が昔、知っていた人の若い頃によく似てたのよ。そっくり、というわけじゃないんだけど、持ってる雰囲気とか、目鼻立ちの感じとか。初めて会った時、驚いたわ。なんだかまるで、その人の息子が……」

その人の息子がここにいるみたい……そう言いかけて、美沙緒は口を閉ざした。息子? 頭の中で、無数のジグソーパズルのかけらが急速に渦を巻いた。まさか、と思った。そんな連想はあまりに馬鹿げていた。

「あなた、年は幾つ？」

「今年、二十四になります」

崇雄が生きていたら、幾つになっていたか、思い出すのには時間がかかる。だが、圭一が死んだのがいつだったかは、昨日のことのようにはっきりと覚えている。そこから逆算して、崇雄が誘拐された年……即《すなわ》ち、崇雄が生まれた年を思い出すほうが早い。

一九七七年……。二十四年前……。

「一つ、質問させてくれる？」美沙緒は身を乗り出した。「岩崎、というのはお父さんの苗字？」

「そうですけど」

「亡くなったお母さんの旧姓は？」

「旧姓？　何故ですか」

「ううん、別に。大した意味もない質問よ」

「金谷《かなや》です」と彼は言った。「金の谷、と書く……」

金谷……。その姓を口の中で密かに繰り返していくうちに、美沙緒の心臓は次第に膨れ上がっていった。

金谷、という姓はよく覚えている。かつて、嶋田家のお手伝いをしていた喜美《きみ》という娘が、いっとき、夢中になってつきあっていた男の姓も、金谷、だった。

崇雄が何者かに誘拐された時も、喜美は嶋田家の近くにある公園で、金谷という男と逢い引きをしていた。ガラス職人をしている男で、既婚者だったと聞いている。

喜美は、自分さえ金谷にあれほど夢中にならなかったら、崇雄は無事でいたに違いない、と自分を責めたてた。警察では、当初、喜美と金谷の共謀説も取り沙汰されていたようだが、その疑惑も喜美の自殺と金谷自身の潔白が証明されたため、まもなく立ち消えになった。

職業柄、どんな情況でも顔色を変えずにいる、ということには慣れている。美沙緒は淡々と続けた。「お母さんには兄弟がいる？　お兄さんか、弟さん……」

「兄が一人いますけど」

「今はどちらに？」

「東京の港区に。若い頃からガラス職人をしてたんですが、今は身体を壊して引退して、隠居生活してます」

「ガラス職人をしてらしたのは東京で？」

「ええ、そうです。麻布十番《あざぶじゅうばん》の近所に一《いち》の橋《はし》というところがあるでしょう。あの近くでガラス屋をやってました。今も同じところに住んでますが、それが何か……」

いいえ、別に、と美沙緒は言い、胸の鼓動をおさえつつ、ちらと腕時計を覗くふりをした。

「あら、もうこんな時間。それにしても不思議な偶然もあるものね」

「何でしょう」

「私の姉がね、昔、結婚して白金台《しろかねだい》にある家に住んでたんだけど、その家に出入りしてたガラス屋さんに、金谷さんという人がいたことを思い出したのよ。腕のいい職人さんだったわ」

「それが僕の伯父の金谷……なんですか」

「さあ、わからない。確か、麻布十番のガラス屋さんだったと記憶してるけど……もしかすると、それはあなたの伯父さんだったかもしれないわね」

へえ、と昭吾は言ったが、さほど興味を持った様子もなかった。

「それでは僕はこのへんで失礼します。本当にお邪魔しました」

また会いたい、いいえ、もしかすると私たちはまた、会わなければならなくなるかもしれない……そう言いたくなるのをおさえて、美沙緒はにこやかに彼を送り出しつつ、さりげなさを装って彼の連絡先を聞いた。

差し出したメモ用紙に、さらさらと電話番号と住所を書き、昭吾は聞かれもしないのに、

「左利きなんです」と言った。「でも箸《はし》をもつのは右手。変ですね」

澪もそうだ、と美沙緒は思った。興奮と不安と期待が膨れ上がり、顔が赤くなるのを感じたが、それでも美沙緒は平静を保ち続けた。

昭吾は美沙緒に向かって深々と礼をし、事務所を出て行った。その骨格の均整のとれた、

ふと触れてみたくなるような美しい後ろ姿も、亡き圭一のそれと、どこか似ているような気がした。

　美沙緒は密かに胴震いを覚えた。

3

　かつて、東京港区の、一の橋と呼ばれる界隈に「金谷硝子」という屋号をもつ店があった。家内工業ふうの小さな店だった。ガラス職人の父親と息子の他に、常時、見習いの若い男が一人か二人いた程度で、ほとんどの仕事は父子がこなしていた。

　近隣には麻布や白金といった高級住宅地が広がり、各国大使館も多い土地柄である。期日を守る丁寧な仕事ぶりと高技術を見せる上、ガラスに関する知識も豊富、というので、地元の裕福な人々に重宝され、大きな建設会社と手を組んで仕事をしていた時期もあった。

　美沙緒の三つ年上の姉、千賀子《ちかこ》が嶋田家に嫁いでしばらくたった頃、嶋田家が雇い入れたガラス屋も「金谷硝子」だった。

　千賀子が初めての子である澪を出産し、澪が二つの誕生日を迎えた頃、邸内に子供部屋を新しく作ろうと圭一が言いだした。圭一の母親が生前使っていた南向きの茶室を改造し、フローリングの明るい子供部屋にする、というものである。そのため急遽《きゅうきょ》、改装工事が始められることになった。

その頃のことを、姉夫婦と同居していた美沙緒はよく覚えている。司法試験を受けるために猛勉強中だった時期のことであった。

工事も滞りなく進み、最後の段階で「金谷硝子」の職人二人がやって来た。ひと目で親子とわかった。父親のほうは六十がらみ。息子のほうは三十を少し過ぎた年格好に見えた。親子はよく似ていたが、息子は父親よりもいっそう精悍《せいかん》な、立派な体軀《たいく》の持主で、もくもくと動きまわるその姿は神々しいほどであった。

図面通り、窓に硝子をはめるだけの作業で、通常なら短期間で作業が終わるはずだったのだが、途中でいくつかのアクシデントが発生した。そのせいで、親子は何日かの間、続けて邸《やしき》に通って来た。

お手伝いの喜美は、その際、お茶を出すなどしてガラス屋の親子と接し、すぐに息子のほうと親しくなった様子だった。喜美は当時、二十三歳。美沙緒と同世代の、色白で肉付きのいい娘だった。男慣れしているとは言いがたく、いかにも田舎出の、洗練されていない一面もあったが、隠しても隠しても溢れ出てくるような若々しい健康的な色香は、時として嶋田家を訪ねて来る客人たちの目を引くこともあった。

無教養を克服しようと新聞や小説を読もうとする努力を怠らない、生真面目なところのある娘でもあった。千賀子のことを「奥様」と呼び、澪を「お嬢様」と呼ぶのはいいにしても、さして年齢は違わなかったというのに、美沙緒を「大お嬢様」と呼び続けた。美沙緒は幾度も笑って、「そんな変な呼び方するのはやめてちょうだい」と言ったものである。

喜美の行動に変化が現れたのは、子供部屋が完成してしばらくたってからのことになる。毎週日曜日は休みを与えられていたのだが、喜美は日曜の午後になると出かけていき、時には深夜過ぎまで戻らないこともあった。

好きな男でもできたんだろう、と圭一は愉快そうに言った。食事の席で、給仕をしてくれる喜美に向かい、「恋人でもできたのか」と冗談めかして質問することもあった。

喜美は傍目《はため》にも滑稽《こっけい》に映るほど顔を紅潮させ、烈しく首を横に振り、そんなことありません、と怒ったように言った。

喜美と「金谷硝子」の息子が男と女の仲になり、男が妻子もちだったことで喜美が苦しんでいる、と嶋田家の面々が気づいたのは、ずっと後になってからである。とはいえ、そんなことに気づかされたからといって、誰もが格別の注意を払おうとはしなかった。使用人であろうが、誰であろうが、男女が恋仲になることに他人が口をはさむ余地はない、というのが圭一の考え方だった。千賀子は千賀子で他人の色恋沙汰には、ほとんど興味を示さずにいた。

いつしか喜美と「金谷硝子」の息子との道ならぬ恋の話は、嶋田家の人々の間で忘れられていった。喜美自身、おそらくは男との不安定な関係にかろうじて慣れていったのだろう、さしたる変化を見せることもなくなった。

事件はそんな矢先に起こったのだった。喜美は「金谷硝子」の息子と束の間の逢瀬のひときを持つために、生まれたばかりの崇雄をベビーベッドに寝かせたまま、近所の公園に走った。

崇雄を出産する際に大出血して呆気なく死んだ千賀子の告別式が終わったばかりの頃のことで、嶋田家は悲しみに包まれたまま、ひっそりしていた。圭一は仕事で出かけていて、澪は祖父と共に鎌倉の別邸に滞在中だった。美沙緒もまた、外出中で、邸には喜美以外、誰もいなかった。

表玄関には内側から鍵をかけ、喜美は台所の勝手口から出て行った。その際、急ぐあまり、勝手口のドアに施錠《せじょう》をしたかどうか、はっきり覚えていないことを喜美は後に警察で供述した。

崇雄出産と同時に、千賀子が急死するという悲劇に見舞われ、嶋田家が混乱をきわめていたせいで、喜美は金谷と会うこともままならない日々を送っていた。昼日中、ほんのわずかな時間でもいい、と電話連絡し合って、二人は近所の公園で会う段取りをつけたのだった。

恋しい男に会いに行くために、取るものも取りあえず家を出ようとし、鍵をかけ忘れてしまう喜美の不用心ぶりは、疑おうと思えばいくらでも疑えることであった。よくあること、と言えばその通りだが、警察が喜美と金谷の共謀説を最後まで捨てなかったのも、致し方のないことではあった。

とはいえ、喜美にはむろん、責任はない。彼女は崇雄誘拐事件の被害者であり、犠牲者でもあった。金谷硝子の息子もまた、同様だったと言える。

警察から、人権侵害と言えなくもない無礼な訊問《じんもん》を繰り返され、金谷硝子の家族は多大な迷惑を被った。とりわけ金谷の妻は誘拐事件を通して、夫の不貞を知る羽目になったわけである。或る意味では金谷もまた、事件の被害者だったと言えなくもない。

その金谷に会いに行く必要がある、今こそ改めて会わねばならない、と美沙緒は思ったのだった。事件は思っていたよりも遥かに単純な構造をしていたのかもしれない。そのことに気づかなかったのは警察だけではない、自分たちもまた、気づかずにきてしまったのかもしれない。そう感じた。

だが、細い刺《とげ》のような何かが、美沙緒の気持ちをちくちくと突き刺し続けた。金谷に会おう、会いたい、と思う一方で、美沙緒は自分が烈しくためらっていることに早くから気づいていた。

今さらこんなことをしてはいけないのではないか。もしかすると、これから自分のしようとしていることは、天に唾《つば》するようなものではないのか。

崇雄の父親である圭一は死に、母親だった千賀子は自分が産んだ子供が男なのか女なのかも知らぬまま、分娩台から急遽移された、冷たい手術室で息を引き取った。当時まだ四歳だった澪の受けたであろう傷は計り知れないとはいえ、とりたてて澪に現在、問題が生じているわけでもない。まして、崇雄とおぼしき青年は、自分が何者か知らぬまま大人になり、元気で暮らしている。

それぞれの人生はそれぞれの形に収まった。時が流れ、やがて酷い記憶も風化していった。それを今、再び、敢えてかき乱してみせる必要がどこにあるのか。或るひとつの真実が、闇に葬られたまま、永遠に消え去ってしまうことは誰もが経験することである。何もかもを白日の下《もと》にさらけ出すことが必ずしも正しいこととは言えない。弁護士という職業を通して、美沙緒はそのことをいやというほど知っていたはずであった。

でも、と美沙緒は考えたのである。澪の実の弟が元気で生きていて、生きていたばかりか、亡き父親と瓜二つの美しい、利発な青年に成長し、目の前に現れたのだとしたら……。どうしてそのことに対し、目をつぶっていることができるだろう、と。

岩崎昭吾という名の青年が、嶋田崇雄であることをどうしても証明したかった。Aという人間がBという仮面を被らされたまま、一生を終えるというのが美沙緒には許せなかった。人間には尊厳というものがある。尊厳のない人間、尊厳を必要としない人間など一人もいない。だから、と美沙緒は奮い立った。これは正しいことなのだ、と懸命になって自分に言い聞かせた。

美沙緒が弁護士という職業についていることは、彼女がやろうとしていることを正当化するための大きな役割を果たした。あなたはAではない、Bなのだ、と教えてやることは自分の務めだ、と彼女は信じた。

そして美沙緒は、猛暑の中、雄々しいような気持ちにかられつつ、金谷に会いに行ったのである。


港区一の橋にある「金谷硝子」は数年前に廃業しており、現在は「金谷幸吉《こうきち》」の表札がかかっただけの、うらぶれた建物しか残っていない。周辺の真新しいビルの狭間《はざま》に、すっぽりと埋もれるようになって、かつて地元の仕事を一手に引き受けていた職人時代の、栄華の名《な》残《ごり》すら見当たらないのは哀れであった。

手みやげにするための、箱入り甘納豆を手に、美沙緒はかつて硝子店だった建物の裏口に回り、古ぼけた時代後れの呼び鈴を鳴らした。

いきなりの見知らぬ女の訪問に対し、出てきた女は無愛想と言うよりも、いかにも面倒くさそうだった。夏の盛りの、じっと立っていても汗がにじみ出てくるような季節だったが、女はうす汚れた灰色のソックスをはき、薄手の白いカーディガンを着ていた。顔に化粧の跡はなく、つやを失った白髪まじりの髪の毛を肩のあたりまで伸ばしていて、時折、うるさそうに額にかかる前髪を指先で払いのける仕草が病的にヒステリックな印象を与えた。

表札にあった金谷幸吉というのは、この女の夫……つまり、金谷の息子なのか、それとも父親のほうなのか、と美沙緒は考えた。金谷の息子の妻、となれば、まだ五十そこそこのはずである。目の前に立つ女はどう見てもそれ以上の年齢にしか見えないが、とはいえ、元気でいれば齢《よわい》八十を過ぎているであろう父親の連れ合いにしては、いくらなんでも若すぎる。

美沙緒は突然の訪問を詫び、本多と申します、と名乗った。かつてこの近所のマンションに暮らしていて、お宅にガラスのことで何度か世話になった、偶然、近くを通りかかったものだから、懐かしくなって寄ってみた……そう言って甘納豆の入った箱を渡すと、女は怪訝《けげん》な顔をしながらも、これはどうも、と抑揚のない声を出し、箱を受け取った。

義父は十年ほど前に亡くなり、主人はからだを壊して、入退院を繰り返している、つい先頃も、また入院してしまった……生活の疲れが澱《おり》のように溜まった声でそう言われ、美沙緒は返す言葉に窮した。

弁護士であることを明かすつもりはなかった。まして、二十四年前の出来事を思い出させるようなセリフも御法度《ごはっと》である。金谷が入院しているという病院名を聞き出すのは難しいかもしれない、と思ったが、金谷の妻はこれ以上、立ち話をしていること自体が苦痛である、と言いたげに、「主人に何かご用があるのなら」と言った。「病院に直接、行ってくれませんか。入院してるといっても、死にかけてるわけじゃないんですよ。一応、今んとこ、頭もふつうだし、話もできますからね。酒飲みの自業自得ですよ。そんなに飲むな、ってずっと言い続けてきたのにこれですから」

金谷の妻は吐き捨てるようにそう言い、夫の入院している病院名を短く口にしてから、初めて気づいたかのように手にした箱をしげしげと見つめた。「こんな結構なもん、いただいちゃって、いいんですか」

美沙緒は笑顔でうなずき、是非召し上がってください、と言った。金谷の妻は、乾いた唇にひきつれのように見える微笑を浮かべ、じゃあ、遠慮なく、と言った。

金谷の入院先は新宿区にある私立病院だった。訪ねて行ったのは、暑い日ざかりの午後のことである。

冷房が効いているとは言いがたいナースステーションで、美沙緒は汗を拭きつつ、本多という本名を使って面会を申し込んだ。忙しそうに立ち働いていた看護婦は、見舞い用の小さな花束を手にした美沙緒に何の警戒の色もなく、金谷の病室を教えてくれた。

六人部屋だった。金谷幸吉のベッドは窓際にあり、美沙緒が入って行くと、ベッドにいた金谷以外の五人の男たちが一斉に彼女を見た。好奇心にかられた男の目ではなく、それは単に、目の前を動いていくものを見る時の、倦《う》み疲れたような目つきだった。

金谷は横になっていたが、眠ってはいなかった。顔が黒ずんでいて、明らかにそれは日焼けのせいではない、内臓疾患がもたらす黒さを窺わせた。まだ五十五、六といった年齢のはずだが、そこには病に蝕《むしば》まれた肉体のもつ無気力しか見えず、かつて嶋田邸に出入りしていた時の精悍な面影は何ひとつ残っていなかった。

本多と申します、と美沙緒は言った。「本多、と言ってもおわかりにはならないと思いますけど……。覚えてらっしゃいますか。昔、白金台にあった嶋田という家に住んでいた者です。嶋田圭一の妻だった人間の、実の妹にあたります。あの頃はまだ、二十代でした」

嶋田、と聞いて、金谷はむっくりと首を上げた。色褪《あ》せた青いガーゼの寝巻の前がはだけていて、その奥に顔の色よりもどす黒く見える、あばら骨の浮いた胸が覗いた。

「ごめんなさい、突然」美沙緒は続けた。「こちらに入院なさっていることは奥様から伺いました」

「嶋田さん……って、あの……」

警戒されることを恐れながら、はい、と美沙緒は表情を変えずに、にこやかにうなずいた。

「覚えていてくださったのですね」

「覚えてるも何も……」痰《たん》のからまった声でそう言い、金谷は病人とは思えない素早さでベッドの上に起き上がると、寝巻の前を併せるなり正座してみせた。「これはどうも」

「横になっていてください。そんな、起き上がったりなさらないで」

「いや、平気です。朝から晩まで横になってるもんで、たまにはこうやって身体を起こさないと……」

「少し、お話、できますか。具合がお悪いようでしたら、また出直しますが」

美沙緒がそう言った時、金谷はふいに美沙緒を見上げ、いとも不思議な目をした。それは猜疑心や警戒心を表す目ではない、美沙緒が何故、そこに来たのか、あらかじめわかっていたかのような目、物事を静かに受け入れようとする時の目、観念しきった時の目……そんな目のようにも感じられた。

肝臓の治療を受けているだけなので、大して具合が悪いというわけではない、と金谷は言った。「病室の外のね、廊下を左にまっすぐ行った突き当たりにロビーがあります。しけたロビーで、お茶もなんにもお出しできないけど、そっちでちょっと、待っててくれませんか。仕度したら……すぐに行きますんで」

言うなり金谷は、寝巻の裾《すそ》をからげるようにしてベッドから降り立った。

そこはロビーとは名ばかりの、患者が置いていった枯れかけた鉢植えが窓辺に並べられているだけの、だだっ広いコーナーだった。正面の古いテレビを囲むようにして、座り心地の悪そうなビニールソファーがL字型に置かれていた。つけっ放しにされているテレビでは再放送の時代劇をやっていたが、それを観ている患者の姿はなかった。

ややあって、金谷がやって来た。寝巻の上に茶色の色褪せた薄手のガウンを羽織り、まばらに力なく伸びていた髭も大急ぎで剃《そ》ったらしく、いくらか小ざっぱりとした顔つきになっていた。

実は、と言うのがためらわれた。病み疲れた男に、こんな話を蒸し返すのは酷だ、とも思った。だが、覚悟を決めて来てしまった以上、引き返すわけにはいかなかった。

美沙緒は正直に事のあらましを述べた。現在自分は弁護士をしていて、ある訴訟を通じ、岩崎昭吾と名乗る青年と偶然知り合った、先だって亡くなった彼の母親の旧姓が金谷で、母親には兄が一人おり、その人物はかつて、一の橋で硝子屋をやっていた、と聞いた、一の橋の硝子屋といえば、「金谷硝子」が有名だったことは自分も知っている、嶋田家が昔、子供部屋を作る際に使った店であり、ということは、その岩崎昭吾という青年は、もしかするとかつて誘拐された嶋田崇雄と何か深く関係しているのではないかと考えて、ここに来てみたのだ……と。

金谷は瞬きもせず、美沙緒の話を聞いていた。口が半開きになり、そこから荒い呼吸がもれ始めた。

何かを大声で喚《わめ》かれるか、あるいは「帰ってくれ」と言われるか、どちらかだろう、と美沙緒は思ったが、金谷は黙ってじっとしていた。身じろぎもしなかった。

傍《そば》の廊下を時折、看護婦や患者が静かに行き交っていた。窓にはブラインドが降りていて、傾き始めた真夏の太陽が、ブラインド越しに白茶けた光を伸ばし始めているのが見えた。

「間違っていたらごめんなさい」美沙緒はできるだけ落ちついた口調で言った。「失礼を承知で、こうして伺いました。金谷さんは何か、とても大切なことをご存じなのではないか、と思いまして……」

「何故それが」と金谷は嗄《しゃが》れた声を出した。「そんなことがどうして、あの誘拐事件と関係ある、と思うんです。岩崎昭吾は確かに私の甥ですがね。どうしてあいつが誘拐事件と……」

「甥御さんご自身が、私にこう言ったんです。僕の母親は本当の母親ではなかったかもしれない、って」

「何を馬鹿な。そんなの、冗談に決まってるでしょう」

「亡くなる直前に、お母さん……あなたの妹さんですが……が昭吾君に打ち明けたのだと聞きました。本当の母親は他にいる、って。自分は産みの母親ではない、これまで隠していてごめんなさい、って。昭吾君はそれからずっと、亡くなったお母さんのその最後の言葉が気になっていたそうで……」

　金谷は惚《ほう》けたような虚《うつ》ろな目で美沙緒を見つめ、次いで、気の毒になるほど烈しい狼狽《ろうばい》を見せ始めた。「だからって、何なんです。今頃になってまた、あれ……あのことを蒸し返そうとするんですか。やめてくださいよ。こんなところにまで来て……もういい加減に……」

「誤解なさらないでください」美沙緒は金谷を遮った。「蒸し返そうだなんて、そんなつもりはまったくありません。事件はとっくの昔に時効になってるんですからね。もう終わったことです。ご存じの通り、崇雄の母親である千賀子は崇雄を出産すると同時に亡くなったし、嶋田圭一も後に亡くなりました。事故だったんです、車のね。事件をほじくり返そうとしている人間なんか、一人もいやしません。私はただ、澪に……私の姪に、実の弟が元気で生きていた、ということを教えてやりたい……会わせてやりたい、と思っているだけなんです」

「昭吾のやつが誘拐された赤ん坊だった、なんてこと、いったいどうやって証明するんです。

え？　そうでしょう。ＤＮＡ……でしたっけ。そういう検査でもするんですか。死んだ人間の墓をあばいて、古くなった骨を削ってさ。そうやって証明する方法もある、って話、聞いたことがありますけどね。冗談じゃない。馬鹿馬鹿しいにもほどがある」

「証明なんかしようという気持ちはありません」美沙緒は静かに言った。「考えたこともありません。警察も手を引いたし、私たちの気持ちも収まってる。証明だの何だの、そんなこと……」

「じゃあ、聞きますがね。あんた、いったい何を根拠に昭吾のやつが、昔誘拐された赤ん坊かもしれない、って思ったんです。藪《やぶ》から棒に、そんなこと言われたって……」

「金谷さん、聞いてください」と美沙緒は金谷の腕にそっと触れ、弾き返されなかったのをいいことに、わずかに指先に力をこめた。

「昭吾君という青年に初めて会った時、私、びっくりしたんです。本当にびっくりして、口もきけなくなりました。何故だかわかりますか。彼は嶋田圭一……崇雄ちゃんの父親の若い頃とそっくりだったんですよ」

「他人の空似ですよ、きっと」金谷は低い声でそう言い、美沙緒から逃れるように横を向いた。上唇がわずかに震えているのが見えた。「そんなことで……それだけのことで、あんたは……」

後の言葉が続かなくなった。沈黙が訪れた。それは奇妙な沈黙だった。金谷は黙りこくっくなった。

たまま、じっと床の一点を見つめていた。石になってしまったかのように、彼は身動きしな

「みんな、死んでしまった」と金谷はつぶやくように言った。「喜美も、妹も……」

そして彼はごしごしと頭をこすり、顔をこすった。今にも泣き出しそうな顔に見えた。

「妹の名前はね、知子《ともこ》といいました。知子は亭主の岩崎の気持ちをつなぎとめるのに必死だったんです。岩崎は女出入りの烈しいやつでしてね、知子と結婚してからも浮気を繰り返してました。その亭主が、海外転勤になった。ニューヨークです。知子は自分も行く、と言い張ったんですが、亭主のほうは単身赴任する、の一点ばりですよ。知子は岩崎がニューヨークに女を連れて行くんだろうと思いこんでました」

「実際にそういう女性が？」

「まあね。いたような、いないような。でも特別に深く関わってる女なんか、いやしなかったんですよ。男が見ればわかる。遊びでしたよ、皆。ただの浮気です。でも知子にはそれが許せなかった」

「たとえ遊びだとしても、そうと知ってて許せる女性は少ないですけどね」

「まあね」と金谷は一旦苦々しく笑ってみせたが、再び表情をこわばらせた。「知子はね、赤ん坊ができれば、岩崎は自分のところに戻ってくるし、二度と女遊びをしなくなるだろうと信じてました。それでね、ニューヨークに赴任したばかりの亭主に電話をかけて、嘘をつ

いたんです。真っ赤な嘘をね。あんたの子を妊娠した、って」

美沙緒は黙っていた。うなずきもしなければ、質問しようともしなかった。ただ、黙って、金谷がその先の言葉を口にするのを待っていた。

「馬鹿な女です。いや、もともと馬鹿だった女を、もっと救いがたい馬鹿な女にしてしまったのは私かもしれない。まさかそんなことをしでかすとは思いもしなかったんですが……」

そこまで言って、金谷は目を閉じた。「当時、つきあっていた喜美さんから、私は嶋田さんのお宅のことはいろいろ聞いてました。嶋田さんの奥さんが妊娠したことも、ずいぶん早くから知ってましたし、出産の時に急死なさったこともね、もちろん、電話で聞いてすぐに知りました。そんなことをたまたま会った知子に話したんです。知子のやつ、その時はね、妊娠もしていないのに妊娠したふりをして、ずっと腹んところにタオル巻いてマタニティドレスを着てた。私や女房ですら臨月だろうと信じて疑ってませんでしたよ。本当です」

「よくそんなぎりぎりの状態で、平気でいられたものですね」美沙緒は場違いなほど感慨をこめて言った。「どうするつもりだったのかしら。初めからどこかの赤ちゃんを誘拐するつもりでいたのかしら」

「わかりません。いろいろ聞いたこともあるんですが、知子は一言も答えなかった。それにしても、恐ろしいことですよ。本当に恐ろしい。崇雄ちゃんを連れ出して、そのまま宇都宮の母方の実家で暮らし始めたんですからね。出産証明書も偽造してね。役所に出生届を出した、と後で教えられました。ニューヨークの亭主にも連絡して、無事に生まれた、男の子だった、なんて、はしゃいでみせてたようで……」

「宇都宮のご実家にはお母さんがいらしたんですか」

「いえ、おふくろは早いうちに死んでるんですが、おふくろの姪だの従姉妹《いとこ》だのが残ってて、ふだんから私らとつきあいがありましたからね。それで知子のやつ、宇都宮って土地を選んだんですよ。亭主が海外に行ってて心細いから、ってね。育児も初めてで、心配だから、って。親戚中、あの時はお祝いムードで大騒ぎでしたよ。今から考えると、信じられないような猿芝居を知子のやつは……」

「ご主人の岩崎さんはそのことについて何も不審に思ってなかったんでしょうか」

「とにかく忙しい男でね。ニューヨーク赴任中、一度も日本に戻れなかったし、女房の出産にも立ち会えないだろう、って以前から私や親戚あてに連絡してきてましたから。馬鹿な男ですよ、まったく。自分の子でもない赤ん坊を自分の子だと思ってたんだから。あの男なら、自分が寝た女が妊娠して、生まれてきたのが猫だったとしても、そうか、これが俺の子か、てなもんで、受け入れたでしょうよ。別れてよかったんだ、あんな鈍感なやつとは」

美沙緒が黙っていると、金谷は目を赤くしたまま、ちらと美沙緒を見つめた。「何かおかしい、何かが変だ、と私はね、ずっと思ってました。知子とは子供の頃から仲のいい兄妹でしたからね。妊娠した、って言われた時はさすがにわからなかったけど、出産を済ませた後のあいつの様子がおかしいことには、すぐに勘づいてました。妙なはしゃぎ方をしてましたからね。第一、変でしょう。どこの病院で産んだのかも言わなかったしね。安産だった、って言うばかりで……それにふつうは生まれたらすぐ、身内が駆けつけるもんなのに、兄さんたちも忙しいだろうから、って、誰にも知らせず黙って出産を済ませたんです。そんな不自然なこと、あるはずもないじゃないですか」

「いつ、金谷さんに打ち明けたんですか？」

「一年くらいたってからです。亭主の岩崎も日本に戻って来て、知子は子供を連れて東京の、亭主と住んでた社宅に戻って暮らしてました。誰が見ても、普通の家族だった。それがね、ある日、話がある、って言われて……。罪の意識に耐えられなくなったんでしょうね、きっと。どうすればいい、って泣きながら聞くから、自首しろ、と言ってやりました。重大な罪を犯して、このまま、のうのうと生きていく気か、ってね。だいたい、他人様《ひとさま》の子を自分の子と偽るなんて、断じて許されることではない。なんとか説得して、自首させようとしたんですが、無駄でした。私も悪かった。喜美があんな形で自殺して、気が滅入《めい》ってた時でしたしね。完全に余裕をなくしてた。女房にも言えない。親戚連中にももちろん、言えない。私なりに……地獄でした」

わかります、と美沙緒は言った。表面は冷静さを取り繕ってはいたが、美沙緒の胸は烈しい鼓動を繰り返していた。何か近くで物音がしただけで、自分は悲鳴をあげてしまうのではないか、と思われた。

金谷は続けた。「でもね、時の流れってのはすごいもんです。どんな高い薬よりも、どんな偉い坊さんのありがたい訓話よりも効果がある。世間の大騒ぎもだんだん収まっていって……こう言っては何ですが、私はね、自分を救うために、こんなふうに考えるようになっていったんです。どうせこの子の本当の母親は死んじまったんだ、母親のいない子として育つよりも、贋《にせ》の母親でもいたほうがましじゃないか、って」

そこまで言うと、金谷は妙に小ざっぱりとした顔をして美沙緒のほうを振り向いた。「先生、煙草、持ってます？」

「煙草？　ごめんなさい。持ってないわ」

「吸いたくなりますね、こんな話なんかして。酒が飲めないのだから、せめて煙草だけ……」

買って来てあげましょうか、と言いたくなるのをこらえ、美沙緒は軽くうなずくにとどめた。

「昭吾はね」と金谷は言った。「私のこと、おじさん、って呼びます。当たり前ですがね。本当に戸籍上は伯父なのですから。素直な子でね。頭もよくて、ご存じの通り、男っぷりもよくて、自慢の甥です。でもね、あいつから、おじさん、って言われるたびに、気持ちのどこかがね、すーっと冷たくなるんですよ。それは今も変わらない」

遠くで救急車のサイレンの音がし始め、やがてそれは病院の近くまで来て、ぴたりと止んだ。ブラインドからもれてくる日の光は、ぎらぎらとして熱く感じられ、ロビーは澱《よど》んだ空気に充たされていった。

「そうですか。知子のやつ、死ぬ時、そんなことを口走ってたんですか」金谷はつぶやくように言って、ぼんやりした視線をテレビ画面に送った。テレビでは時代劇が終わっていて、赤ん坊用おむつのコマーシャルが流れていた。先頃、有名歌手と結婚したばかりの若手女優が、白いエプロン姿で赤ん坊のおむつを替えてやっている姿が大写しになった。

「罪ほろぼし、したかったんでしょうね、多分」金谷は掠れた声でぽつりと言った。「ずっとずっと、気になって、気が狂いそうになったこともあったんでしょう。でも身びいきするようですがね、先生。知子は本当に昭吾のいい母親でしたよ。本物の親よりも愛情が深かった。離婚はしたけどね、父親がいない分、ますます昭吾にとっていい母親であろうと努力してましたよ。これでよかったんだ、と私は思うようにしてました。昭吾は知子の本当の子だ、と思いこむようにしてた。そうでなけりゃ、こっちの身が持たなかった」

そこまで言うと、金谷はゆっくりと首をめぐらせ、美沙緒を正面から見つめて、黄味がかった濁った目をわずかに瞬かせてみせた。

「私が話せるのはこれが全部です。でも、先生。一つ聞かせてください。今さら、こんなこと、明るみに出してどうなさるんです。私はこういう身体ですからね。逮捕されようが刑務所にぶちこまれようが、怖いことはなんにもないですがね」

「逮捕だの刑務所だの、そんなこと、あるはずないじゃないですか」美沙緒は柔らかい口調で言った。「真実が知りたかっただけなんですよ。姪の澪のためにね。澪と崇雄君を会わせてやりたいんです。あの子たちは本当の姉弟なんですから」

金谷は何かを忙しく考えているような表情をしたが、それだけだった。

「ご気分、大丈夫ですか」

金谷はそれには答えなかった。代わりに「ねえ、先生」と彼は言った。「人間ってのはね、表に見えてる部分なんて、ほんの少しなんですよ。氷山の一角。人間の全部を明らかになんか、誰にもできっこないし、する必要もない。しないほうがいいこともある。いや、するべきじゃないことのほうが多い。……そう思いませんか」

金谷の言う通りかもしれない、と思ったが、美沙緒は曖昧にうなずき返すにとどめた。

ロビーの中に、夫婦とおぼしき初老の男女が入って来た。男は大きな手術でも受けたのか、憔悴《しょうすい》したような顔をしていて、ソファーに腰をおろす際にも妻の介助を必要とした。

妻のほうが、膝の上に藤色のハンカチを広げ、バッグから取り出した大きな桃を指先で剝《む》き始めた。たらたらと蜜が滴り落ちていくのを惜しむようにして、妻は剝いたばかりの桃を夫の口元に運んだ。

柔らかな桃にかぶりつく力すらないのか、夫のほうはいやいやをするように顔をそむけた。

妻は別段、がっかりした様子もなく、舌を鳴らしながらその桃を食べ始め、おいしい、とあたりに響きわたるほど大きな、はしゃいだような声をあげた。

4

澪の住まいは、白金台にあるマンションの五階である。いちいちエレベーターに乗らずとも、美沙緒の暮らす三階の部屋に行こうと思えば、階段を使って一分もかからない。

父親が事故で急死してから、自宅を処分し、澪はこの、同じ界隈《かいわい》に建ったばかりのマンションを購入した。美沙緒もまた、時を同じくして、澪の後を追いかけるように、それまで住んでいた佃島《つくだじま》から同じマンションの一室に越して来た。

父が残してくれた金でマンションを買い、気に入った内装を施して、悠々自適な暮らしを楽しみなさい、と勧めてきたのは美沙緒だった。朽ちていくだけのだだっ広い家に、一人、残って、古い記憶のしがらみに囲まれながら生きていくのは利口な方法とは言えない、というのが美沙緒の意見だった。

亡き父の思い出を残す古い家を思いきりよく処分するのには、勇気が必要だった。美沙緒を招き、共に暮らすことも考えたが、美沙緒はその申し出を拒否した。あの家にはあなたのお父さんの思い出が詰まり過ぎている、できればもう、忘れたい、自分もまた、新たに生きていきたいのだ、と美沙緒は言った。

その気持ちは理解できた。父をはさんで、常にブックエンドのようにして寄り添っていた人間と、改めて一つ屋根の下で暮らし始める、というのも、何だか億劫な気がしないでもなかった。考えたあげく、澪は美沙緒の意見に従った。

美沙緒が、同じマンションを購入するとは夢にも思っていなかった。そんなことをしたら、あまりに近くなりすぎて、同居しているも同然の関係になるのではないか、と案じたこともあった。肉親同士の馴れ合い的な親密さは、ともすれば、互いのプライバシーを平然と侵していく危うさも秘めている。そういうことも澪は知っていた。

だが、いざ、叔母と姪とで、一つマンションに暮らしてみれば、そこに鬱陶《うっとう》しさはみじんも生まれなかったのが不思議だった。

相手が何時に帰っているのか、今、部屋にいるのかどうかも、いちいち関心を持たない。当然のごとく、互いの部屋に誰か客人が来ていたのだとしても、知る由もない。

よほどの急用でもない限り、電話をかけ合うことはなく、もちろん、いきなり部屋を訪ねて行ってチャイムを鳴らすこともなかった。三階のフロアと五階のフロアにそれぞれ行くためには、別々のエレベーターを使わねばならなかったので、館内でばったり会う確率も少ない。

休日の晩など、ごくたまに美沙緒から電話がかかってきて、餃子を大量に作ったから、とか、今夜は鍋物にするつもりだから、などといった理由で、夕食に誘ってくることもないわけではなかった。深夜になって、何故ともなく人恋しくなった澪が、寝酒に何か一杯、やらないか、と美沙緒を誘うこともあった。だが、それは滅多にないことであり、ふだん、姪と叔母はそれぞれ同じマンションの、別々の部屋で過ごし、互いに何をしているのか、ほとんど知らずにいた。

にもかかわらず、澪は時々、思う。同じ建物の中に、美沙緒がいてくれる、と思うだけで、巣穴で寛《くつろ》いでいる動物のように安心できるのは不思議なことだ、と。

風邪をひき、熱を出して臥《ふ》せっていても、澪は美沙緒にいちいち報告しない。電話をかけて、風邪薬、買ってきて、とも言わないし、食事の世話をしてもらいたい、とも言いださない。

鬼のように赤い顔をして、高熱に喘《あえ》いでいてすら、澪は美沙緒に甘えることはなかったし、それは他のどんな場合でも同じであった。

そのくせ、澪の中では、美沙緒の存在は常に大きなものとしてある。母親の代わりではないし、親友の代わりでもない。信頼できる親戚の一人、というわけでもない。何かもっと別の、目に見えない絆のようなものが感じられてならないのだが、それはきっと、と澪はいつも考えるのだった。

死んだ父が、唯一、最後まで愛した人、という枠の中にあてはめて、自分は美沙緒のことを考えているのだろう、と。だからこそ、美沙緒は誰かの代役としてあるのではない、自分にとって、遠く近く、特別の存在であり続けるのだろう、と。

岩崎昭吾から澪の携帯電話に電話がかかってきたのは、彼と青山のレストランで会ってから、ちょうど一週間後の深夜のことだった。

岩崎です、と名乗られて、一瞬、誰のことかわからなかった。澪はベッドで、素っ裸のまま「ああ」と言った。言いながら、シャワールームのほうを窺った。

シャワールームでは、今しがたまで、ベッドを共にしていた男がシャワーを浴びていた。勤め先の珈琲店のオーナー、牟田《むた》であった。

何故、こんな時に、という思いがあった。話すのが億劫だった。

金輪際、話したくない相手、というわけでもなく、いつかはまた、会うこともあるかもしれない、と思ったのは事実だったが、情事の直後に岩崎昭吾と話をするのは気がすすまなかった。澪は起き上がり、情事の現場を見られたような不快さを覚えつつ、傍にあったガウンをはおった。

「こんな時間に電話をしてよかったですか。ずいぶん迷ったんですけど」

「大丈夫よ」

「自宅にいらっしゃるのかな。寝ていたのを起こしちゃったんだったら、また、かけ直します」

「自宅にいるところだけど、別にいいのよ。寝てたわけじゃないから」

「かけ直しますよ。明日にでも」

「私はね、電話の声がいつも無愛想だ、って、みんなに言われてるの。そういう性分なのよ。気にしないで」

ふふっ、と昭吾は笑った。さも可笑《おか》しそうな笑い方だったので、澪の気持ちはいくらか和んだ。静かな場所からかけている様子だった。澪はサイドテーブルの上の置き時計を見た。午前一時をまわっていた。

シャワールームから、牟田が出て来る気配があった。牟田は立て続けにくしゃみをした。大きなくしゃみだった。

主寝室に続く、専用のシャワールームである。シャワーとトイレが使えるようになっている。

扉は開けっ放しになっていた。聞こえたかもしれない、と思ったが、たとえ聞こえたとしても、それが何なのか、と澪は思った。二十四年ぶりに会った姉の部屋に、深夜一時、男がいて、大きなくしゃみをしたところで、青年は何ひとつ、意に介さないに違いなかった。

「先日はありがとうございました。なんていうのか……不思議なひとときでした。でも、とても楽しかったです」昭吾は落ちついた口調で言った。

こちらこそ、と澪は応えた。手を伸ばし、サイドテーブルにあったマルボロのパッケージから、一本抜き出して、ライターの火をつけた。まるでその様子を見ているかのように、昭吾はわずかの間、沈黙を守った。

「あれからいろいろ考えようとしてみたんですけど、結局、あまり考えはまとまらなかったな。なんだかゲームソフトの物語の中に飛びこんじゃったみたいで。実感がわかないんですよ」

澪は軽く肩をすくめた。不愉快な話題ではなかったが、そのことについて長話していたい気分ではなかった。

実の弟と再会した。和やかに食事を共にし、別れた。それで充分ではないか、という思いがあった。

済んだことだった。弟としてではなく、一人の青年として目の前に現れてくれたのだったらともかく、弟、という但し書きがついている限り、いかにさりげなさを装って関わったとしてもそこには常にかすかな翳《かげ》りがつきまとう。

今さら、事件が起こった頃のことを思い出して語り合いたいとも思わなかったし、姉と弟として、同じ血を分け合っている、ということについて、感傷的にうなずき合うことからも逃げ続けていたかった。それは一種の防衛本能のようなものだったが、自分が何から身を守ろうとしているのか、澪自身にもよくわかっていなかった。

牟田が、腰に大きな白いバスタオルを巻きつけたままの姿で現れ、澪が携帯電話を手にしているのを見ながら、澪の吸っていた煙草をそっと取り上げた。牟田は常日頃、澪に喫煙の習慣があることをいやがっていた。

「バイトが終わったところ？」澪は、牟田を無視して、またマルボロのパッケージをたぐり寄せた。牟田は露骨に不快そうな顔をした。

「そうです」

「バイトは毎晩なの？」

「いえ、水曜と日曜は休みです」

「仕事中は、ホモのオーナーと二人きりになっちゃうわけだ」

「まさか。僕の他に三人、バーテンダーがいますよ」

「これから帰るところ？　それとも、ガールフレンドと、どこかにしけこもうとしてるとこ？」

「残念ながら、そうじゃありませんよ」と昭吾は言い、いやだな、と言って、またくすくす笑った。「ふだんは終電に乗り遅れないで済むような時間に解放されるんですけど、今夜はちょっとこのまま帰る気になれなくて、一人でぶらぶらしてたら、こんな時間になっちゃっただけで」

「だから私のこと、思い出してくれたってわけ？」

「いや、だから、っていうわけでもなく……あなたのことはずっとあれから考えてました。

いつ、また、連絡しようか、って、そればかり」

あなた、と言われたことが、澪を妙に落ちつかない気持ちにさせた。澪さん、とも呼びにくいだろうし、まして、今の段階でお姉さん、と呼べるわけもないことはわかっていたが、それでも「あなた」という二人称は、この場合、使ってはならない言葉のように思われた。

「連絡してくれてありがとう。ゆっくり話していたいんだけど、ごめんね。実は今、ちょっと、友達が来てるとこなの。また、今度ね。私からも連絡するから」

「友達、って、広尾の珈琲店の人？」

澪は黙りこんだ。別段、不快には思わなかった。その、あまりにもストレートな切り込み方に虚を突かれたようになっただけだった。

「すみません」と昭吾は言った。「余計なこと聞いちゃったな。許してください」

ともかく、と澪は言い、軽く息を吸った。「またね。近いうちに」

「明日、何をしてます？」

「え？」

「明日です。よかったら、会いませんか。明後日でもいい。合わせます。バイトなんて、どうにでもなるから」

澪は、ちらと牟田のほうを見た。牟田はベッドの反対側に腰をおろし、タオルをはずして、ブリーフをはこうとしているところだった。

その、年齢を表す贅肉に被われた広い背に、幾つかの見慣れた黒子《ほくろ》が散らばっているのを見るともなしに見ながら、澪は「変わってる人ね、あなたも」と言った。

「僕が？　どうしてです」

「私なんかと会っても、退屈なだけでしょう。これまで会ったこともなかったんだし、このまま会わずに一生を終えたかもしれないのよ。そんな人間と二度も三度も会ったって、楽しいはずもないと思うけど」

「楽しくなくても、会ってみたっていいじゃないですか」

「セロリと梅干しが嫌い、っていうことがわかったんだもの」澪はうっすら笑った。「それでいいじゃない」

わずかに沈黙が流れた。ふっ、と空気がもれるような笑い声が聞こえた。「左利き、っていうのも同じですよ。但し、食事をする時だけは右手を使う」

「どうしてわかるの」

だって、と昭吾は言い、喉の奥に笑いを含ませながら続けた。「この間会った時、あなたはフォークを右手に持ってたけど、携帯の番号をメモする時、ペンは左手に持ってた」

澪は額にかかった髪の毛をかき上げ、微笑した。「観察力が優れてるのね」

「……明日、どうですか」

少し間をあけてから、澪は言った。「夕御飯くらいならつきあってもいいわ」

よかった、と昭吾は言い、次に若者らしく「やったぁ」と声を上げた。

待ち合わせる時刻と場所を決め、携帯を切ると、牟田が振り返り、「誰？」と聞いてきた。

澪は「弟」とだけ言った。牟田に事情は簡単に説明してあった。

牟田は軽く眉を上げ、「弟ね」と言った。「美男かどうか、聞いてなかったな」

「美男よ」と澪は言った。「とっても。でもそれが何？」

いや、別に、と牟田は言って微笑み、ブリーフ一枚の姿のまま、ベッドに上がって澪をゆるく抱き寄せた。「偽物の弟だったら、承知しないよ」

馬鹿ね、と澪は言い、腰のあたりに牟田の愛撫を受けながら、あの青年はやっぱり父に似ている、と思った。容姿はもちろんのこと、声も、喋り方も、女を誘う時に醸しだす、独特のエスプリに至るまで……。

「本物の弟よ」と澪は囁くように言い、湯と石鹸の香りをさせた牟田が唇を求めてくるのを、どこかしら疲れたような気持ちで受けとめた。


翌日、七時頃、澪が青山通りに面したファッションビルの入口に行くと、すでに昭吾は来ており、澪に向かって笑顔を向けた。何の屈託もない、無邪気な笑顔だったことが、澪の気持ちを楽にさせた。

改まった挨拶は何もしなかった。澪は十年来の男友達に言うように、「近くに静かな小料理屋さんを知ってるの」と言った。「予約してあるんだけど、そこでいい？」

もちろん、と昭吾が言ったので、澪は先に立ってすたすたと歩き出した。秋の香りに満ちた夜だった。街路樹の紅葉も始まりつつあり、夜風にはすでに、近づく冬を思わせる冷たさがあった。

大通りから少し奥に入り、さらに路地を曲がった突き当たりに、その小料理屋はあった。下見板張りの外壁が黒々としており、入口あたりに敷きつめられた御影石には、屋号を示す黄色い明かりが映って、とろとろとした飴《あめ》のように光っていた。

以前、男に連れて来てもらったことのある店だった。牟田の珈琲店に通って来ていた、いかにもやさぐれた、そのくせ、神経質そうな、自称、演出家だった。自慢げに口にする有名俳優とのエピソードは、すべて嘘だろう、としか思えなかったが、妙に純朴なところが見え隠れしている男だった。

牟田の目を盗んで外で会い、この店で酒を飲んでからホテルに行った。ラブホテルではなく、一流のシティホテルであり、男はそこの最上階にあるバーラウンジで澪にカクテルを飲ませている間に、部屋のチェックインを済ませてきた。

たった一度の関係だった。男はその後、一と月ほどしてから電車に飛び込んで自殺した。遺書はなく、とりたてて自殺しなければならない理由も見当たらず、発作的な自殺だろうという話だった。

Ｌ字型のカウンターだけの店内は仄暗《ほのぐら》く、他に客もいなくて静まり返っていた。入口の引き戸を閉ざすと、外界の音が遮断され、どこからともなく、ひゅうひゅうと吹き過ぎていく風の音ばかりが耳についた。風の通り道になっているのか。あるいは、風が吹きだまるような建て方になっているのか。澪はふと、死んだ演出家とこの店に来た時も、同じ音を聞いたことを思い出した。

カウンターの右端の席に座り、無愛想を絵に描いたような店主に酒と二、三の小鉢料理を注文した。まもなく料理と酒が運ばれてきて、ぬるく燗《かん》がつけられた徳利を手に、澪が「さあ」と促すと、「あ、どうも」と昭吾は杯を手に取った。

昭吾が酌をしようとしてきたのを断り、澪は自分で杯に酒を注《つ》いだ。

「よく来るんですか、ここ」

「一度来たきりよ。まだ二回目。静かでしょ」

「東京のど真ん中にいるような気がしないですね」

「お酒が入るともっとそう感じるわ。異次元の空間に迷いこんじゃったみたいになる」

「あの、ひゅうひゅう、って鳴ってるのは、風の音？」

「多分ね」

「雪まじりの風の音、っていう感じがするな。大きな洞穴の中にいて、穴の外に吹き上げられて、渦を巻いてる雪を見ながら、じっと風の音を聞いてるみたいな……」

あはっ、と澪は笑い声をあげ、「詩人ね、あなた」と言った。「それともただのロマンティスト？」

「どっちでもないですよ。僕はこう見えて、結構、現実的だし、合理的な人間だから」

澪がからかうようにうなずき返すと、昭吾は軽く眉を吊り上げ、「あなたもでしょう？」と聞いた。

澪は肩をすくめ、さあね、と言った。「あんまり自分を分析するのは好きじゃないの。どうしてかわかる？　分析した瞬間から、別の自分が出現するからよ」

「多重人格？」

「かもね」

大根のみそ田楽をつついているうちに、空腹であることに気づいた。澪は品書きを眺め、さらに数品の料理を注文した。何が食べたいか、一切、昭吾には聞かなかった。

傍にいるのが弟だ、ということは全く意識せずにいられた。ただ単に、通りを歩いていて声をかけてきた年下の男と、気まぐれで酒を飲みに来た、といった気分だった。

「なんか、ぽんぽん、とした調子で喋るんですね」

「私？　そうね。いろんな人からそう言われるわ」

「いつも不機嫌そうなんだけど、本当に不機嫌なのか、って言ったらそうでもない。あんまり感情曲線が上下しないみたいに見える」

「フラットなのよ。でも、感じ悪いでしょ。いまどきの突っ張り姉ちゃん、っていうには年がいきすぎてるし、単に感じの悪い女。自分でもそう思うわ」

「全然、感じ悪くなんかないですよ。感じが悪かったら、そんなにもてない」

「何を称して、もててる、なんて言うのよ」

「恋人、いるじゃないですか」

「だから恋人じゃなくて、愛人だ、って言ったでしょ」

「お金、もらってるんですか」

「その人に？　そんなもの、もらってないわよ」

「月々のお手当てをもらってるわけじゃないんだったら、愛人とは呼べないと思うけど」

「どうかしらね。じゃあ、いいわ、そんなにこだわりたいんなら、言い方、変えてあげる。情事の相手。どう？」

　昭吾が呆れたように目をぐるりと回してみせたので、澪は笑った。昭吾も笑った。

「あなたはどうなの」

「どう、って？」

「恋人の一人や二人、いるんでしょ？」

「そりゃあ、人並みに、呼び出せばつきあってくれる女友達はいますよ。でも、恋人って呼べるかどうか……」

「あなた、女の子にもてるでしょ。ね？」

「別にもてませんよ」

「ホストクラブでナンバーワンだったじゃない」

「女の子を振り向かせようと思ったら、テクニックひとつでどうにでもなる、ってことを知ってただけですよ。いや、別に自慢話をしてるわけじゃないんです。ただ、ぼんやり突っ立ってたって、男が女にもてるわけがない。テクニックが必要で、それさえマスターしてしまえば、誰にだってなんとかなるんです。ましてそこに商売がからんでくれば、自尊心なんか平気で押し殺せますしね。そういう汚らしいことができただけのことで、そんなのは別に、もてたことになんか、なりませんよ」

　或る意味では父もそうだった、と澪は思い返した。一人の女を振り向かせようとした時、父はいつも、鮮やかなほどの腕前を見せた。眼差《まなざ》し、会話、仕草……父の全細胞はすべて、相手の女に向けて引き締められた。それはまるで、獲物に向かう時のネコ科の動物さながらだった。

　ただ一つ、昭吾と違うのは、それを称して「汚らしい」などと、父はつゆほども考えていなかったことだ。女に向かっている時の父は、いつも純粋だった。父にとってそれはいつも、最後の恋であり、その「最後の恋」はまた、時をおかずして、次の恋に席を譲っていくのだった。

たった一人、美沙緒を除いては……。

だが澪は、その話を昭吾にはしなかった。思い入れたっぷりに、昭吾相手に亡き父の思い出話をしようという気にはなれなかった。いずれそんな話をする時がくるのだとしても、少なくともその晩、澪は昭吾を「数奇な運命を辿《たど》って再会した弟」ではなく、あくまでも「ゆきずりの男」として見ていたかったのである。

何品もの料理が運ばれてきた。澪も昭吾も杯を重ねた。途中、一組の中年のカップルが入って来たが、カウンターの左端に席を取ったので、彼らの話し声は何ひとつ、聞こえなかった。相変わらず薄暗い店内には、風が吹き抜けていくような気配が漂っていた。

「例の話、してもいいですか」

運ばれてきたばかりの、ぐじの若狭焼きをつつきながら、昭吾が聞いた。

「例の話?」

「僕の生い立ちの話ですよ」

「したければどうぞ」

「あまり、聞きたくないみたいだけどな」

「そんなことないわ。気の回し過ぎよ」

昭吾はうなずき、ちらと澪を見た。

「おふくろは……というか、僕の育ての親は懐の深い、優しい女でした、とてもね。なんでも受け入れたし、意見する時はきちんと意見したし、感情的になることもなかった。居心地はよかったです。マザコンにならずに済んだのが不思議なくらい」

「罪の意識があったからなんでしょ、きっと。どういう人だったの？」

「とても、そんな大それたことをしでかすような人間ではなかったです。ごく普通の、どこにでもいそうな主婦、っていう感じのね、そんな女でした」

お父さんは、と聞き、澪は小さく咳払いをして「育ての」とつけ加えた。

「よくわからない男だったな。なにしろ、僕が八つの時に、おふくろと離婚しちゃったわけだし。あんまり家に居つかないタイプで、しょっちゅう、外出してましたから。おやじと何かをした、っていう具体的な記憶があんまりないんです。女にだらしない男だったから、四六時中、外に女がいて、そっちに入り浸ってたんでしょうね、きっと。でも、僕のことは可愛がってましたよ、人並みの父親ふうに」

「その人、あなたが本当に自分の子ではない、と知らずに、今もどこかで生きているのね？」

「勤めてた会社をリストラでもされていない限りは、前のまま、ふつうの会社員をやってるはずです。出世もしてるかもしれない。でも、一切、連絡はとってないんです。おふくろが死んだ時も連絡しなかった」

「どうして？」

昭吾は軽く息を吸い、ふっ、と短く吐き出した。「自分が死んでも、一切、あの人には教えるな、っておふくろからずっと言われてたから」

そう、と澪は言った。言いながら、昭吾の横顔を盗み見た。すっきりと伸びた鼻梁《びりょう》はなめらかで美しく、伏し目がちにした目の、思いがけず長い、黒々とした睫毛《まつげ》が、頬骨のあたりにまばらな影を落としているのが見えた。

「一つ聞かせて」

「何でもどうぞ」

「突然、美沙緒ちゃん……ああ、美沙緒ちゃんっていうのは、叔母の本多美沙緒のことだけど、彼女のことはそう呼んでるの……彼女が、あなたの過去を全否定してきたわけよね。凄まじい話よ。どう考えたって、ふつうじゃないわ。あなたは誘拐されて、誘拐犯を母と思いこんで育ったんだ、って教えられたんだもの。アイデンティティみたいなものが、いっぺんに失われたことにもなるはずだけど、よく、平気でいられたのね。どうして？　強いから？」

「平気でいたなんて、一言も言ってないですよ。そう見えるかもしれないけど、実際は今もまだ、気持ちの奥底がうねり狂ってるんですから。でもね、あんまり嵐が強すぎたんで、台風の目に入った時みたいに、何も感じないでいられたんです、きっと。今もなんとか吹き飛ばされずにいるのは、台風の目が、長く僕の中にとどまってくれてるからかもしれない」

澪は微笑んだ。「台風の目……か。なるほどね。ずっと台風の目の中にいられればいいのにね。今度のことに限らず、人間、生まれてから死ぬまで、ずっと、台風の目の中にいられればいい。楽よ、きっと」

まあね、と昭吾は言い、つと澪のほうを向いて微笑みかけた。澪も微笑み返した。

「あ、それともう一つ、聞いておかなくちゃ」

「はい。何でしょう」

「あなたのこと、何て呼べばいい？　崇雄、だなんて、呼ばれたくもないでしょ？」

「そうですね。崇雄って名前で呼ばれても、きっと返事できませんよ。昭吾、でいいです」

「わかった。そうするわ」

「澪さんのことはどうすればいいですか」

「今みたいな呼び方でいいわよ」

「澪さん……で？」

「呼び捨てでもいいし。どっちだっていいわ。但し、お姉さん、なんて呼ばないでね。それこそ、返事しなくなるから」

「いやですか？」

「当たり前でしょ。あのね、これだけははっきり言っておくけど、私、まだあなたのことを弟だ、って認めて、姉と弟のようにふるまえる状態には至ってないのよ。あなただって同じだと思うけど」

「わかります」

「だから、お姉さん、って呼ぶのだけは遠慮して」

わかりました、と昭吾は言い、その後で小声で「でも、呼んでみたいな」とつけ加えた。

「呼んでみたい？　どうしてよ」

「どうしてなんだろう。ただ、そんな気がするだけです」

馬鹿みたい、と澪は言い、呆れたように笑いながら、徳利を差し出してきた昭吾の酌を受けた。ぬるい燗のつけられた酒は、甘く喉にしみていった。店内は仄暗《ほのぐら》く、相変わらず風が吹き抜ける音がしていた。

次第に酔いがまわってきた。この世にたった二人だけ残されて、明日が見えないまま、昭吾と酒を酌み交わしているような錯覚を覚えた。

澪はつぶやいた。「弟じゃなければよかったのにね」

「何故です？」

「弟じゃなかったら、私、昭吾君のこと、今夜の恋人にしてたかもしれないよ」

何故、そんな馬鹿げたことを口にしているのか、わからなくなった。酔いのせいかもしれなかったし、一時の気の迷いから生まれた、ささやかな本音かもしれなかった。

昭吾は応えなかった。箸を右手に、豪快に小鉢の中をあさり、美味《うま》そうに味わって、こんなおいしいものを食べたのは、久しぶりだな、と言っただけだった。

5

電話が鳴った。

携帯電話ではない、部屋の電話だった。反射的に美沙緒は壁掛け時計に目を走らせた。いつもの癖だった。職業柄の、というわけでもなく、それは一種の習慣のようなものだった。九時近かった。電話機はナンバーディスプレイ方式になっている。澪が携帯電話からかけてきているのは、すぐにわかった。

「美沙緒ちゃん、珍しい。いないかと思った。もう帰ってたんだ」

「どこにいるの？　まだ牟田さんのお店？」

「今日は早めに戻って、今、部屋にいるとこ。ねえ、今夜は何か片づけるような仕事、あるの？」

「今夜？　ううん、別にないけど。どうして？」

「じゃあ、これからちょっと、そっちに行ってもいいかな」

言葉の奥に、何かいつもの澪らしくもない、照れのようなものが窺われた。何かあったのか、とふと思ったが、その質問はしなかった。

「いいわよ、もちろん」と美沙緒は言った。「いらっしゃい。待ってる」

じゃ、十分後に、と澪は言い、電話は切られた。

珍しく仕事が早く片づき、夜の予定もなかったので、銀座のデパートの地下食料品売場でゴルゴンゾーラチーズをひと塊と、サラダ用の野菜を少し買い、家に戻ってペンネを茹《ゆ》でた。ゴルゴンゾーラチーズを溶かして生クリームと共にペンネと和《あ》え、ミックスサラダに手作りのドレッシングをかけたものを皿に盛りつけた。赤ワインの小びんも空けた。デザートには、ヨーグルトをかけた林檎《りんご》を二きれ。一人の夕食はそれなりに豊かで美味だった。

家で食事ができる時は、たいてい手作りのものをと心がけている。ただでさえ、外食が多い毎日なので、たまの自宅での食事に、店屋物や出来合いの惣菜などを食べる気にはなれない。

きっかり十分後に澪がやって来て、室内にまだ残っていたチーズの匂いを嗅ぎ分けた。

「これって、もしかしてゴルゴンゾーラ?」

「あたり。ペンネと和えたの。すごく簡単。でも結構、おいしかった」

「偉いのね、美沙緒ちゃん。きちんとそうやって自分の食事を作って、仕事もして。スーパーウーマン、って美沙緒ちゃんのことね」

「別に偉くなんかないわよ。誰も作ってくれる人がいなくて、そのうえ、おいしいものが食べたいとなれば、自分で作るしかないじゃない」

「ひっくり返ったって、私にはできない。家にいる時は、いつだってそのへんで買ってきたものばっかりだもの」

「美容に悪いわよ」

「わかってる。そのうえ、お酒と煙草だものね。長生きしないな、きっと」

「何言ってんの、まだ三十にもなってない小娘が。悪いけど、五十になった私だって、がんがんお酒もやれば、煙草もやってるのよ。でも、あと少しは長生きしそう。ほんの少しで充分だけど。ねえ、何を飲む？」

コーヒー、と澪は笑みを浮かべながら言い、手に持っていた煙草とライター、それに部屋の鍵がついたキイホルダーをがちゃがちゃと音をたててダイニングテーブルの上に置いた。

黒のたっぷりとした丸首セーターに、小花模様がプリントされたスリムパンツをはいている。肩まで伸ばしている髪の毛をゆるく首の後ろで結び、化粧の跡はなかった。

化粧をしていない澪は、している時の澪よりも素直に見える。指先で少しつついただけで、ぐらりと揺れながら倒れてしまいそうに、儚《はかな》げにも見える。

「長居はしないからね。邪魔してごめんね。デートの約束でもあったんじゃない？」

「あいにくだけど、そんなものないわよ」

「なんだ、つまらない。でも、実は今、誰かさんが寝室のベッドにいたりして」

「確かめてみる？」

「そうね」

澪が芝居がかった足取りで寝室のほうに行きかけたので、美沙緒は大笑いした。

澪には楠田のことは話してあった。その出会いから、どのようにして深いつきあいをするように至ったか。具体的な話はあまりしないが、隠しておくようなことではなかったし、澪に知らせておきたいという気持ちもあった。

恋愛は劇場である、という考えを美沙緒は若い頃から持っている。人は自分の恋を誰にも言わずにひっそりと始め、ひっそりと終わらせることはまずない。不思議なことに、人は恋をすると誰かに自分たちの物語を聞かせたくなるのである。

それはちょうど、舞台で自分自身の恋物語を演じているのと同じだ。観客が欲しくなるのである。たった一人の観客でいいのである。自分たちの恋物語を、客席から観続けてくれさえすればいいのである。

だからといって、美沙緒は自分が、楠田に恋をしたのかどうか、わからずにいた。恋は、遠い記憶の中に残されている、かすかなおき火のようなものに過ぎないようにも思われた。未だに確かなぬくもりを残してはいるものの、再び焰《ほのお》をあげることはない。それはずっと永遠に、おき火のままでいて、自らの肉体の消滅と共に、風にさらわれ、人知れず消えていくものかもしれなかった。

コーヒーをいれながら、美沙緒は澪の様子を窺った。澪がこうやって、約束してもいないのに突然、美沙緒の部屋を訪れて来ることは滅多にない。来る時はたいてい、何か問題を抱えている時か、もしくは報告したくてうずうずしている出来事があった時だけである。

もしかして会ったのだろうか、と思った。あの青年に。澪の実の弟に。

牟田と何かがあった、とか、他にトラブルがあった、とか、そういったことは何ひとつ想像できなかった。何か変わった新しい出来事があったのだとしたら、あの青年との間のことしか考えられなかった。そんなふうに断定的に考えてしまう自分が、我ながら不思議だ、と美沙緒は思った。

ダイニング用の小ぶりの丸テーブルにコーヒーを運び、澪と向かい合わせになった。澪はマルボロに火をつけ、細めた唇から形よく煙を吐き出した。

「会ったわ」と澪は吐息をつくような言い方で、ぼそりと言った。

「え?」

「昨日の夜、あの子と」

「あの子?」

「わかってるくせに。岩崎昭吾よ」

美沙緒は表情を変えずにうなずき、「へえ、そう」と言った。「澪が誘ったの?」

「まさか。一昨日の夜、向こうから電話がかかってきたのよ。会いたい、って言いだして、初めは何だか億劫で断ったんだけど、喋ってるうちに何となく……ね。会ってもいいかな、って思えてきて」

美沙緒は笑顔を作った。「会ったっていいじゃない。別に怪しい人間じゃないんだし。よかった、澪がそういう気になってくれて。で、どうだったの？」

「どう、って別に。青山の小料理屋のカウンターで飲んだわ。いろんな話をして、結局、四時間以上一緒にいたかな。気がついたら十一時をまわってて、彼を終電に間に合うように帰らせなくちゃ、って思って、店を出てね。出たところで別れたの」

「四時間も喋ってたということは、話がはずんだ、ってことね」

澪は小さく肩をすくめ、両手でコーヒーカップを持ち上げて口に運んだ。その伏し目がちな顔に束の間、なじみのある翳りが落ちたが、すぐに消えた。この子は今、とまどいながらも昭吾のことを受け入れようとしている、と美沙緒は思った。

「どう？　弟と飲む気分って」

「よくわかんないわ。弟だっていう実感、まだ全然ないんだもの」

「そうでしょうね。でも、楽しかったんだったら、よかった。あんまり深く考えずに、また気楽に会えばいいじゃない」

「まあね」

「どうせ澪は、事件の辛気臭い話なんか、しないはずだし……しなくていいのよ。ほんとにもう、事件のことなんか、どうだっていいんだから。そんなことは忘れた上で、あなたたちを会わせたんだし。それでもまあ、運命の不思議、っていうテーマについて語り合うくらいはしてほしいところだけど」

澪はコーヒーカップをソーサーに戻すと、ちらと美沙緒を見つめた。「他人だったらよかったのにね、って彼に言ったわ」

美沙緒は一瞬、返す言葉を探したが、見つからなかった。黙ったままでいると、澪は同じ意味のことを繰り返した。

「弟じゃなかったら、よかったのにね、って言ったの。もし弟じゃなかったら、今夜の恋人にしてたかもよ、って」

美沙緒はわざと大げさに顔をしかめてみせた。「澪らしい冗談ね」

「わかんないわよ」

「何が」

だって私、と澪は言った。「あの子のこと、ちょっと気にいったんだもの。弟だってことを知らなかったら、ほんとに誘ってたかもしれない」

馬鹿ね、と美沙緒は言い、再び笑った。笑みが少しひきつれるのがわかった。「話だけ聞いてると、なんだか男なしでは生きられない年増女、って感じがしてくるわよ。夜な夜な、男をあさりに街に出て……っていう女」

「女が男を誘っちゃいけない？」

「そうじゃないけど、誘いたい男がいたら、誘わせるように仕向けたほうが利口ね」

「じゃあ、あの弟くんに、そうしてみようかな」

「本気で言ってるの？」

澪は肩を揺すって笑い出し、二本目のマルボロに火をつけた。「冗談よ、冗談」

その時、キッチンカウンターに載せておいたショルダーバッグの中で、携帯電話が鳴り出した。ふつうのコール音である。着信メロディにはしていない。何度か、マニュアル本と格闘してみたが、着信メロディにする方法がよくわからなくてそのうち頭が痛くなった。以後、そのままで使っている。

「今宵のデートの相手、かしら」澪がいたずらっぽい口調で言った。

美沙緒は携帯を取り出し、ディスプレイを覗いた。楠田勝彦の名がそこにあった。

「楠田さんよ」

澪は軽く眉を上げ、からかうような表情を作ってつと顎を上げると、さも関心がなさそうに煙草の煙を天井高く吐き出した。

「今、新宿にいるんだけど」と楠田は言った。「あなたはどこ？　もしかして仕事中？」

「今日は早く帰ったの。マンションにいるわ」

「そう。もし外だったら、どこかで待ち合わせて会おうかと思ってたんだけど……。だったら、これからそっちに行くよ。いい？」

澪と喋っていたい気持ちと、楠田と久しぶりに会ってもいい、と思う気持ちとが拮抗し合った。ならば三人で会えばいい、というような極楽とんぼのような発想は、美沙緒にはなかった。互いのテリトリーは、それぞれ守らねばならない。自分中心で物事を考えると、結局は本当の楽しみも半減するのである。

「いいわ」と美沙緒は言った。「車？」

「タクシーを拾うよ。少し飲んでる」

「わかった。待ってます」

澪は美沙緒が携帯をバッグの中に戻す前に、すでに椅子から立ち上がっていた。「お邪魔のようだから、これで帰るわね」

「まだ平気よ。新宿からだから、あと二十分はかかるだろうし。何だったら、少し一緒にいたっていいじゃない」

「遠慮しとく。いいの、いいの。気にしないで。ちょっと昨日のこと報告したかっただけだから」

笑顔でそう言い、澪はマルボロのパッケージとライター、それにキイホルダーをわしづかみにすると、大股で玄関のほうに歩き出した。

その背に向かって、美沙緒は「牟田さんは元気？」と問いかけた。聞いてしまってから、つまらない質問だった、と自戒した。

自分の部屋に男が来る、ということを姪に知られて、我知らず照れているのかもしれなかった。お互い様、という意味をこめ、澪が長くつきあっている牟田の名を、こんな時に出してみせるのは、どう考えても子供じみていた。

澪は玄関先で真紅の柔らかな革のフラットシューズをはき、少女のような軽い身のこなしで美沙緒のほうを振り返ると「元気よ」と言った。「一昨日の晩も会ったわ。うちで」

それは「一昨日の晩も雨だった」とでも言っているように聞こえた。一切の感情を交えない、乾いた言い方だった。澪が牟田に関して、そうした口調で喋るようになってから久しかった。

牟田は四十代の半ばを過ぎている。美沙緒とは同世代と言ってもいい。造船会社を経営していた人物を祖父にもつ、いわば金持ちのどら息子であり、青山の一等地にあるマンションで妻子と暮らしている。優秀な兄弟たちから脱落し、趣味に生きているという、よくあるような「一族からのつまはじき者」ではあったが、店の設《しつら》いや客あしらいを見ていると、出自のよさが滲《にじ》み出ているのがわかる。

とはいえ、何故、澪が長年にわたり、牟田と関係を続けているのか、美沙緒にもよくわからないところがあった。

金銭の授受があるわけではない。ただ単に、牟田の店を手伝っているというだけであり、確かに法外な給料を与えられている、という事実があるにせよ、それでも澪は牟田の店の従業員の一人だった。労働に対する正当な報酬、と考えれば、卑屈になる必要もなく、牟田の求愛を受け入れねばならない道理は何もなかった。

寂しいのか、とも考える。自分を最終的につなぎとめてくれる人間がいないせいで、さしあたっては無難な男女関係を結べる男を手放さずにいるだけなのか、と。

だが、その割には、いつなんどき、別れたってかまわない、と考えているような言動が澪には目立つ。美沙緒は澪が、牟田以外にも、時折、店に来る男から誘われていることを知っていた。牟田もそのことにうすうす気づいているはずであり、そのくせ、二人は長年連れ添った、年の離れた夫婦のように、或る意味では習慣化された関係を崩さずにいるのだった。

「牟田さんには、昭吾君のこと、話したんでしょ？」

「もちろん」

「何て言ってた？」

「美男か、って聞かれたわ」

美沙緒は笑った。「で、澪は何て答えたの」

「とっても美男だ、って答えたわよ。だって本当じゃない？　パパにそっくり。若い頃のパパがそこにいる、って、美沙緒ちゃんが思ったとして不思議じゃないわね」

言うなり澪は「じゃね」と明るく言って、玄関ドアのノブに手をかけた。「またね。楠田先生によろしく」

ドアが閉じられた。廊下を遠ざかって行く澪の気配に耳をすませつつ、美沙緒は、あと少ししたら、再びこのドアが開き、男が入って来るのだ、と思った。楠田、という男ではない、それが名前のない、無記名の男だったとしても同じであるような気がした。

ダイニングテーブルの上のコーヒーを片づけ、飲み残しの自分のコーヒーを飲み、寝室の鏡に向かって軽く口紅を引き直した。

唇が赤く彩られたのを手鏡に映してみてから、ふと考えて、ティッシュで乱暴にこすり取った。どうせ、と美沙緒は思った。一旦、キスが始まれば、口紅など用をなさないのだから、と。

その種の想像は、ひどく下品で猥褻《わいせつ》な感じがしたが、どうしようもなかった。楠田が部屋に来る、ということは、そういうことを意味しているのであり、それ以上でもそれ以下でもないのだった。


美沙緒は今も、亡き嶋田圭一と交わした会話の一つ一つを唐突に思い出すことがある。その会話が交わされた時の周囲の情景、そこに漂っていた気配、自分自身の気持ちの動きまで、克明に思い出すのである。

圭一はいつも率直な物の言い方をした。思わせぶりな言い方とか、曖昧にはぐらかした言い方は決してせず、何か話したいことがある時には、いつも真っ直ぐに向かってきた。

美沙緒はそんな圭一を愛した。どれほど自分の意にそわない種類のことを言われても、あるいは期待を裏切られることがあったとしても、彼の物言いの率直さは、常に美沙緒を安心させた。圭一と長く関わり続けてこられたのは、すべて彼のその正直さ、率直さのおかげであった。

「僕が美沙緒ちゃんと、どうして再婚せずにいるのか、って、不思議に思ってるんじゃないかな」

或る時、圭一は美沙緒にそう聞いた。真夏の夕暮れ時だった。圭一に誘われて、信州蓼科《たてしな》にある小さなホテルに一泊した時のことだ。前日の夕方、車で東京を出発し、翌日いっぱいホテルで過ごした。

ホテルを囲む木立ちの奥では、夥《おびただ》しいほどのヒグラシが鳴き続けていた。その声は折り重なり、連鎖し、遠く近く、耳に響いてきた。日は大きく西に傾き、光は次第に弱まって、梢《こずえ》を抜けてくる風には早くも秋の冷たさが感じられた。

「別に不思議だとは思ってないわ」と美沙緒は答えた。「ほんとよ」

「亡き妻の妹と再婚してはいけない、という法律があるわけでもない。なのに僕はこれまでずっと、その話をせずにきた」

「私にはわかってるの。澪ちゃんがいる限り、私はあの子の次。でもね、二番目で充分。三番目に落ちるのは寂しいけど」

ホテルのベランダの籐《とう》椅子に座ったまま、圭一は美沙緒の手を取り、おどけたようにキスをしてみせた。「僕はね、もう二度と結婚するつもりがないんだよ。誰ともね」

「そうね。そのほうがフェアよね」

「フェア?」

美沙緒はくすくす笑った。「圭一さんの取り巻きは多すぎるもの。そのうちの誰か一人を選んだりしたら、あんまりじゃない、って、他の皆が反旗を翻して大変なことになるわよ、きっと」

美沙緒の五つ年上。生きていたら今年で五十五になっているはずである。

あの時、圭一は幾つだったろう、と美沙緒は思う。四十か四十一。そんなものだったろうか。澪は確かまだ、中学生だった。

「結婚もしないけど、女のほうもさ、もういいんだ」

「どういう意味?」

「美沙緒ちゃんがいてくれれば、それでいいよ」

嘘だとは思わなかった。嘘を言わない男だった。だが、にわかには信じがたく、その分だけ、美沙緒はその言葉に酔った。

その日のうちに東京に戻る必要があった。白金台のかつての嶋田邸で圭一と会うことは多かったが、たいていその時は澪も同席していた。したがって、圭一と二人きりになるためには、当時、美沙緒が暮らしていた佃島のマンションの部屋で会うか、旅行に出るか、する必要があったのだが、圭一はいつも仕事が忙しく、すでに弁護士として独立していた美沙緒もまた、ゆっくりすることはできずにいた。

「ずっとこのままで」と美沙緒は言った。「それでいいわ。それで充分。何もいらない」

「美沙緒ちゃんがおばあさんになっても、こうしていよう」

「その時は、圭一さんだっておじいさんよ」

「よぼよぼだよ、きっと」

二人の笑い声が、風に乗って木立ちの向こうに消えていった。いっそう烈しくなったヒグラシの声が、波のように押し寄せた。

長い長い間、夢まぼろしを見続けてきて、これからさらに長い時間、自分は同じ夢まぼろしの中に生きていくのだろう、と美沙緒は思った。

だが、その幸福な夢まぼろしは唐突に終わりを告げた。八年前の六月。梅雨にしてはどしゃ降りの雨の晩、圭一の運転する車は、雨でタイヤをスリップさせ、高速道路の壁に激突したのだった。

あの晩、彼はどこに行こうとしていたのか。それだけが今もわからずにいる。深夜、東北自動車道に乗り、北に向かって車を走らせねばならない理由は何だったのか。誰かと落ち合う予定でいたのか。誰か自分の知らない女と。

違う、と美沙緒はただちに否定する。圭一の周辺にいた女はたいてい、知っていた。圭一を追いかけ、優しくされることだけを喜びにして生きていた女はたくさんいた。あわよくば結婚してもらいたい、と願っていた女も、それ以上にたくさんいた。

圭一はそれらの女たちと適当にうまく関わり合っていた。気がむくと、その中の誰かを誘って食事をしたり、ドライブに出たりしていた。日替わりメニューのように目まぐるしく相手は変わり、変わっていくからこそ、美沙緒には嫉妬はなかった。

圭一が、溺愛する一人娘の叔母……まことに都合のいい、心安くいられる人間としてしか、自分のことを見ていないのではないか、という猜疑心も美沙緒の中には微塵《みじん》もなかった。

かといって、誰よりも自分は愛されている、という確信を持っていたのでもない。そんなふうに、手前勝手にものごとを都合よく考えられる習性は美沙緒にはなかった。

圭一にとって唯一無二の存在は澪しかおらず、それ以外はすべて同等だった。そしてその同等の、横並びになっている一列の女たちの中で、自分だけがどういうわけか、彼を安心させ、信頼させることができた……確かなことが言えるとしたら、それだけだった。

烈しくて、烈しさのあまりに何もかも破壊し尽くしてしまうような恋もあれば、静かに悠々と、何事も変わらずに流れていく恋もある、と美沙緒は思う。そして圭一にとって美沙緒は、後者なのだった。美沙緒自身もまた、後者であることに喜んで甘んじることができた。だからこそ、あれだけの長い期間、ありがちな愁嘆場も何もなく、ともすればこの世で一番の親友同士のように、冬の日だまりのような温もりを分かち合いながら、関わり続けることができたのだ。

圭一の死後、圭一と比較せずにいられた男は一人もいない。恋に似た気持ちを抱いたことはあったし、実際、恋だったに違いないと思えることもあった。

だが、一人として長続きはしなかった。短くて半年、長くて一年ほどで気持ちが冷めた。冷めた後は思い出しもしなくなった。冷酷なほど、そうだった。

美沙緒の肉体のすぐ傍に、あるいは気持ちの底の底に、嶋田圭一という男が常に生きている。新しく知り合った男と、食事に行き、飲みに行き、小旅行のまねごとのようなことをしてみても、嶋田圭一と関わった時のような静かな熱のたぎりは湧いてこない。

いつもどこかが冷めている。馬鹿馬鹿しくもなってくる。圭一と比較してしまうからだが、そのくせ、一人でいることがとてつもなく寂しくなることが美沙緒にはあった。深夜にもかかわらず、外に出ていって誰彼かまわず声をかけ、抱きしめられたいと思う。誰でもいいから、朝まで一緒に過ごしたいと思う。

圭一以外は誰でもいいのだった。AでもBでもCでも、美沙緒にとっては同じであった。死者は永遠だった。圭一がかつて、澪以外、すべての女を同等に見ていたのと同様、美沙緒もまた、圭一以外、すべての男を横並びにしか見ていないのだった。

恋、と呼ぶのなら、あれこそが恋だったのだろう、と美沙緒は考える。やみくもな情熱をたぎらせるばかりが恋ではない。静かに始まって、何事にも磨耗させられることなく、再び静かに変容を遂げていく恋もあるのだ。

舟遊びをしていて、或る時、ひょいと別の小舟に乗り移り、別の流れをたゆたっていく時のように、恋の小舟が別の流れを穏やかに漂っていく。そして自分たちはまさに、それだったのだ、と今さらながらに美沙緒は思う。

エントランスホールのオートロックのチャイムが軽やかに鳴った。美沙緒は応答せずに、そのままロックを解除した。

玄関まで行き、ドアロックされていないのを確かめた。ほどなくして今度は玄関チャイムが鳴り出した。空いてるわ、とインタホン越しに小声で言うと、玄関ドアがそっと開けられた。

楠田は中に入って来て、美沙緒を見てにこりともせずに、ドアに鍵をかけ、ドアチェーンをかけた。にこりともしないのは、楠田のいつもの癖だった。ひどい時は、睨《にら》みつけてくることもあった。照れているせいだとわかっていたが、その癖はいくら言っても直らなかったし、それはドアチェーンをかける癖も同様だった。

何故、人の部屋に来てチェーンまでかけようとするのか、わからない、と美沙緒は言ったことがある。万一、誰かが入って来るといやだから、と彼は答えた。マンションの鍵なんて、流行《はや》りの空き巣にかかったら、ものの一分で開けられてしまうんだよ、と。

わかったようでわからない答えだった。楠田がやって来て、ドアにチェーンをかけるたびに、彼が自分とこれからしようとしていることをあからさまに見せつけられたような気がして、美沙緒は鼻白む。そこに漂っている、ひどく通俗的な淫靡《いんび》さが悲しいのである。情事であって、恋ではない、と楠田に宣言されているような気持ちにかられる。確かに恋ではないのかもしれないが、正面きってそう宣言されるほど、自分たちは乾いてはいないはずだ、と美沙緒は思う。

「どうしたの」と楠田が聞いた。

「何が？」

「なんか、ぼーっとしてるよ」

「そう？　きっと久しぶりに会えて嬉しいのよ」

楠田はそこで初めて笑みを見せた。靴を脱ぎ、スリッパをはき、玄関先でふわりと美沙緒を抱き寄せた。

「二か月以上、会ってなかったね。この前は、結局、あなたのほうでだめになっちゃったし」

澪と昭吾を引き合わせた日の晩のことを言っているのだ、と思い出すまで少し時間がかかった。ウェストのあたりに楠田の手のぬくもりを感じ、感じたと思った瞬間、キスを受けていた。

「酒臭いかな」

「ううん」

「控えめにしてたんだよ、これでも」

「何かの会合?」

「ゼミの学生連中との飲み会だよ。どうしても、って言われて、ちょっとだけ出て抜けてきた」

楠田の息はすでに荒くなっていた。美沙緒が着ていた、白い長袖のカシュクールの結び目がほどかれた。楠田の唇は美沙緒の首すじから胸へと、移り始めていた。

「今夜はずいぶん、気が早いのね」

「久しぶりだからだよ」

「こんなところで、だめよ」

楠田の身体は大きい。身長も百八十センチを越えている。美沙緒はひょいと抱き上げられ、そのまま寝室に運ばれた。

「いつ抱いても軽いな。よくこんな軽さでばりばり仕事ができる」

「あなたに力がありすぎるのよ。別の人が抱き上げたら、重い、って言うわ、きっと」

「そういう男がいるの?」

「いたら、の話」

「こら、嘘を言うな。いるんだろ」

楠田は笑いながら、美沙緒の着ているものを脱がせ始めた。笑っているのに、目の奥に欲望の塊が見え隠れしている。四十七の男が五十の女にぎらぎらとした欲望を抱いている……その図式が可笑しくて、美沙緒は思わず微笑む。

「何が可笑しい」

「何にも」

「何か隠してるな」

「隠してなんかないわよ。でも、思ったの。二十代の頃ね、自分が五十になった時のことなんか、想像もできなかったな、って」

「美沙緒は五十には見えないよ」

「お世辞だとしても嬉しいわ」

「ほんとだよ。年齢を越えている」

楠田は片手で美沙緒の胸元を愛撫しつつ、ブラジャーのホックに指をかけた。唇が塞《ふさ》がれた。美沙緒を黙らせようとしている様子だった。

だが、美沙緒は仰向けになったまま、かまわずに喋り続けた。「でも、五十になってみれば、どうってことないわね。男の人に抱き上げられて、寝室まで運ばれて、こんなふうにブラジャーのホックをはずされてるんだとしたら、何も変わってはいない、ってことよ」

楠田はもう、美沙緒の言葉に何も反応しない。執拗だが、どこか荒々しい愛撫が続いた。吐息とも喘ぎ声ともつかないものが、あたりを充たした。

楠田が大きく手を伸ばし、サイドテーブルの上のスタンドの明かりを消した。寝室は遮光カーテンで密閉してある。外の明かりは何ひとつ通さない。ねっとりとした闇が二人を包んだ。

暗闇の中、美沙緒は両目を大きく開けた。開けたまま楠田を受け入れて、いつものように思わず圭一の名を叫んでしまわぬよう、その名を喉の奥に封じこめた。

6

昭吾に逢いたい、と自分が思っていることに気づいた時、澪はひどく驚いた。驚くあまり、慌てて自分自身に対する言い訳を編み出した。

逢いたいのは昭吾ではない。他の誰でもいいのだ。牟田でも、以前、一度だけ深い関係になった男でも。いや、深い関係になったかならないかはどうでもいい。誘えば喜んで出て来て、好きなだけつきあってくれる男友達が何人か自分にはいる。逢うのは、そのうちの誰でもかまわないのだ。

友達、と呼べる女が自分には一人もいない。したがって、誰かに逢いたいと思えば、おのずと頭に浮かんでくるのは幾人かの男たちである。そこから、その時の気分で、ふさわしい相手を選べばいいだけの話なのである。

今日はたまたま火曜日。翌日の夜、昭吾のアルバイトが休みだということを自分は知っている。それならば、ちょうどいい、彼に逢おう、と思ったとしても不思議ではない。それは別に「逢いたい」のではなくて、「適当な暇つぶしの相手として、たまたま昭吾を選んだ」だけのことなのだ……。

そこまで考えると、澪は自分がとても明晰《めいせき》な人間になったような気がして楽になった。十人の男友達の中の一人……そんなふうに考えることのできる相手が、偶然、自分の実の弟だったのだとしても、別段、意識する必要はないではないか、と。世間には、弟と逢って時間つぶしをする女も星の数ほどいる。

澪はためらわずに携帯を手にし、昭吾に電話をかけた。午後二時になったばかりだった。大学に行っているのか、あるいは講義をさぼって、どこかでガールフレンドとコーヒーでも飲んでいるのか。アルバイトをしていない時の昭吾が、どんな生活を送っているのか、詳しいことはあまり知らない。学生生活とはすっかり縁遠くなってしまって、大学というところが、十二月のこの時期、すでに休みに入っているのかどうかも、忘れてしまった。

いずれにしても、気軽な誘いの電話なのだから、と澪はもう一度、自分に言いきかせた。もしも留守番電話になっていたら、面倒なメッセージなど何も残さなくてもいい。別の男友達に電話をかければいいだけの話だ。

だが、コール音が二回鳴り終えるかどうか、という素早さで「もしもし」と応じる昭吾の声が聞こえた途端、澪は烈しく狼狽した。何故、そんな気持ちになるのか、わからなかった。馬鹿馬鹿しい、とも思った。

「どうも」と澪は素っ気なく言った。「私よ。わかる？」

「もちろん。澪さんの番号はちゃんと入力してありますから、ひと目でわかります。でもびっくりしたな。というか、嬉しいです、電話をくれて」

澪は一切の挨拶を省いた。今、ゆっくり話をしていてもいいか、ということも聞かなかった。気がつけば、いつもの素っ気ない口調が戻っていた。「ねえ、明日の夜、空いてる？」

「ええっと、明日って水曜日ですよね。はい、バイトは休みだし、空いてます」

「デートじゃないの？」

「そんなもの、ないですよ。もしかして誘ってくださるんですか」

「一緒に夕食でも食べようか、って思ったの」

「いいですね。ああ、それはもう、喜んで」

「何が食べたい？」

「そうだなあ。澪さんが勧めてくれるものなら、なんでも。少し遠くに行くのもいいですよね」

「遠くって？」

昭吾は少年じみた、さも嬉しげな言い方で「実は」と言った。「僕、今、バイト先のオーナーから車を借りてるんです。借りてる、って言うと嘘になるな。オーナーがこの間、自分のマンションの駐車場で、車のボディに傷をつけられちゃってね。最近、しょっちゅう、彼のマンションではそういういたずらがあるらしいんだけど、結局、犯人は見つからなかったんですよ。仕方なく車を修理に出したんですが、取りに行く時間がないって言うもんで、僕がついさっき、代わりに引取りに行ってきたばっかりで……」

「それを使ってどこかに行く、って言うの？」

「まあ、そういうことです」

「他人の車じゃないの。勝手に乗り回すわけにはいかないでしょ」

「頼めば、一日や二日、貸してくれますよ。そういう人なんです。彼は金持ちで、他にも二台、車を持ってるし、全然、不自由はないんだから。そうだ、いっそのこと、こうしませんか。明日じゃなくて、今夜にしませんか」

澪は笑った。「何言ってんのよ。今夜はバイトじゃない」

「休みます。前にも言ったでしょう。バイトなんか、いつでもどうにでもなる、って」

何がこんなに心地いいんだろう、と澪は柔らかな気持ちで思った。昭吾が時折見せてくれる、若者らしい熱意は、遠い記憶の中にある、自分と父とのやりとりを思い出させた。

父は多忙な人間だったが、澪が夕食を奢《おご》ってほしい、と言うと、いつだって時間を空けてくれた。澪が遠慮すると、会議だの接待だの、重要な予定はいつだってキャンセルするからと豪語した。どうしても不可能な場合ですら、わずかの時間、合間をぬうようにしてつきあってくれた。

父親なのだから、そうしてくれるのが当たり前だ、と思ったことはない。それは、幼いうちに母を亡くした愛娘に対する過剰な愛、というのとは少し違っていた。父はいつでも澪に対し、自分が夢中になっている年若い恋人を相手にしているかのように、ふるまいたがるところがあった。

そのせいか、肉親でありながら、父は常に澪にとってどこか不思議な、遠い、薄いヴェールに包まれた存在でもあった。娘として甘え、甘やかされている、と感じたことはない。父は常に澪にとって、肉親でありながら一人の男だった。恋人でもない、友達でもない、父でもない、一人の男として父を見、父は父で澪を一人の女として見てくれた。

他人に言えば、薄気味悪い関係だ、と思われたかもしれない。だが、そんな父との関係が、澪には最後まで心地よかった。

「もしもし？　聞いてますか？」昭吾が言った。「あれ、切れちゃったかな」

「ううん、平気。聞いてるわ。いいわよ、今夜でも。あなたがそれでいいんだったら」

「いいに決まってます。じゃあ、車で迎えに行きますね。ちょっといい車ですよ。澪さんを乗せてドライブするのにふさわしい車。迎えに行くのは六時がいいですか。それとも七時？もっと遅く？」

昭吾にはむろん、マンションの住所を教えてあった。白金台のわかりやすい一角にあるので、迷うような心配はない。

六時でいいわ、と澪は言い、マンションの前に着いたら携帯を鳴らすように、とつけ加えてから電話を切った。

昼過ぎから降りだした冷たい十二月の雨は、やむ気配がなかった。外はひどく寒そうだったが、そういう日のドライブも悪くなかった。

何を着て行こうか、と考えた。どこに行こうか、とも考えた。久しぶりに横浜まで足を延ばすのもいいかもしれない。闇に包まれて点滅する、みなとみらいの高層ビルの明かりは美しい。冬の雨の中で見上げれば、ぼんやりと滲むようになって、なおのこと美しいだろう。

珍しく気持ちがはずんだが、澪はそれを「ものごとがうまく運んでいる時」の満足感として受け取った。たまたま時間が空いていて、気の合う男友達と横浜までドライブに行くことになった……それだけのこと。

澪は牟田に電話をかけ、急用ができたから今日は店に行けない、と伝えた。牟田は「そうか」と言い、雨の日は忙しくなるんだけどな、といくらか咎《とが》めるような口調で言った。だが、急用というのが何なのか、聞いてはこなかった。

いつものことだった。牟田はそういう男だった。愛欲という名のチェス盤の駒がどのように動かされようとも、牟田にとって常に澪はクィーンであり、自分はキングなのだった。クィーンがたまに、他の駒に近づいたり、離れたり、運悪く奪われてしまったとしても、結局、またゲームを始める時は、振出しに戻る。ゲームを繰り返していく限り、クィーンとキングは、いつも並んでいられるのだった。

六時少し過ぎに、澪の携帯が鳴った。昭吾はもう、マンションの前に到着している、という。

「オッケー。今すぐ降りてく」

澪は言い、薄茶色の革のブルゾンを着て、急いで首に白いマフラーを巻きつけた。外はもう、とっぷりと暮れている。部屋の明かりを消し、バッグを肩にかけながら玄関に走りつつ、澪はふと、いつかこの部屋にあの青年をあげることになるのだろうか、と考えた。部屋に入れてもおかしくはない相手であった。意識する必要など、さらさらない相手であった。少なくとも彼が弟である限り。

いつかここで、買いこんできた出来合いの惣菜をつまみながら、彼とぼんやり、ビールなどを飲むのもいいかもしれない、と思った。どうしてそんなことを考えてしまうのか、そして、そう考えると楽しいような気持ちになるのか、わからなかった。

マンションのエントランス前に、一台の乗用車がエンジンをかけたまま停まっていた。気温が下がっているらしく、もうもうと白く立ちこめる排気ガスが、雨の中に溶けているのが見えた。美しいメタリックレッドのジャガーだった。伝統的なフラッグシップ・サルーンで、英国車独特の気品がある。

澪に気づいた昭吾が車から出て来て、自分のさしている傘をさしかけつつ、助手席側のドアを開けてくれた。澪はふざけて、口笛を吹いてみせた。

「大したものね。昭吾君がジャガーを運転して迎えに来て、ドアまで開けてくれるとはね」

「姫のご命令とあれば、ベンツでもポルシェでもなんでも借りてきますよ。次は何がよろしいですか」

「そうね。アストン・マーチンなんか、いいかな」

今度は昭吾が口笛を吹いた。「心あたりはないですが、しかと承りました。なんとかいたしましょう」

二人は雨の中、立ったまま顔を見合わせ、笑い合った。

白い砂のような色をした革張りのシートに身を預け、シートベルトをつけると、カチリと乾いた音がした。

「どこに行こうか」と澪は聞いた。

「澪さんの行きたいところ、どこにでも」

「じゃあ、横浜。いい？」

もちろん、と昭吾は言い、車を発進させた。雨足は少し強くなっていて、フロントガラスの向こうの都会の明かりが滲んで見えた。

エレクトリック・ギターとドラム、キーボードが奏でる美しく都会的な旋律が、ゆったりと車内に流れていた。

「この曲、何？」

澪が聞くと、昭吾はイギリスの現代作曲家の名をあげ、有名な日本人ギタリストのために作られたものだ、と説明した。

「『ギター・コンチェルト』っていうんです。知りませんでした？」

「ええ。でも、いい感じね。こんなふうに雨の夜、車の中で聴くのに似合ってる。これはあなたの趣味？　それとも、もともとこの車の中にあったもの？」

「この車の持主はこういうのを聴かないだろうな、きっと。僕が選んで持って来たんです」

「持主さんが聴いてるのは何なの？」

「オペラ」

「はぁ？」

「クラシックのオペラ。『アイーダ』とかね、『椿姫』とかね、ガンガンに大音量でかけて、深夜の東名なんかをぶっ飛ばすんです」

「なんとなくわかる気がするな。ジャズでもなければ演歌でもない。オペラってとこがいいね。ジャガーの他にも車を持ってるって言ってたけど、その車は何なの」

「ポルシェ。真っ赤な。それと白いベンツ」

「ふうむ。今度、昭吾君のバイトしてるバーに連れてってよ。見てみたい、その人」

「ただのハゲのおっさんですよ」

澪は肩を揺らせて笑い、つと首をめぐらせて隣でハンドルを握っている昭吾の横顔を見た。整った端整な横顔だった。睫毛が長く、女のそれのようにきれいな弧を描いているのがわかる。笑みを浮かべた唇の、形よくひきしまった口角が美しい。厚手の赤いチェックプリントのワークシャツにジーンズという軽装である。いっそう若々しく、清潔そうに見えている。

落ちついたハンドルさばき。ハンドルに置かれた手の、すうっと伸びた細い指。細いのだが、芯の強さが感じられ、時折、手の甲に猛々しいような青筋が走る。

澪は再び前を向いた。弟なのだ、と思った。やはりこの男は、自分の弟なのだ、と。ふとした表情、まなざし、そして手の表情までが、あまりに父に似ている。

まだ幼かった頃、こうして父の運転する車の助手席に坐りながら、父が操作するハンドルをぼんやり眺めていた時のことが甦《よみがえ》った。何か柔らかなものを包みこんででもいるかのような、器用で丸みを帯びたさばき方だった。がっしりと握っているというのに、その手はハンドルを撫でている。愛撫している。触れては離れ、離れては触れる。そのくせ、一つ一つの動作は見事にまろやかに連動していて、ハンドルと掌が溶け合ってしまっているようにも感じられる。

それがエロティックな感覚につながるものだ、ということはわからなかった。わかるはずもない。だが、車を運転している時の父は、その細部にわたって澪の記憶の中に長く残された。

そして今、昭吾もまた、似たような運転をしている。何よりも、その手が似ている。雨滴のあたったガラス窓を通して、外の明かりがその手にまだら模様を作る。木漏れ日の中で見ている手のようでもある。

父はよく、澪の頰を両手ではさみ、軽く持ち上げるようにして話をしてきた。澪、きみはパパの宝物なんだよ、わかるね？　地球が滅んでも澪だけが残ってくれるんだったら、それでいい、他のものは、なぁんにもいらない……。

そして父は澪の額にキスをする。柔らかな、ほんの少し湿った唇の感触が額の上にいつまでも残される。そして父は出かけて行く。どこか知らないところに。澪の知らない女と会いに行くために。

パパ、とその背に呼びかけ、今一度、振り返らせてみたい、と思ったことは何度もあった。だが、照れくさくてできなかったし、そんなことはしないでもいいのだった。

父は戻って来る、と澪はいつだって信じていた。戻って来て、また同じように、あの手で自分の頬を柔らかくはさみ、額にキスをしてくれる。

そして実際、父はいつだって戻って来た。帰って来ると、澪、澪、と囁くように名を呼び、ベッドで眠りにおちている澪のもとにやって来ては、髪の毛を撫でてくれた。

夢の中で、澪はその、自分の髪の毛の中を這いまわる父の指先を感じていた。ほんの少し煙草の香りがした。指はわずかに湿りけを帯びていて、力強いのに優しかった。

おやすみ、と父は言い、澪の頬、鼻先、額にキスをする。子供部屋を出て行く父の後ろ姿が、外の廊下の明かりを受け、黒いシルエットになって浮き上がる。そこにもう一つ、別のシルエットが重なって見えたこともあった。

美沙緒のほっそりとした、きれいなシルエット……。美沙緒は昔からショートカットにしていた。小さな顔をくるみこむようにカットされたヘアスタイルは、美沙緒によく似合っていた。そんな美沙緒の小さな頭が影絵のように光の中に浮き上がり、そこに父の影が重なる。

カチリとかすかな音がしてドアが閉じられる。室内に闇が戻る。衣《きぬ》ずれの音と、低い話し声、かすかなくすくす笑いが遠ざかって行く。

そして澪は、不思議な安堵感を覚えながら、軽く深呼吸し、再び眠りにおちる……。

昭吾の声で我に返った。澪は、「あ」と言い、「ごめん、何?」と聞き返した。

「湾岸線から行くけど、いい？　って聞いたんです。そうすればレインボーブリッジも横浜ベイブリッジも通れることになるし。雨だけど、きれいですよ、きっと」

素敵じゃない、と澪は言った。「道にも詳しいのね。さてはしょっちゅう、デートコースに使ってたな」

「ないですよ、そんなこと」

「あったっていいじゃない。悪いことじゃないんだから。なんで隠すのよ」

「隠してなんかいませんってば」

姉貴には言えるはずでしょ、とふざけて言おうとしている自分に気づいた。澪は慌ててその言葉をのみこんだ。

姉、という言葉をあっさり使えるようになるためにはまだ、長い道のりが必要であるような気がした。それがどれほど長いものであるか、想像のしようもないことではあったが、少なくともいつかは自分たちが、その場所に辿りつき、かすかな照れを含みながらも、「姉」「弟」として互いを認め合い、それらしい口喧嘩もできるようになるに違いない、と澪は思った。そして、そう考えることは、思いがけず澪を幸福な気持ちにさせた。

だが、その日、澪はまだ、昭吾とは他人同士のままでいた。必死になって、相手が「弟」であると思いこもうとしていただけで、美しく磨かれた車を運転している、父によく似た手をもつ青年は、澪にとって、あくまでも不可思議な世界に生きる、誰よりも距離の取りにくい相手でしかなかった。

年末の、雨の晩ではあったが、思っていたほど道路は混んでいなかった。首都高速湾岸線に入ってからも流れは順調だった。

冬の雨が、おびただしい光の渦と溶け合い、遠く近く煌《きらめ》いている。サスペンションの柔らかな車体は、凪《な》いだ海を進む一艘の舟を思わせた。静かにクルージングする舟に身を任せ、辿り着く先もわからず、ただ、ただ、波間をまっすぐに滑り続けてでもいるかのようだった。

「まるで海ね」と澪は言った。「海の上を滑ってるみたい」

「そうですね」と昭吾はうなずき、いい表現だな、と言った。「運転、気をつけなくちゃ。海の中に沈んだりしないように」

「いいじゃない、沈んだって。このまま沈むんだったら、気持ちがいいかもしれない」

うん、と昭吾はうなずいた。「水死体、っていいな、って思うことあるんです、僕」

唐突な話だったので、澪は思わず彼の顔を見た。昭吾は微笑を浮かべていた。

「海の底にね、沈んでいく途中で、死人は水の中にゆらゆらと立ち姿勢でいるんだって。知ってました？」

「ううん、知らない」

「年上の友達に、スキューバダイビングやってる奴がいるんですよ、何度か、海に沈んだ死人の捜索をやらされたらしくて、その時の話、聞いたんです。発見した時にね、たいていみんな、立ち姿勢でいるみたいですよ。だから、他のダイバーがそこにいるんじゃないか、って間違っちゃうこともあるんだって。ふつうにね、生きてる時みたいに立って、ゆらゆら揺れてるだけだから」

「ただし、酸素マスクをつけずに、でしょ?」

「まあね。それで、そいつが一度、発見したのは、男女のカップルだったそうなんです。中年のね、男女。夫婦なのか、恋人同士だったのか、知りませんけど、まあ、心中ですよ。その二人、手をつないで立ったまま、ゆらゆらしてたって話です」

「死んでるのに?」

「ほんとに手をつないでたかどうかはわからないけど。そいつの創作だったかもしれませんしね。でも、並んで立ってたことは事実らしくて……。その話、聞いてた時、まわりに女の子たちもいたんです。皆、すごく気味悪がって、キャーキャー言ってるのに、僕は別に気味が悪いとは思わなかった。青い海の底に、二人でぼんやり立って揺れてるなんて、いいじゃないですか。だって、二人で死のうとしたわけでしょ。本望ですよね」

「そこに、さーっと、光が射してたりなんかしたらきれいね、きっと。なんとなくわかるな、あなたの言いたいこと」

「本人たちは、永遠に発見されなければよかった、って思ってたかもしれないですけどね。そのまんま、ゆらゆら揺れて、魚につつかれて、だんだん痩《や》せていって、骨も溶けて、昆布みたいに扁平になって……」

「……海の藻屑《もくず》と消えていく？」

あはっ、と昭吾は軽やかな笑い声をあげ、ちらと視線を澪のほうに投げた。

束の間、目の前をよぎった淡い光のように、ひどく大人びた感じのする笑みがほんのわずかな一瞬、澪を包んだ。

「今日は嬉しいです」と再び視線を戻した昭吾が言った。「いろんな話、したいと思って……。でも、時間が足りないかもしれない」

「二十四年間、逢ってなかったんだもの」澪は言ってから目を伏せた。「お互い、話し尽くすまでには、長い長い時間がかかるわよ」

「そうですね」

「焦らないで」

その言葉を、澪は自分自身に返した。

横浜のベイエリアに到着し、車をロイヤルパークホテルの駐車場に停めてエレベーターに乗った時、すでに時刻は七時半を回っていた。

最上階にあるレストランに、澪はかつて美沙緒と一緒に来たことがある。よく晴れた夏の日の昼間だった。ウィークデイだったせいで、広々としたホールのような店内に客は少なく、ゆったりとした時間を過ごすことができた。

眼下に見下ろす風景の壮大さに、二人とも言葉を奪われ、次いで、子供のような質問を互いに繰り返した。あれはどこ？　東京はどっち？　あの線路は何線なの？……

時間があっという間に流れていった。窓辺で食べるビュッフェスタイル方式のランチは上質で、品数も多く、美沙緒と二人、女同士の気楽さで夢中になって食べた。

次には絶対、夜、来てみよう、と美沙緒と約束し合った。その時は部屋もとって、贅沢きわまりない一夜をのんびり過ごそう、と言い合っていたのだが、まもなく美沙緒の仕事が忙しくなってしまった。

澪は迷わず、その店を選んだ。そこで夜景を共に見るのが、美沙緒ではなく、「弟」という立場にある男になったことが、澪を不思議な気持ちにさせた。

エレベーターの中で並んで立ち、二人してぼんやりとフロアランプの点滅を見上げた。昭吾は澪よりも、ちょうど頭一つ分、背が高かった。背丈だけではない、肩幅も胸も広く、何かの拍子によろめいて、肩にぶつかった途端、身体がその胸の中にすっぽり収まってしまいそうなほどだった。そんなところも父に似ていた。

そのことをあっさり伝えようとして口を開きかけたが、すぐにその言葉をのみこんだ。父の話はまだ早い、と澪は思った。父の話ばかりではなく、母の話も、かつての事件の詳細な話も、すべて昭吾の過去に関わってくる話は今夜、ここでするべきではないように思われた。

それは、澪自身がその話に触れたくない、と思っているせいかもしれなかった。

エレベーターを降り、店に一歩、足を踏み入れた途端、二人は示し合わせたように一瞬、声をのんだ。

それは闇の中にばらまかれた、無数の宝石だった。宇宙に瞬く、夥しい星々の群れだった。遠い遠い、果てしなく遠いところにあって、なお、永遠の煌きを失わずにいる、幻の光の束、洪水、音のない瞬きそのものであった。

店はパノラマのように、全面ガラス張りになっていた。店内の照明は落とされている。その分だけ、夜景は眼前に迫っていた。手を伸ばせば、それらの星が、宝石が、すべてわしづかみできるような気がするほどに。

案内されたテーブルは窓際だった。蠟燭《ろうそく》を模した小さな明かりの中で、澪は昭吾と顔を見合わせ、感嘆の声をあげ、それでも足りずに幾度もため息をついた。

「雨のせいかしら。なんだか光が漏れてるように見える」

「吸い込まれていきそうですね」

「高所恐怖症じゃないの？」

「平気です。澪さんも、でしょう？」

「全然平気。落ちていく感覚、って嫌いじゃないの。スカイダイビングも一度やってみたい、と思ってるくらい。投身自殺、っていうのも悪くないかも」

「冗談、きついな」

澪は笑った。「ねえ、ちょっとロマンティックすぎない？」

「どういう意味です？」

「こういう店には恋人と来るべきなのかもしれないね、お互いに」

「野暮ですか、弟と来るのは」

「仕方ない。今夜のところは我慢するわよ」

弟、という言葉を気軽に口にされてしまうと、拍子抜けがした。互いをつないでいるパイプの汚れがいっぺんに溶けだし、透明な水が勢いよく流れ出したような、そんな感覚があった。

澪は飲み物のオーダーを取りにきた制服姿の初老の男に、シャブリを一本、注文し、「いい？」と昭吾に問いかけた。

「いいですけど、僕は飲めませんよ。車だから」

「ほんの一杯だけ。あとは私が飲んであげる」

昭吾が曖昧にうなずいたので、そこで話がまとまった。澪は、さあ、と言って、昭吾を促した。「ビュッフェスタイルなのよ、ここ。しかも味は絶品。きっと喜んでもらえると思う。お料理、取りに行きましょ」

「部屋をとる、っていう手もある」

「なんですって?」

ふふっ、と昭吾はいたずらっぽく笑った。

「恋人同士だったら、そう言うな、きっと。車だけどワインを飲んじゃって、帰れなくなった、っていう言い訳をして部屋をとっちゃうんです。こんなロマンティックな晩だったら、たいてい成功するだろうな」

「これまで、そんなふうにして女の子を口説いてきたんだ」

「そんな金、ないですよ。どうして僕が自分の車を運転して、横浜まで来て、豪勢な店で飲み食いして、おまけにツインルームの料金まで払えるっていうんです」

「心配無用よ」と澪は軽く肩をすくめながら言った。「今夜の分はあなたの姉が払うんだから。でも、誰か誘いたい子がいるんだったら、呼び出せば? あなたの言う通り、きっと成功するわよ。料金は私がまとめて払ってあげる」

刺《とげ》のある言い方になっていた。馬鹿な、と澪は思った。あまりに馬鹿げていて、話にならなかった。これではまるで、知り合ったばかりの年下の男にやきもちをやいている、金持ちの醜い年増女だ。

だが、昭吾がそのかすかな刺に気づいた様子はなかった。彼はそれまでの調子を崩さずに「だったら、そういう子をみつくろっておけばよかった」と言った。「何人もね。そして皆に自慢してやるんです。僕の姉貴はすげえ美人なんだぜ、って。その姉貴が今夜の部屋代、払ってくれるんだから、感謝しろよ、って」

馬鹿ね、と澪は言い、それ以上、何を言えばいいのかわからなくなったので、慌てて席を立った。「お料理、取りに行かないの？　お腹、ぺこぺこよ」

「そういう顔、してますね」

昭吾が澪を見上げながら、おっとりと微笑みかけた。何を語りかけているのかはわからない、だがその微笑は不思議なほど澪の心を震わせた。

澪は、窓の外のあらゆる光という光が、ごうごうと音をたてて自分のまわりで渦を巻き始める幻を見た。

7

食べきれないほど幾種類もの料理の小皿を目の前に並べると、テーブルはあたかも、二人だけの優雅な、しかも寛げる食卓と化した。

注文したシャブリが運ばれてきて、それぞれのグラスに注がれるのを待ち、澪は軽くグラスを掲げた。「さ、乾杯しましょ」

「何に乾杯します？」

「私たちに」

「そうですね」と昭吾は言い、つと言葉を濁らせるように合間をおいてから、改まったような物言いで続けた。「僕たちに」

澪はうなずき、二人はグラスを重ね合わせた。

何故だかわからない、照れくささのようなものがあった。澪は昭吾の顔を見ずにいたが、昭吾の視線を強く感じた。一瞬の視線だったが、それは澪に長い長い、互いの不在を意識させた。そしてその不在が、姉と弟としての不在だった、ということが不思議でならなかった。

シャブリはいい具合に冷えていて美味だったが、車だから、と昭吾はグラスにほんのわずかしか口をつけなかった。この残りは澪さんに、と言い、彼はグラスを澪の前に置くなり、すぐさま旺盛な食欲を見せ始めた。微笑ましくなるほどの食欲だった。

ひとりっ子として育った澪には、同胞がどんなものであるのか、実際のところ、想像もつかない。物ごころつく頃から生活を共にしてきた、自分と似通った年齢の、しかも血を分けた相手……。それはいったい何なのか。

たとえて言うならば、巣穴の中で互いの体臭を嗅ぎながら丸くなっている子ギツネのようなものなのか。あるいは、乾いた藁の中で餌を競い合っている小鳥のヒナ。あるいはまた、縁の下の汚れた段ボール箱の中で産み落とされ、みゃあみゃあと弱々しく鳴き続ける子猫のようなもの……そんなふうに言ってもいいのか。

互いの排泄物の匂いも知り尽くしているような関係である。餌を奪い合ったり、小突き合ったり、時には罵《ののし》り合ったりもする。外では見せない泣き言や涙、恥ずかしい言動も見せ合って、それすらも日常の風景の中に溶けこませながら育っていく。親への甘え方、親の騙《だま》し方、病気の時の情けない顔、癖、習慣、性格のすみずみに至るまで、事細かに知っている。

それは多分、慣れ親しんだ部屋の中の家具のようなものだ。いつもそこにいるのである。喧嘩して怒鳴り合っても、時がたてば元通りになっている。いつだって、肩寄せ合いながら餌を分け合い、互いの匂いを間近に嗅いでいるのである。

運命の歯車がほんの少し違った回転をしていたら、と澪は思う。もしかすると、自分もまたこの男と、そうした、ごくありふれた日常を共有し合っていたのかもしれない、と。

シャワーの後、下着姿であたりをうろついているこの男を視界の片隅に収めていたかもしれない。「朝っぱらから、汚い裸、見せないでよ。あんたの裸って、うっとうしいんだから」と悪態をつけば、「うるせえな。そっちこそ、飯食いながら化粧すんなよ」などと応酬される。ふん、と互いに鼻を鳴らし合って、次の瞬間にはもう、何を喋ったのか、何に苛立っていたのか、きれいさっぱり忘れてしまえるような……。

「何を考えてるんです」

皿の上に大きく身を乗り出し、スペアリブに食らいついていた昭吾にそう聞かれ、澪は

「ううん、別に」と言った。「ちょっとね、映画やドラマの中のワンシーンを思い出してただけ」

「夜景を見ながら恋人と食事するシーン？」

「違うわよ」

「じゃあ、何？」

「別になんでもないってば」

下着姿の弟に悪口雑言《あっこうぞうごん》を吐いている姉、というシーンを思い出していた、とは死んでも口にしたくなかった。澪が少し不愉快そうに眉をひそめてみせたので、昭吾はその質問をそこで止めた。

「澪さんって、時々、ぼんやりするんですよね。さっきまでぽんぽん喋ってた、と思うと、急に静かになっちゃう。癖？」

「ずっと喋ってるのが苦手なのよ。喋りたい時だけ喋ってたいの」

「そんなの、誰だってそうですよ」

「かもね」

澪は肩の力を抜いて笑顔を作り、昭吾にならってスペアリブを手づかみで食べ始めた。指先から温かな肉汁が滴り落ちていく。ナフキンで口を拭うのも忘れ、時折、舌先で唇を舐めまわす。口のまわりが脂《あぶら》で、てらてらと光っていくのがわかる。

知り合って間もない異性を相手に、そんなふうに何の気取りもなく食事ができる、というのは居心地のいいことだった。スペアリブの肉汁が垂れ落ちて、着ている白いセーターの袖口にしみを作ってしまってもかまわなかった。他人と同席していながら、食べる、ということに集中できるのは、嬉しいことだった。

「これ、おいしいじゃない。それにしても、私、すごい食べ方してるわね。まるで飢えたガキ」

「こういうものをお上品に食べるのは、かえって変だから、いいんですよ」

「そういえば、知ってる女の人にいたわ。皆でバーベキューやってた時にね、焼き上がったとうもろこしをナイフとフォークで食べ出したのよ。信じられる？　ナイフとフォークよ。フレンチレストランにいるわけじゃあるまいし」

「僕もそういう人、知ってるな。棒のついたアイスクリームをね、一旦、皿の上にこそげ落として、スプーンですくって食べてた」

「それって、お蕎麦をパスタみたいにしてフォークの先に巻きつけて食べるようなものじゃない」

「あ、そういう人も一度見たことある。人の前で音たてて食べるのがいやなんだって。フォークじゃなくて、割箸。割箸の先で器用に丸めてざる蕎麦を食べてた。厚化粧のお金持ちのおばあさんだったけど」

わ」

「きっとそのおばあさん、ビールに枝豆、っていう時でも、枝豆をお箸でつまんでるんだわ」

「そういう人に限って、メロンにかぶりついてたりして」

「スイカみたいに？」

澪と昭吾は顔を見合わせて笑い合った。

肉汁がまた、口のまわりにこびりついた。澪は笑いながら、ナフキンでそれを拭い、指先が脂ぎっているのもかまわず、シャブリの入ったグラスを手にした。

「さあ、そろそろ、昭吾君を質問攻めにするわよ」

「いいですけど、条件があります」

「何？」

「僕への質問が終わったら、澪さんを質問攻めにさせてください」

「なんでも聞いて。何が知りたい？」

「いろんなこと。百項目も二百項目もある。あんまりあり過ぎて、どう聞けばいいのか、わかんないけど」

「言ったでしょ。焦らないで、って。じゃあ、それは後にして、まず私からの質問ね。大学は文学部でしょ？　何を専攻してるの？　聞いてなかったわよね」

「あんまり言いたくないな。澪さん、笑うだろうから」

「言いなさいよ。何?」

　哲学、と昭吾が答えたので、澪は眉を上げ、大げさに天を仰ぐような仕草をしてみせた。

「文学部哲学科?」

「ほら、やっぱり。笑うじゃないですか」

「笑ってなんかないわよ。なんで笑うのよ。びっくりしただけ。へえ、そう。哲学……ね。驚いた」

「仏文科、って感じもしないでしょう」

「どうかな。哲学を専攻しそうにも見えないわよ。先入観ね、きっと。哲学を専攻する学生っていったら、すぐ連想できるイメージがあるから」

「どんな?」

「紺色の丸首セーターに、襟もとが汚れてる皺くちゃのシャツを着て、不精髭はやして、むずかしそうな顔して胃をおさえてんのよ。胃痛もちだから」

　昭吾は笑った。「めちゃくちゃひどい偏見ですよ、それって。哲学科の中には、パンクロックやってる奴もいれば、男性誌のモデルのバイトをしてる奴だっているんだし」

「どうして哲学を専攻したの」

「うまく説明できないけど」と彼は言い、ワインの代わりにミネラルウォーターを一口飲んだ。いかつくて男性的な喉仏が、大きく上下した。「ロジカルなことに興味があったんです。

それも、化学とか数学とか、っていうロジックじゃなくてね。化学や数学って、すでに在るものを数式にしたり、組み合わせを変えたりしていく中での学問でしょう？ それって、ぐっちゃぐちゃの、もう、ほんとにどうしようもない人間の精神をなんとかわかりやすく、論理的にまとめようとする学問じゃないんですよ。でも、哲学はそういうことができるような気がしてね。それもいいな、と思って」

「哲学をやればやるほど、かえって混乱するような気もするけど」

「それも誤解。あの小むずかしい文章を読み解くコツさえ覚えたら、哲学も、案外、実人生に近いことを言ってるんだってわかりますよ。というより実人生そのものかな。テレビの朝のワイドショーみたいなもんだと思えばいいんです。だいたいね、孤独で貧乏で、女にもてなくて、どうして俺は生きてるんだ、って思ってるようなやつらがね、何とか自殺しないですむように、って、必死になって編み出した学問なんだから」

「なるほどね。好きな哲学者は誰？」

「ハイデッガーかな。ニーチェなんかもいいけど。やんちゃだし」

「ニーチェがやんちゃ？」

「攻撃的なんですよ、いつだって。まわりのことなんか見ないで、自分勝手にものを言ってた感じ。反発くらうのをわかってて、そうしちゃう。でも、そこがいいと思ったりしてね」

二十四年ぶりに会った弟と、雨の降る冬の夜、夜景を見ながらハイデッガーやニーチェの話をするとは思わなかった……そう言いたかったのだが、またしても澪は、自分が「弟」という言葉を使うのを避けようとしていることを知った。

「卒業したら、どこかの大学の先生にでもなるつもり？　それとも、一流企業にもぐりこんで、企業戦士になるわけ？」

「哲学科を出た企業戦士なんて、うすきみ悪いな。だいたい、一流企業に行こうなんて考え、はなから頭の中にないですよ。こんな経歴をもった学生は、まず面接でハネられるに決まってるし。大学の先生ってのもいやだな」

「どうして？」

「子供っぽいから」

澪は肩を揺らして笑った。「どうして大学の先生が子供っぽいのよ」

「そういう人が多いんです。自意識の出し方がね、幼い。それはそれで可愛いんですけど、多分、僕はなじめないと思うな」

「じゃあ、何になりたいの」

昭吾はくすくす笑った。「なんだか、小学校の先生に質問されてるみたい。大きくなったら何になるの、って。答えられずにいると、きれいな女の先生にお尻たたかれて、怒られて。わーん、って泣きだすんだ」

きれいな、という表現を聞き逃したようなふりをして、澪は続けた。「プータローになる？　哲学科を出たプータローってのも、悪くないけど」

「何だってできる、っていう自信みたいなものはあるんです。現にいろんなバイト、こなしてきましたしね。企業に入ってサラリーマンやろうが、夜の世界に入ろうが、それなりにね、やっちゃうと思う。ゲイのふりしてゲイバー勤めだってできるかもしれない」

澪はうなずいた。「あんまり先のことを考えないのね。私と似てる」

「遺伝子が同じなんだから、当然でしょ」

あっさりと、そう言ってのけた昭吾は、ロールパンにたっぷりバターを塗り、その大きな塊を口に入れた。「で、他には？」

「え？」

「他に何が聞きたいですか。なぁんでもどうぞ」

改まってそう聞かれると、自分から言いだしたというのに、いったい何が聞きたいのか、澪にもわからなくなった。

一番聞きたいことは一つしかないはずだった。母親が本当の母親でなかったばかりか、誘拐犯だったと知った時の、彼の本当の気持ち……。そして、姉という女についての率直な感想……。

究極のところ、澪が知りたいのはそれだった。まだそのことについて、彼が本心を明かしていないように思えたからだが、だからといって、それを聞いて何になる、という気持ちもあった。そんなことを知っても、何の意味もないように思えた。

澪が煙草をくわえると、昭吾は即座に自分のライターを手にした。そんなことしないでいい、と澪は言い、自分で火をつけ、唇をすぼめて細い煙を吐き出した。

「男に煙草の火をつけられるのって、嫌いですか」

「そうね、あんまり」

「男からサービスを受けるのがいやなんだ」

「場合によりけりね。男が女の召使みたいにふるまうのを見てるのは、あんまり好きじゃないの。だって、そんなの、ただのカタチじゃない」

「カタチ？」

「決め事みたいなものよ。お正月に、あけましておめでとう、って言い合うみたいな」

あはっ、と昭吾は笑い声をあげた。「わかるな、それ。でも、ホストクラブで働いてた時は、そうするのが当たり前の世界だったでしょう。僕なんか、つい癖が出て、女の人が目の前にいると、反射的に煙草に火をつけたり、ビール注いだり、水割り作ったりしちゃいますけどね」

「それって、別に悪い習慣でもないわよ。たいていの女は、そうされたら単純に喜ぶもの」

「澪さんが喜ばないなら、つまんない」

澪は上目遣いに昭吾を見た。特別なことを口にした、という様子もなく、彼もまた煙草をくわえ、火をつけた。

「変な言い方ですけどね、心から女王様として扱ってあげたい、っていうか、女王様のようにふるまってもらいたい、と思える人と、そうでない人ってのがいるんです。百人の女の人がいたら、九十九人までが後者。このバカ、って内心思いながら、僕ら男は、女王様扱いしてやってるだけ。でも、澪さんは違うんだな。うん、初めて会った時からそう思ってた」

「女王様、やらしてくれるわけ？」

「似合うもん、澪さん」

そう言われて、悪い気はしなかった。澪は軽く肩をすくめ、テーブルの下で足を組んだ。

「私なんか、いい歳をしてただのわがままな、はねっ返りよ。いつも美沙緒ちゃんに、ろくでなしみたいに言われてるの。ほんとのことなんだから、仕様がないけど」

澪は勢いづいて、美沙緒と比べ、自分がいかに〝ろくでなし〟か、について話し始めた。

美沙緒ちゃんは料理がうまいの。手際もいい。でも、私はからきし駄目で、人が作ってくれるものを食べるだけ。栄養とか健康とか、考えないから、食べる、ということにも関心がなくなって、コーヒーと煙草だけで一日を終える時もある。美沙緒ちゃんは逆で、きちんとしてる。家で食事をとる時は店屋ものはとらないし、自分でちゃんと作って食べる。そのうえ、美沙緒ちゃんは努力家。頭もよくて、ちゃんと自分の夢を遂げて弁護士になったけど、私は夢を抱くなんていう生き方すらできなかった。それでいて美沙緒ちゃんは、世の中にはいろんな生き方をする人がいることを理解している。ろくでなしの私のような人間のことも心のどこかで理解してくれている。身内なので、正面きって言ったことはないけど、美沙緒ちゃんは、そんじょそこらにいる女の中では、トップクラスに凄い女、魅力的な女だと思う。美沙緒ちゃんは……。美沙緒ちゃんは……。

昭吾は、いかにも興味深そうに澪の話にじっと耳を傾けていた。

「本多さんのこと、〝ちゃん〟づけにして呼んでるんですね」

「そうよ。変？」

「ううん、全然、変じゃない。おばと姪、っていうよりも、友達同士みたいに見えてかっこいいです」

「彼女のこと、おばだと思ったこと、ないのよ。いつだって、私にとっては美沙緒ちゃんだった。小さい時からね」

「お母さんみたいな感じじゃなくって、お姉さんみたいな存在？」

「姉、っていうのとも少し違うかもしれない。私は兄弟姉妹がいなかったからよくわかんないけど」

「早くからお母さんを亡くしちゃったんで、そんなふうになったんだろうな」

そうね、とうなずき、澪は正面から昭吾を見つめた。「おかしな会話を交わしてるね、私たち。昭吾君の言ってる〝お母さん〟って、あなたのお母さんのことでもあるし、昭吾君にとっての本多美沙緒は、あなたのおばさんにあたる人でもあるのよ」

わかってます、と昭吾は低い声で言い、目を伏せた。「でも、他に言いようがなくて」

そうだね、と澪は言った。「言いようがないよね、ほんとに」

店内はいつのまにか混み合ってきており、ほとんどのテーブルが埋まっていた。とはいえ、テーブルとテーブルの間隔が空いているため、人々の会話は届かない。窓の外の夜景は静止画像のように見えている。じっと目をこらしていないと、それが現実に息づいている街の明かりであることがわからないほどである。

澪がグラスを空けると、すかさず昭吾がシャブリを注いでくれた。

「いやかもしれないけど、今夜は僕にこうさせてください」

ありがとう、と澪は小声で言った。どういたしまして、と昭吾が言った。

「ほんとのこと、教えてあげる」

「何ですか」

「美沙緒ちゃんと私の父……つまりあなたの父親でもある嶋田圭一のことだけど……その二人は長い間……ずっとずっと長い間、恋人同士でいたのよ。父が事故で死ぬまで」

へえ、と昭吾は目を丸くした。「お母さんが死んでから、ずっと?」

「いつそうなったのか、はっきりしたことはわかんないけど。でも、きっとそうね。美沙緒ちゃんは、司法試験に合格するまでずっと、私たちと一緒に暮らしてたし、義兄としての父のこと、初めから好きだったのよ。父もそう。母が死んでから、二人の間に火がついたのね」

「それは知らなかったな。本多さん……いえ、美沙緒さんはそういう話、全然しなかったから」

「あの段階であなたにそんな話、するわけないわ。美沙緒ちゃんの永遠の恋人が父だったし、母が死んだ後、父が一番愛してたのもね、多分、美沙緒ちゃん一人なのよ。父のところには、いろんな女の人が出入りしてたけど、父は美沙緒ちゃんのことが一番好きだったんだと思う」

「父親が母親の妹を恋人にしている、ってことに対して、澪さん、別に何も感じなかった？」

「全然。私も父に負けないくらい、美沙緒ちゃんのことが好きだったし……ああ、でも、こんな話してると、まてまた、こんがらがってくるわね。ここで言ってる〝父〟っていうのは、あなたのお父さんのことなのに」

共有できることがあり過ぎる、というのに、澪は昭吾と、その共有をいちいち言葉にして確認し合わないと不安になるのだった。その不自然さは如何ともしがたかった。

昭吾がつぶやくように言った。「僕の父……ね。よくわからなくなるな」

「え？」

「記憶喪失の人間がね、まわりからおまえはこういう人間だ、名前は何々で、親は誰々で、どこそこに住んでた……って、いきなり言われたら混乱するでしょう。頭が割れそうになるほど混乱すると思うんだけど、今の僕は、ちょうどそんな状態だから」

「わかるわ」

「わかる？　本当に？」

「だって私だって同じだもの」澪はそう言い、薄く唇を伸ばして微笑みかけた。「あんたには弟がいたんだ、ほれ、この男だよ、この男があんたの弟なんだよ……って、いきなり言われて、はい、そうですか、って言って……。考えてもみてよ。そうなったら混乱するでしょ？」

「弟なんて、欲しくなかった。そうでしょう？」

「考えたこともないわよ、そんなこと」

「姉と弟、だなんて、笑っちゃいますよね」

「どうして？」

「こうやって、澪さんと夜景なんか眺めてると、あなたが姉だなんて、信じられなくなる。嘘だろう、って感じ」

「じゃあ、私は何？」

或る恥ずかしいような期待をこめてそう聞いたのだが、そのことに気づいたのか、気づかなかったのか、昭吾はそれに答えようとしなかった。答えずにいてくれたことが、かえって澪を安堵させた。それでこそ弟だ、と思った。

「さて、質問がないようだから、僕はまた、食べますよ」

昭吾はそう言い、再び猛烈な勢いでフォークを動かし始めた。赤ワインで煮こんだ細身のソーセージが、彼の白い形のいい前歯で半分に嚙みちぎられ、ぱりっ、と乾いた音をたてた。澪もそれに合わせて、テーブルの上に身を乗り出し、食べ始めた。二人はしばらくの間、黙ったまま食欲を充たし続けた。

話せば話すほど、話し足りなくなる、と澪は思った。会えば会うほど、会いたくなる気持ちとそれは似ていた。

切ない、というのではなかった。一般の男女の間に芽生えるような、性的な欲望をはらんだ不全感、というのでも、もちろんなかった。

それはちょうど、夏の夜、縁側に坐って花火をやっている時の、ひたひたと押し寄せてくる虚しさを伴う幸福感のようなものだった。

楽しみにしていた花火はどんどん少なくなっていくのである。あと三本、あと二本、あと一本……これが終わったら、花火はおしまい。バケツの水で火を消して、マッチを手に家の中に戻らねばならない……。

そうわかっていていて、味わっている束の間の楽しみ……。祭りが永遠に続かないとわかっている時の、あの、まじりけのない幸福な寂しさ……。

火が消えたら、あたりが再び闇に包まれる、と知っているからこそ、少しでも長く花火を続けていたいと願う、幼いような、愚かしいような寂しさ……。

「ねえ」と、澪は言った。言った途端、口の中にふくんだばかりのプチトマトが弾け、唾液に甘酸っぱい汁が混じった。その甘酸っぱさに助けられるようにして、澪ははっきりと言いきった。「いいこと教えてあげる」

「何ですか」

「私、あなたといるとすごく楽しい」

昭吾は間髪を入れずに応えた。「僕だって」

「時々、こんなふうにして会おうね」

「時々と言わず、毎日でも」

「あなたがバイトしてる、渋谷のお店にも連れてってて」

「もちろん」

「また、美沙緒ちゃんの時間がある時にでも、三人で会おうか」

「僕のおばさん、と三人でね」

「私が買い物したい、っていう時、呼び出してもいい？」

「荷物持ち、やります」

「そんなんじゃなくて……」と澪は言葉を濁した。

昭吾と一緒に、ブティックの店先で、セーターやスーツを選んでいる自分を想像すると楽しくなった。牟田と一緒にそんなことをしても、ちっとも楽しくない。まして、他の男とも。

だが、それを口にするのは憚《はばか》られた。

シャブリのボトルは、三分の二ほど空になっていた。軽く酔いがまわり始めていた。ガラスの向こうの夜景が、酔いのせいで、いっそう煌きを増したように感じられる。目が潤んでいるのか、と思い、澪は指先で軽くまぶたをこすってみた。潤んでいるのは自分の目ではなく、雨に濡れた夜景そのものだった。

メタリックレッドのジャガーで送られて、白金台のマンションに戻った時、時刻は零時を少し回っていた。

あがってコーヒーでも飲んでかない、と昭吾を誘いたかったのだが、澪はそのセリフをなかなか口にすることができなかった。これではまるで、赤の他人の男を部屋に誘おうとして逡巡《しゅんじゅん》しているも同然ではないか、と思ったが、どうしようもなかった。

何を意識している、と自分に問いかければ問いかけるほど、次の言葉が出なくなる。姉と弟として知り合って、まだ日が浅いのだから、と自分に言い聞かせ、澪は明るさを装いながら、いささか素っ気なく「じゃあ、おやすみ」と言った。「楽しかった」

「こちらこそ楽しかったです。散財させちゃって、ごめんなさい」

「いいのよ、気にしないで。またね。バイバイ」

振り返りもせずに、まっすぐマンションのエントランスに向かった。雨は小やみになっていて、吐く息が霧雨の中で白く煙った。

ロビーに入り、そっと振り返って昭吾がまだ、車を停めたままにしているかどうか、確かめようとしたその時だった。ショルダーバッグの中で携帯が鳴り出した。

牟田からの電話だった。

「別に用はないんだけど」と牟田は言った。「帰ってるなら、ちょっとこれからそっちに寄ろうと思って。まだ外？」

「外よ」と澪は言った。マンションに着いたとはいえ、まだ部屋に戻ってはいないので、嘘をついたことにはならない、と思った。

「これから帰るところだけど、ごめんね、今夜は勘弁して。疲れてるの」

「さては飲み過ぎたな」

「そんなようなものね」

「僕に黙って、秘密のデートなんかするからだ」

言葉とは裏腹に怒っているような素振りはまるでなく、牟田の口調は、若い娘をからかっているだけのようにしか聞こえなかった。

「ほんの少し、寄りたいな。すぐ帰る」

「どうしたのよ。珍しいのね」

「雨の音聞いてたら、澪に会いたくなってさ。それだけだ」

「来てもいいけど、今日は生理よ。しかも二日目」

自分でも露骨な言い回しだと思ったが、その露骨さに澪は寂しい満足感を覚えた。結局のところ、牟田との関係の基盤はそれなのだった。

肉体を求められ、差し出し、法外な報酬を与えられる……そうした相互関係の中に、自分が男に養われている、という卑屈さを持たずにすんでいるのは、ひとえに牟田が、澪の勝手気儘《きまま》な生き方を面白がってくれているおかげであった。そのために、一見、養う側と養われる側の上下関係は逆転しているように見えるのだが、現実は違う。

澪は真実を知っていた。いつだって忘れたためしがない。父の残した財産があるとはいえ、自分が今こうして、人並みな暮らしをし、仕事とは名ばかりの、気儘なアルバイト生活を続けていけるのは牟田がいてくれるからだ、と。牟田と性を交わしているからこそ、自分は今、在るのだ、ということを。

「さては僕を遠ざけようとして、そんな嘘を言ってるんじゃないだろうね」

牟田の言い方には何の刺もなかった。むしろ、そうした会話を面白がっている、というふうだった。

「なんだったら、これから来て試してみる?」澪は平然と言ってのけた。「私はかまわないわよ。ただし、汚したシーツの替えを手伝ってもらわなくちゃならないけど」

はははは、と牟田は低い声でさも可笑しそうに笑い、「やめとくよ」と言った。「残念だけどね。明日は店に来る?」

「多分」

「厨房でキスしよう」

「なんだか飢えてるのね」

「きみが欲しいだけさ」

あくびまじりでそう言うなり、牟田は静かに電話を切った。

8

玄関のチャイムが鳴り、ドアを開けた途端、牟田が笑顔で「メリー・クリスマス」と言った。

カシミアの黒のコート姿である。ライトグレーのマフラーを無造作に首にかけ、両手に抱えきれないほどの買い物包みを提げている。美しくラッピングされたシャンペンの瓶と、星型のアクセサリーが覗いて見える小さなクリスマスツリーを入れた箱を澪に手渡すと、牟田は靴を脱ぎ、張り切った足取りで部屋に入って来た。

「どうせ澪の部屋にはクリスマスツリーなんてもんは置いてないだろうと思ってさ。目についたものを買ってきた。あ、シャンペンは冷えてるけど、一応、冷蔵庫に入れといたほうがいいよ。それから、これはケーキ。アイスクリームだから、食べるまでは冷凍庫だな。あとは全部、ホテルのテイクアウトのやつ。味のほうはどうだかね。でも、ないよりはましだろ？　ツリー、どこに置こうか。テーブルの上でいいな。電源を入れてみなさい。豆電球がつくから」

言われた通り、澪がクリスマスツリーのコードをコンセントにさしこむと、色とりどりの豆電球が、ちかちかと点滅し始めた。牟田はコートを脱いで満足げに微笑んだ。

冬の闇を湛《たた》えた窓に、その後ろ姿が映し出され、そこに豆電球の点滅する光が安手のイルミネーションのようにして重なった。

白けた気分を悟られまいと、澪は黙って牟田が買ってきた幾種類もの惣菜を手早く大皿に並べ始めた。小ぶりのダイニングテーブルの上には藍染のランチョンマットを二枚、並べてある。フォークとナイフ、それに真新しいナフキンも。真鍮《しんちゆう》の燭台《しよくだい》には、クリスマス用の金色のキャンドルが一本。

ＣＤデッキからはセリーヌ・ディオンのクリスマス・ソングが流れている。室内は丹念に片づけられていて、毛脚の長いクリーム色の絨毯《じゅうたん》の上に雑誌や新聞、マニキュアの小瓶、ひからびたコーヒー滓《かす》の残ったマグカップ、吸殻のたまった四角い灰皿など、いつも転がっているようなものは、何ひとつない。

その日、澪は居間の隅々まで丁寧に掃除機をかけた。見苦しいものは片っ端からクローゼットの中に押し込んだ。クッションのカバーを洗濯し立てのものに替え、せめてクリスマスらしさを演出しようとして、近所の花屋に走り、ポインセチアの小さな鉢植えも買って来た。

ささやかなクリスマスの宴が済んだら、帰りぎわに鉢植えを昭吾に贈るつもりでいた。昭吾のアパートの部屋は想像もつかない。若い男の一人暮らしの殺風景な部屋に、ポインセチアが置かれている光景を想像すると楽しくなった。

クリスマスのプレゼント、などと言って、大仰《おおぎょう》なものを贈るのは気がひけた。ポインセチアの鉢植え、というのは我ながらいいアイデアだ、と満足もしていた。

もともと室内に花を飾る趣味はなかった。観葉植物も買ったことがない。生きたものが室内にある、ということに、澪は違和感を持っていた。何故なのかはわからなかった。美沙緒の部屋に行き、可憐な季節の花が飾られているのを見ると、美しいと思えるのに、自分にはそれができなかった。精神の深いところが、人知れず病んでいるせいかもしれなかった。

昭吾が来ないなら、あんな鉢植えは後で捨ててしまおう、と澪は思った。

昭吾と過ごす予定でいたクリスマス・イブだった。初めて部屋に招くというので、前日から奇妙な高揚感に襲われていた。高級スーパーに行き、ローストチキンの丸焼きと出来合いのサラダを用意した。奮発して、高価なフランスワインも揃えた。

だが、その日の夕方になって、昭吾から携帯に連絡があった。バイトをどうしても休むことができなくなった、と彼は言った。

祝日なのに、どうしてよ、と澪は聞いた。咎めるような口調になっていた。

特別に今夜は店を開ける、ってオーナーが言いだして、と昭吾は言った。「ごめんなさい。この埋め合わせは必ず」

短い会話だったせいか、申し訳ないと思っている気持ちが伝わってこなかった。電波のつながりにくいところから電話をかけていたらしく、時折、ひどい雑音が混じった。おまけに昭吾の口調は平板で、どうでもいい相手にちょっとした予定の変更を伝えているだけのように聞こえた。

わかった、とつっけんどんに言い、澪は乱暴に携帯を切った。腹が立ったが、もう一度、彼から電話がかかってくるに違いないと思った。だが、それきり携帯電話は鳴り出さなかった。

自分からかけ直す気はなかった。一方的に、しかも直前になって断りの電話をしてきた相手に、後追いするような電話をかけるのは自尊心が許さなかった。

きっかり一時間、待ってみた。待っていること自体、不愉快だった。

澪は深く考えもせずに牟田に電話をかけた。広尾の珈琲店は祝日で閉まっていたが、牟田はどこにいたのか、携帯電話に出てくるなり、嬉しそうに応じた。

「今晩、何か予定がある？」

澪がそう聞くと、牟田はまるで、その一言を待ち望んでいたかのように「珍しいな」と言った。「それはもしかして、クリスマス・イブを一緒に過ごそう、っていう誘い？」

「まあ、そういうことね」

「でも、今夜は確か、美男の弟と約束があったんじゃないのか？」

「弟のことを言う時に、いちいち〝美男〟って言葉をくっつけるの、やめてくれる？　急に都合が悪くなった、って、さっき連絡があったのよ」

「そうか。それで代役探しをしていて、僕に白羽の矢が立ったわけだ」

「気にいらないんだったら、別にいいのよ。他をあたるから」

「またすぐ、そんなふうにつっぱねる」牟田は意に介したふうもなく、くすくすと笑った。

「澪の誘いを僕が断ったこと、あるか？　何時に行けばいい。いろんなもの、用意して行くよ」

七時、と澪は白けた言い方で言った。「ワインはいらないわよ。それからローストチキンも。何もいらないの。たいていのものは揃ってるし」

「クリスマスケーキは？」

「そんなの、いらない」

「どうして」

「クリスマスに大きなケーキを前にして、二人で蠟燭を吹き消すわけ？　子供じゃあるまいし」

「でも、アイスクリームケーキだったらいいだろ？　小さいやつ」

「そんなにたくさん、買い込んでこないで。どうせ食べきれなくて、捨てちゃうことになるんだから」

「クリスマスの晩餐《ばんさん》は食べきれないくらいの料理があったほうがいいんだ。僕に任せなさい」

牟田はてきぱきとそう言って、電話を切った。

クリスマスなのに家を出て来られるのかどうか、については聞かなかった。その種の質問を澪が牟田に、正面きってぶつけたことは一度もない。クリスマスだろうが正月だろうが、牟田は澪から誘われるとたいてい、嬉々としてやって来た。世間の人々が家庭団欒《だんらん》を楽しむ、ということになっている日でも、牟田は澪の誘いを優先した。

愛されているからだ、とは思わなかった。それは愛や情熱とは無関係の問題だった。牟田の家庭は、どこか壊れたままになっているに違いない、と澪は思っていた。

牟田はいそいそと燭台のキャンドルにライターで火をともし、今夜はばかに部屋の中がきれいに片づいているんだね、と言った。澪はそれには応えなかった。

テーブルに向かい合わせになって坐り、牟田が芝居がかった仕草でシャンペンのコルクを抜いた。大きな音がして、瓶の口から白い泡があふれた。

深い琥珀色《こはくいろ》のシャンペンを二つのグラスに分けて注ぎ、牟田は「そうそう」とわざとらしく思い出したように、着ていたジャケットの内ポケットに手を差し入れた。

「乾杯の前に、はい、これ。ほんの気持ちだよ。クリスマスのプレゼント」

金色のりぼんがかけられた、黒い、思わせぶりな小箱だった。はしゃいでみせなければならない、と思ったが、澪は無表情のままでいた。

「気にいってもらえればいいんだけどね。開けてごらん」

牟田は何かにつけ、いろいろなものを贈ってくる。ルイ・ヴィトンの小ぶりのバッグや財布、アクセサリー、セーター、腕時計、インポートものの下着類……。

そのたびに澪は沈みこむような気持ちにかられた。何かを贈られるごとに、牟田に向けた気持ちが醒《さ》めていくようでもあった。贈られたものが高価なものであればあるほど、自分が安っぽく扱われている、と感じることもあった。

それでも喜んで無邪気に受け取る、という礼儀だけは欠かしたことがなかった。

インポートものの、レースがふんだんに使われたセクシーな下着を贈られた時は、牟田の見ている前ですぐに身につけてみせる、という芸当もやってのけた。牟田を挑発するようなポーズもとった。平気だった。

男から贈られた下着をつけ、その場で男を挑発してみせるなど、簡単なことだった。その後で始まることを受け入れて、いったん身につけた下着を剝《は》ぎとってしまえば、贈られたことに対する感謝の儀式は滞りなく終わるのだった。

大仰に包装された小箱を開けると、ブレスレットが出てきた。両端に小さなダイヤの粒があしらわれている。チェーン部分はプラチナで、腕につけると片方のダイヤの粒がゆらゆら揺れて見えるデザインになっている。

「素敵」と澪は言った。「でも、すごく高そう。無理しちゃったんじゃない?」

「無理なんてしてないよ。実を言うと、ずいぶん前に買って用意してたんだ。今日、渡そうと思ってね。それなのに、僕の可愛い姫君は美男の弟とクリスマスを過ごす、って言うしさ。なんてこった、と思ったよ」

「腹立って、別の女にまわしてやろうと思った?」

馬鹿、と牟田は言い、笑った。「澪のために買ったものをどうして他の女になんか……」

「もったいないじゃない。そういう時は奥さんにでもあげればいいんだわ」

澪の皮肉に慣れきっているのか、あるいは、その種の言い方にかえって強い刺激を受けるのか、牟田は面白そうに肩を揺すって笑った。「そんなことより、そのうち、紹介してくれるよね」

「何の話？」

「美男の弟さんだよ」

澪はどうでもいいことのように苦笑してみせた。「紹介してほしいわけ？」

「そりゃそうだろう。澪の弟なんだから」

「もしかして疑ってる？」

「何をさ」

「彼が私の本当の弟かどうか、ってこと。私の作り話だとでも思ってるんじゃない？」

「まさか。どうして疑う必要がある」

「美男、美男、ってそればっかり。くだらないやきもちを妬いてるようにしか聞こえないわよ」

あはは、と牟田は豪快に笑った。「つい口癖になっちゃってね。わかった。もう言わないよ」

牟田がグラスを手にしたので、澪もそれにならった。二人は乾杯をし、大皿の上の料理を食べ始めた。昭吾に関する話は、それ以上、出なかった。

牟田は、ものごとの起承転結がはっきりしていれば、それ以上、詮索してこない人間である。幼い頃、誘拐されて生き別れになった弟が見つかった……。その経緯を澪が簡単に報告した時も、へえ、そうだったのか、不思議なものだな、と短い感想を述べただけだった。

　牟田が興味を示すのは、目の前にあるものだけ。或る一つの出来事の裏に潜んでいるものは、ほじくり返してみたところで何の意味もない、と信じている。自分を取り巻く現実との、その種のあっさりとした関わり方は、少なくともかつて澪が彼に口説かれた時、好感を抱いたもののうちの一つではあった。

　携帯電話はキッチンカウンターの上に載せてある。メールの着信があっても、すぐにわかるようにしておいたのだが、携帯は静まりかえっていて何の着信音も発しない。

　自分は何を待っているのか、と澪は思った。昭吾から連絡があり、アルバイトは何とか切り抜けるから、遅い時間に会えないだろうか、と言ってくるのを待っているのか。今、澪さんのマンションの近くまで来ています、これから行ってもいいですか……そう言ってはこないだろうか、と期待しているのか。あるいは携帯メールにメッセージが入り、そこに心のこもった謝りの言葉が連ねられていることを待ち望んでいるのか。

　澪は、昭吾に向けた自分自身の不可解な気持ちを烈しく否定し始めた。

　クリスマスに昭吾を部屋に招き、買いそろえたワインとローストチキンを前に、ちょっとした儀式めいたひとときをもとうと思いたったのは、何も彼に特別な感情があったからではない。姉と弟として、今後、長い人生を遠く近く関わり合っていこうとしている自分たちが、折にふれ、共に過ごそうとするのは自然なことだった。そんなひとときを提供してやるのは、姉の義務でもある。

そんな義務感にかられて思いついたクリスマスの夜の約束を、直前になって断られた。相手が弟であってもなくても、急な予定変更を強いられれば、面白くない気持ちになるのは当然である。

後で電話してやろう、と澪は、あまり美味《おい》しくもないローストビーフを口に運びながら考えた。電話して、文句のひとつも言ってやればいい。何よ、どういうつもり？　急に断ってきて、あげくにきちんとした謝りの言葉もないなんて、失礼だと思わないの？　人がどれほど時間を割いて、クリスマスの用意をしたか、わかってるの？……そんなふうにぶつけてしまうのだ。

相手は恋人ではない。ただの身内。身内に向かって理不尽な文句や愚痴を垂れ流すなど、世間一般の人間が日常、繰り返していることである。異様なことでも何でもない。

あらかたの料理に手がつけられぬまま、牟田がケーキを食べようと言いだしたので、澪はキッチンに立ち、コーヒーをいれた。ブッシュ・ド・ノエルの形をしたアイスクリームケーキを少し切り分け、皿に盛った。

スプーンを添えてテーブルに運ぼうとした時、澪は後ろから牟田に柔らかく抱き寄せられた。うなじのあたりに、牟田の吐息を感じた。

「今からそんなことしたら、アイスクリームが溶けちゃうじゃない」

「いいさ」

「コーヒーだって、いれたのに」

「後でいい」

真紅の、半袖のタートルネックセーターの上を牟田の手が這いずりまわった。一つ一つ、感触を味わうような指先の動きも、指の動きに微妙に合わせるようにして唇を求めてくるやり方も、いつもの牟田と寸分の違いもなかった。

セーターの裾がめくりあげられた。下着がはずされ、乳房に牟田の湿った手を感じた。

澪はケーキを載せた皿をカウンターの上に戻し、拒絶とも喘ぎともつかぬ、小さな吐息をもらした。携帯電話が視野の片隅に入った。ふと、昭吾を思った。

いつかこの男のことを昭吾に話さねばならなかった。文字通りの愛人。養ってもらっているも同然の男。愛や情熱は消え失せたというのに、会うたびに習慣のようにして求められ、そのたびに応じてしまう。そのくせ、何ら不快感を抱かずに済む男。ひとたび離れてしまえば、思い出しもせずにいられる男。にもかかわらず、この人あってこその暮らしである、ということを常に意識せざるを得ない男……。

向き合う恰好で、ストレッチジーンズに包まれた尻を軽くわしづかみにされた。キスが深いものになっていった。牟田の指先が、さらに湿ってくるのがわかった。

お定まりの、慣れ親しんだ性的快感が、遠く近く漣《さざなみ》のように押し寄せてきた。それなのに、頭の芯の部分が冷ややかに醒めていて、自分の喉の奥から洩れてくるかすかな喘ぎ声や、身体が少しずつ溶け始めていく時の感覚を他人事のように白々と観察しているのが不思議だった。

「寝室に行こう」と牟田が弾む息の中で囁いた。

たくしあげられたままのセーターから、乳房が半分こぼれているのもかまわず、澪は先に立って歩き出した。途中、視線が素早く、壁に掛けられている四角い時計をとらえた。

九時十分。

遅くとも十時半には牟田を帰し、昭吾に電話することができる、と澪はひんやりとした意識の中で考え、考えながら、寝室のベッドに牟田と共になだれこんだ。

幾度、ボタンを押しても携帯電話はつながらない。単調な女の声が「おかけになった電話は電源が切られているか、電波のつながりにくいところに……」と繰り返すばかりである。

澪はいきりたつような思いにかられて、ムートンのショートコートを着るなり、玄関に向かった。

のんびりとシャワーを浴び、ビールを飲み、あげくに泊まっていきたい、と言いだした牟田を無理やり帰そうとするのに手間取って、時刻は十一時をまわってしまった。

寝室の乱れたベッドも、食べちらかしたダイニングテーブルもそのままだった。居間の明かりを消すと、牟田が持って来たクリスマスツリーの豆電球が、闇の中でふざけた玩具のように、規則正しく点滅し続けているのが見えた。

大通りに出てタクシーを拾うのにも、また手間取った。クリスマス・イブの夜、空車はなかなかやって来なかった。

冷え込んだ夜の舗道には、点在するオープンカフェのイルミネーションが煌いていて、夜も更けているというのに行き交う人々の流れも絶えない。澪は苛々する思いで、再度、昭吾の携帯にかけてみた。相変わらず電話はつながらなかった。

昭吾がアルバイトをしている渋谷のカウンターバー『タッジオ』の場所は、だいたいの見当がついていた。繁華街から少し離れた松濤《しょうとう》のあたり。有名なファッションビルの隣、と聞いている。行ってみれば、必ずわかるはずであった。

やっとタクシーの空車を見つけて乗りこみ、澪は行き先を言ってから煙草に火をつけた。右手首で、ブレスレットが揺れているのが見えた。唇の端に煙草をくわえたまま、澪は贈られたばかりのブレスレットを外し、コートのポケットに押し込んだ。

店に入って、岩崎昭吾の名を口にした時、カウンターの中にいる従業員が全員、怪訝な顔をする光景を想像した。そんな人間はおりません、と言われるのか。あるいは、確かに岩崎昭吾という人間はこの店で働いているが、今日は休みをとっている、と言われるのか。いや、店の扉には本日休業の看板がかかっているのか……。

馬鹿な、と澪は思い、半分まで吸い終えた煙草を灰皿でもみ消すと、すぐに二本目の煙草を口にくわえた。

いったい何を苛立っているのか、急にわからなくなった。

自分は彼について、何を知っているだろう、と澪は考えた。ホストクラブで高給を取りながら入学金を蓄え、大学に進学して哲学を学んでいる男、かつての誘拐犯に育てられた男……知っているのはそれだけではないか。

実の弟であることは、美沙緒が保証してくれたのだから確かであるとしても、それ以外のことは何も知らない。どこでアルバイトをし、何を考え、どんな人生観を持っているのか。煙草の吸い方、セロリと梅干しが嫌いであるということ、左利きであること、車のハンドルを握っている時の手が、亡き父に似ていること、とてつもなく気が合うこと……確かにいろいろなことを知った。だが、そんなものを数多く知ったところで、岩崎昭吾＝嶋田崇雄自身を知ったことにはならない。

昭吾に未だ、数多くの謎がまとわりついていることを澪は感じた。あらゆることがはっきりしても……たとえ、昭吾に関するデータが完璧に整えられたのだとしても、芯の部分に封印された謎は謎のまま、残りそうな予感すらした。

その、得体の知れない謎が自分を苛立たせている、と澪は思う。知りたいこと、知っておくべきことを全て知ることができたとしても、決して満足しないのかもしれない、とも思う。

二十四年間の空白がそうさせるのか。それとも、そこには何かもっと別の理由があるのか。

タクシーを降りると、すぐにあてずっぽうで歩き出した。昼間、賑わっているはずのファッションビルの界隈には、さほど人の流れはなかった。ひどく酔って奇声を発し合っている学生グループが、舗道の真ん中に陣取っている。真っ赤な顔をして千鳥足になっている若い娘が、ダッフルコートを着た男子学生に支えられ、空を見上げながらへらへらと笑っている。

彼らの脇をすり抜け、澪は注意深くあたりを窺いながら、店のネオンや看板を確かめて歩いた。

タッジオ、タッジオ、タッジオ……。妙な屋号である。ヴィスコンティが監督した『ベニスに死す』という映画の中に、確か、タッジオという名の美少年が出てきた。オーナーがホモ、というのもうなずける。

昭吾も同じなのか、とふと思い、澪は慄然《りつぜん》とした。

そんなことは考えてみたこともなかった。だが、彼が何故、バーテンダーのアルバイトのために、ホモセクシュアルのオーナーのいる店に勤めたのか、はっきりとした理由は聞いたことがない。

偶然だったのか。それとも、安住の地としてその店を選んだのか。彼がよもや、その種の性癖を持っているのだとしたら、そのことが自分に何をもたらすのか。

通りから少し奥まった細い路地の入口に、『タッジオ』と片仮名で書かれた小さな看板を見つけた。六階建ての、あまり新しくもない雑居ビル。一階はブティックの倉庫になっており、二階から上には、小さなオフィスが幾つも密集している。その時刻、どの窓にも明かりはない。

地下になっている店の、薄暗い階段を降りていくと、ジャズピアノの音色が聞こえてきた。階段正面に、どっしりとした木製の黒い扉が控えている。扉に店の屋号を示すものは何ひとつない。

おそるおそる扉に手をかけ、引いた。ジャズピアノの音が大きくなった。かすかな煙草の香りが鼻をついた。

細長いカウンターが延びているだけの、細長い店である。黄色い間接照明が、カウンターのそちこちに小さな丸い明かりを落としている。装飾品のたぐいはほとんど見えず、壁も床も天井も、それにカウンターも黒一色である。

十五席ほどあるスツールの、ほぼ半分が客で埋まっている。後ろ姿しか見えない。ほとんどが男女のカップルである。暗くてよくわからないが、バーテンダーは三人。ざっと見渡してみる限り、昭吾の姿はない。

澪が入って行き、空いている中央付近のスツールに腰をおろすと、カウンターの向こうの、影にのまれたようになっている闇の奥からバーテンダーが一人、進み出て来た。

黒いスーツを着て、黒の蝶ネクタイを締めている。黒縁の眼鏡をかけ、顎に薄い髭をたくわえた小柄な、しかし、筋肉質の男である。少し額が禿げあがっている。五十近い年齢に見える。

「いらっしゃいませ」と男は言った。恭《うやうや》しい言い方の裏に、相手に対する小気味いいほどの無関心が覗いて見えた。「何にいたしましょう」

「この店に岩崎昭吾という人はいますか」

男は眉ひとつ動かさぬまま、いっとき澪をじっと見つめ、わずかの間をあけてから、はい、と言った。

安堵するあまり、馬鹿げたことに澪は深く息を吸わねばならなかった。いた。昭吾はやはり、この店にいた。

澪は笑みを浮かべつつ、「呼んできていただけますか」と頼んだ。「私は彼の姉です」

ああ、と目の前の男はうなずいた。表情にかすかな変化が読み取れた。「たった今、仕事を終えて奥に入って行ったところです。まだいるでしょうから、呼んでまいります」

傍を通りかかった、若いバーテンダーに男は何事か囁き、若いバーテンダーはカウンターの奥の、小さなくぐり戸のように見える扉の向こうに消えて行った。
二、三分たってから、店の扉が開いた。澪さん、という低い声が背後で聞こえた。澪は振り返った。

私服に着替え、帰り仕度を済ませた昭吾が澪の後ろに立っていた。口もとには、何か判然としない、心もとないような笑みが浮かんでいた。「どうしてここに……」

澪は片方の眉をつり上げた。「来ちゃいけない？」

「そんなこと言ってない。びっくりしただけです。まさか来るとは……」

「帰るところだったのね」

「ええ。本当につい、さっき。あと一分、遅かったら、すれ違いだったかも」

澪が何か言おうとしたその時、店の扉が再び大きく開き、どやどやと人が入って来た。声高に話をする四人連れの男女だった。

黒縁の眼鏡をかけたオーナーが、昭吾に向かって小さく目配せをした。昭吾はうなずき、澪の腕を取った。「出ましょう」

「出る？　わざわざ来たのに？」

「ごめん。僕がこのカウンターで飲むわけにはいかないんです」

「クリスマスの予定を変更させられて、あげくに追い出されるわけね」

「規則なんだ」昭吾は早口で澪の耳元にそう囁くと、澪の腰に手を回し、半ば強引にスツールから下ろさせた。

ムートンのコートを着たままだったが、澪は腰のあたりに昭吾の手の感触を強く感じ、気がつくと彼に肩を強く抱かれる形で店の外に出ていた。

小暗い階段に佇《たたず》んだまま、澪と昭吾は向き合う姿勢をとった。何故、そんなところに突っ立っているのか、わからなかった。胸の鼓動が烈しくなっていた。

澪は言った。「携帯がずっとつながらなかった」

「かけてくれたの？」

「何度もね」

「この店、圏外になっちゃうんだ」

「頭にきてたのよ」

「今夜のこと？」

澪はうなずき、腕組みをした。「頭にきた、ってことだけ、言いたかったの」

「僕だって少しは頭にきてたんだけどな」

「あなたが？　どうしてよ。直前になって約束を変更してきたのは、あなたなのよ」

「電話で僕が一生懸命、喋ってるのに、澪さん、いきなり切っちゃったじゃないですか。いくらなんでも、あれはない。僕だって、今夜のこと、ものすごく楽しみにしてたのに」

澪は組んでいた両腕をほどき、ほーっ、と溜め息をついた。「そうだったの。ごめん。でも、わざと携帯を切ったんじゃないのよ。雑音だらけで、よく聞こえなくて……」

「だったら、もう一度、澪さんのほうからかけてくれたってよかったじゃないですか」

「よく言うわよ。昭吾君からかけてくるべきでしょ」

「あれからすぐ、地下鉄に乗っちゃったし、その後は店での仕度にてんてこまいだったんだ」

「待ってたのに、電話」

「ほんとに？」

うん、と澪はうなずき、うなずいた途端、何もかもが滑稽なほど可笑しくなってきて、口を閉じたまま笑い声を押し殺した。昭吾も笑みを浮かべた。

「これから行っていい？」昭吾が聞いた。

「どこに」

「澪さんの部屋。イブはもう、終わっちゃったけど、クリスマスにはまだ間に合う」

澪は咄嗟に、ちらかしたままにしてきた居間や皺だらけになったシーツ、情事の後の抜け毛が何本かからみついている枕を思い出した。今しがた、自分が牟田としたことがひどく不潔なことのように思えた。

「それよりも、どこかに飲みに行きましょう」澪は言った。「それでもいい？」

昭吾は力強くうなずいた。「澪さんと過ごせるなら」

思わず胸が熱くなるのを覚え、澪はそれを必死の思いで振り切りながら、先に立って勢いよく階段を上がり始めた。

9

嶋田家代々の菩提寺《ぼだいじ》は、鎌倉の扇《おうぎ》ガ谷《がやつ》にある。観光ガイドなどで取り上げられるような寺ではないが、小さいとはいえ、足利《あしかが》氏ともゆかりの深い真言宗の古刹《こさつ》である。

嶋田圭一の死後、美沙緒は彼岸や命日の墓参を欠かしたことはなかった。年に少なくとも二度は、必ず澪と連れ立ってやって来て、澪の母であり自分の姉でもある千賀子の分も、読経をあげてもらっている。

親類縁者が同席することもある。そんな時は、近くの料亭に席をとり、簡単な膳を用意してもらう。儀式めいたことでもあり、それはそれで、澪を中心に厳粛な気持ちで執《と》り行うのだが、酒が入れば、結局は親類筋との談笑で終わってしまうことも多かった。美沙緒はその種の宴は苦手だった。

日を決めて、一人で嶋田圭一の眠る墓に詣でたい、という気持ちは日増しに強くなり、やがて毎年大晦日の、人の途絶えた冬の霊園に出向いて手を合わせるのが習慣になった。美沙緒の気持ちを汲んでのことか、澪が一緒に行くと言いだしたことは一度もなかった。

そして今日も、例年通り、美沙緒は鎌倉を訪れた。よく晴れた大晦日の午後である。鎌倉の街は新年を迎えようとする人々で賑わっていたが、菩提寺のあたりはひっそりしており、霊園にも人の姿はなかった。

甲高《かんだか》く鳴きながら木々の梢をわたっていくヒヨドリの声を遠くに聞きつつ、美沙緒はいつものように嶋田家の墓の前に立った。一礼してから墓石を洗い、墓所のまわりを掃き清めた。秋の間に舞い落ちた色とりどりの葉が、大地に西陣織の帯のような美しい文様を描いていて、それらを掃き集めるのはもったいないほどであった。

買ってきた白薔薇をひと束、花筒に挿した。こんな西洋の花を墓前に捧げるのは常識がない、と親類の一人に言われた時のことをふと思い出した。

片方の眉をつり上げ、赤く塗った唇を軽く舐めつつそう言ってきたのは、圭一の伯母の従姉か何かにあたるという、文字通りの遠縁の女だった。

義兄は菊の花が嫌いだったんです、と美沙緒が言うと、その厚化粧をした女は皮肉まじりに「あら、そう。よくご存じだこと」と言った。言外に、美沙緒と圭一の長期にわたる男と女の関係をあからさまに非難している様子が窺えた。

かつてその女が蔭で、美沙緒が圭一を誘惑している、とふれまわっていたことも美沙緒はよく知っていた。どういうわけで、そんなことを言ってまわるのか、理由はわからなかった。その女が、やもめ状態を続けている嶋田圭一に並々ならぬ関心を抱いていたせいかもしれなかった。

圭一にその話をすると、彼は笑い出し、「それは男に誘惑されたことのない女が吐くセリフだね」と言った。それ以上の感想はなかった。圭一の、その種の軽やかな反応の仕方を美沙緒は何よりも愛していた。

圭一の墓に詣でる、ということは、つまり、実姉である千賀子の墓に詣でる、ということにもなる。この墓石の下に、姉とかつての恋人とが仲良く眠っているのだ、という想いは常に美沙緒を幸福な気持ちにさせた。

姉に対してはかすかな罪の意識こそあれ、嫉妬めいた感情を抱いたことは一度もない。姉が圭一と結婚生活を送っていた頃、自分は何ひとつ不義を働くことはなかったのだ、という思いだけが美沙緒を支えていた。

とはいえ、思い返せば、あの当時から義兄に対して淡い恋情にも似た気持ちを抱いていたのかもしれなかった。だがそれを意識したことはない。すべてが始まったのは、姉が亡くなってからである。しかもその始まり方は老人同士の恋のごとく悠長で、烈しさに似たものは何もなかった。気がついたら恋の深みにはまっていた、という按配だった。

もしも崇雄があのような形で誘拐されていなければ、自分たちの関係もまた、もっと違った展開を辿ったのかもしれない。そんなことを美沙緒は今も時々考える。崇雄を出産後、すぐに姉は亡くなってしまったのだから、当然、乳飲み子である崇雄の世話は自分が引き受けることになっただろう。嶋田邸に同居し、澪の母親役をかって出ることにもなっていたことだろう。そうなっていたら、圭一との関係も、ある日突然、火がついたかのように烈しい始まり方をしていたかもしれない。

だが、崇雄は千賀子が亡くなって間もなく誘拐され、姿を消した。身内の死と行方不明……二重の不幸が嶋田家に襲いかかった。まだ幼かった澪を抱えながら、自分も圭一も、当座の精神の安定を保っていくのに精一杯で、男と女として関わることを無意識のうちに拒否していた。考えまいとしていた。

でも、と美沙緒は墓前にひざまずき、墓石を眺めながら考える。いつのまにか、自分たちはそうなっていたのだ。或る時、気がついたら、自分は圭一の腕の中にいたのだ、と。

すべてが流れる水のように自然であった。あまりに自然すぎて、そうなってしまった自分たちが今後、どんなふうに関わっていけばいいのか、案じる必要もないほどだった。

風雪を受けて黒ずんだ墓石に、白薔薇の花束はいかにも似つかわしくない。しかし、それでいいのだった。菊なんて辛気臭いから、僕が死んでも供えたりしないでくれよ……そう言っていた圭一の言葉を美沙緒は思い出す。

じゃあ、何がいいの、とその時、美沙緒は聞き返したものだ。

彼は少し考えてから「薔薇」と答えた。「赤や黄色、ピンク色……色とりどりの薔薇がいい」と。「派手にやってくれ」と。

そういうわけにはいかないわ、と美沙緒は今、心の中で話しかける。赤や黄色なんて、あの世にいるあなたにとっては小うるさい色になっているに違いない。白がいい。白い清楚な薔薇。ね？　そうでしょう？

美沙緒は線香をたき、目を閉じて手を合わせた。そうしながら、崇雄が見つかったことを胸の内で報告した。

『信じられないでしょう？　でも本当なのよ。「金谷硝子」って、覚えてる？　うちにいたお手伝いの喜美ちゃんとつきあってた硝子屋さんがいたでしょ。その硝子屋の金谷さんの実の妹が、崇雄ちゃんを誘拐したの。夫の気持ちをつなぎ止めるために、妊娠した、って嘘をついてたのよ。夫のほうは自分の子だと信じていたみたいで、とりあえずは崇雄ちゃんは両親そろった家庭で育てられてたんだけど、そのうち夫婦は離婚しちゃったの。崇雄ちゃんは岩崎昭吾っていう名前になってるわ。育ての親の離婚で、いろいろと苦労をしたようだけど、今はね、奨学金を受けながら大学に通ってる。あの子を誘拐した女は数年前に亡くなったそうよ。このことは、嶋田の親戚たちには誰にも口外してません。言えばつまらないことを言いだす人も出てくるでしょうし、澪たちをこれ以上、苦しませたくないですから。終わったことですもの。もちろん、澪とは会わせました。セロリと梅干しが嫌いなんですって。血がつながってる、って不思議なことね。左利きってところまで、澪ちゃんと同じなのよ。最初は少しぎくしゃくしてたみたいだけど、今はもう、二人はすっかり仲良くなって……』

そこまで言って、美沙緒は言葉を飲みこんだ。仲良く？　それは確かだった。時折、澪から報告を受けている。この間も、クリスマスの夜を一緒に過ごしたと言っていた。

どこでどう過ごしたのかはわからない。だが、それがとても楽しい夜だったらしいことは確かであった。

澪はここのところ、変わってきた、と美沙緒は思う。内部に何か、ぴんと張り詰めた糸のようなものを抱え持っている様子は以前と変わりはないが、糸それ自体が常に小刻みに震えている。しかもその震え方が尋常ではない。風に煽《あお》られるようにして断続的に震え続け、そのままでいったら、いつしか千切れてしまうようにも感じられる……。

ずっと同じ姿勢で腰を落としていたせいで、足がしびれてきた。美沙緒はゆるりと立ち上がった。

ここにくると、いつまでもいつまでも動きたくなくなる。この場に坐りこんで、ビールでも飲みながら朝まで過ごしたくなってしまう。

脱がずにおいた黒いロングコートの裾が、ほんの少し土で汚れていた。美沙緒は片手でそれを払い落とし、墓石に向かって「じゃあ、またね」と声に出して言った。亡き姉に向かっても、そう言ったつもりだった。

何かもっと、義兄や姉に報告しなければならないことがあるような気がする。だが、自分が何を報告したがっているのか、あまりに漠然としていてよくわからない。それが、美沙緒自身の内部に生まれつつある、かすかな不安であることに気づかなかったふりをして、美沙緒は「よいお年を」と言った。

死者に向かって言うべき言葉ではないとわかっていたが、大晦日にここに来ると、いつもその言葉を最後に口にしてしまう。澪に言ったら笑うだろう、と美沙緒は思う。

菩提寺の山門をくぐり抜け、外に出て、ぶらぶらとゆるやかな傾斜の坂道を歩いた。風は冷たかったが、冬の陽射しはやわらかい。

年末年始、美沙緒の過ごし方はいつも決まっていた。墓参を終えてまっすぐ東京のマンションに戻り、澪に手伝わせつつ、おせち料理を作る。おせち料理といっても、黒豆を煮、蒲《かま》鉾《ぼこ》を切り、かずのこの塩抜きをするかたわら、紅白なますと田作り、それに簡単な煮物を作るくらいである。

他にチーズやサラダ用の野菜でも用意しておけば、澪と過ごす大晦日の夜と元旦の食事には充分すぎるほど贅沢なものになる。そのうえで、女二人、日本酒やビール、ワインなどを少しずつ飲みつつ、だらだらと新年を過ごすのである。

今年も同じ大晦日を過ごす予定でいた。おせち料理の材料はすべて、前の日に揃えてある。澪と二人、肩を並べてスーパーに買い物に行った。美沙緒が仕事から解放される、唯一のひとときでもある。年明け早々には、例年のようにいくつかの訴訟を抱えているのでのんびりはできなかったが、それでも大晦日と元旦だけは何も考えず、何にも囚われず、のどかな時間が流れていくのに身を任せて過ごすことができる。

年末年始を澪以外の人間と過ごしたことは一度もなかった。むろん、楠田も例外ではない。

って いた。

今年、楠田は妻と大学生になる長女、それに長女の友人を連れて四人でハワイに行く、と言っていた。

楠田にも家族がいる、ということを美沙緒が実感するのはこういう時だけである。とはいえ、実感したからといって、何か不可解な、取り残されたような感情に苦しめられる、ということは決してない。

楠田には家族がいてほしかった。そのうえで、自分と関わろうとしてくるのなら、それでいい、と思っていた。同時にまた、楠田が去っていこうとする時が訪れるのなら、それでもいっこうにかまわない。

色恋には必ず終わりがある、ということを美沙緒は知っていた。終わるとわかっていたものが終わったからといって、切なさに身をよじられるような、そうした理不尽な関係を自分は楠田と結んできたわけではなかった。

圭一を亡くした時点で、自分の中には確固たるものが根づいてしまったのだ、と美沙緒は思っている。圭一を越える男は生涯、二度と自分の前に現れないのである。

それさえわかっていれば、傍をどれだけの男が通り過ぎていっても、そのことで何ら美沙緒の気持ちが掻き乱されることはないのだった。

鎌倉駅まで戻り、横須賀線のホームに立った時、携帯が鳴り出した。澪からだった。

「今、どこ？　まだ鎌倉？」

「これから電車に乗るとこ。何？　何か買い忘れたものでもある？」

そうじゃなくて、と澪は言い淀んだ。わずかな沈黙の中に、美沙緒は次にあふれ出てくる言葉を読み取ってしまったような気がした。

「今年はね、昭吾君と三人でお正月、迎えようかと思って」と澪は言った。いくらか早口になっていた。「ずっと考えてはいたことなのよ。でも、彼が新年はバイト先の仲間とスキーに行くかもしれない、って言ってたものだから……。それなのに、行かないことになった、って、さっき連絡があったの。宇都宮の親戚の家に帰る予定もないそうだし、一人でお正月を過ごすって言うから、それだったら美沙緒ちゃんの部屋で一緒にどう？　ってことになって……」

「いいアイデアじゃない」と美沙緒は咄嗟に応え、ささやかな嘘をついた。「ほんとのことを言うと、私、澪たちがこのお正月を一緒に過ごしてくれればいい、と思ってたのよ」

「そうだったの？」

「そりゃあそうよ。再会した姉と弟なんだもの。わざわざ離れてお正月を過ごす必要はないでしょ」

「美沙緒ちゃんの部屋、使ってもかまわない？」

「言っとくけど、私だって彼の叔母にあたるのよ。かまうもかまわないも、ないでしょ。泊まっていくように言えばいいわ。三人で飲み明かして、明日は初詣でも行こうか」

澪は「よかった」と明るい声で言った。「じゃあ、そういうふうに彼に伝える」上り電車が入ってきたので、美沙緒は「あとでね」と言い、電話を切った。

冬の午後の光の中に、細かい埃が一斉に舞い上がるのが見えた。それにしても、今しがたのあの子の口調は、と美沙緒は思った。なんだか、恋人と正月を過ごそうとして、叔母に了解を求めているようなものだった、と。

微笑ましい、という思いは確かにあった。だが、その裏の裏に、美沙緒は自分でも認めがたい不安が冷たく渦をまき始めていることを意識した。

昭吾が美沙緒の部屋にやって来たのは、夜八時近くになってからだった。ひと通りのおせち料理を作り終え、澪と二人、缶ビールを飲みつつ、美沙緒は彼を迎えた。

暖房の効いた部屋には煮物の香りがたちこめ、そこかしこの調度品もいつも以上に念入りに磨かれていて、美沙緒の住まいは新年を迎えるにふさわしい清潔感と温かさを漂わせていた。

玄関を入ってすぐの廊下に床置きにした大きな壺には、松と赤い実をつけた南天の枝を活けてある。スーパーで買った小さなお供え餅も、キッチンカウンターの上に載せてある。洗面台の脇にはフリージアの花を飾った。各部屋のカレンダーも新しいものと取り替えた。

澪はいつも、そんな美沙緒に驚嘆する。

「偉いな、美沙緒ちゃん。忙しいのにいつもきちんと、こうやって新年を迎える準備をするんだから」

そうよ、と美沙緒は言う。自慢げにうなずいてみせる。

だが、そのことについて多くは語らない。これが自分だ、と美沙緒は思っている。

この世でもっとも大切だったものを失った後でも、時間は容赦なく流れていくのである。そして自分は少なくともその時間の中を泳いでいかねばならない。生きている以上、生活の営みをおろそかにすることはできなかった。それは美沙緒が自分自身に向けて課した、唯一のルールでもあった。

「どうも」と昭吾はいかにも若者らしい照れを見せながら、美沙緒に挨拶をした。「突然の闖入者《ちんにゅうしゃ》です。すみません。おまけに何も持って来なかった。何か買って来るべきだと思ったんですが、澪さんがそんなものいらない、って言うし」

「そうよ。なんにもいらないわ。全部揃ってるんだから。それにしても、ちょうどよかったわね。あれから全然、ゆっくり会う暇がなかったから、こういう機会でもないと、なかなか水入らずになれないもの」

美沙緒がそう言うと、水入らず、という言葉に反応したのか、昭吾は生真面目な顔をしてこくりとうなずき、ちらと澪のほうを見た。澪と昭吾の視線がいっとき強く絡まり合い、それがすうっとなじんで、安堵したかのように離れていくのに美沙緒は気づいた。

澪は、踵《かかと》まである青いニットのロングワンピース姿だった。衿ぐりが大きく丸く開いていて、きれいな鎖骨が浮き上がっているのが見える。身体の線はそれほど目立たないが、背筋を伸ばして立っていると、腕の細さ、腰まわりの細さに比べ、胸のあたりの豊かさが強調されて、とてつもなく優雅な女らしさが漂う。

この子はきれいになった、と美沙緒は思う。もともと美しい子だったが、ここのところ、肌はいっそう冴え冴えとし、身体の奥底に白く透明な繭玉《まゆだま》を抱えもっているような印象を受ける。

美沙緒の指示で、澪と昭吾がキッチンに立ち、ビールや取り皿などの用意をし始めた。澪の横に昭吾が立ち、いそいそと動きまわっているのを、美沙緒は何か珍しいものでも眺めるような気持ちで眺めた。

ちょうど澪の首ひとつ分だけ、昭吾のほうが背が高い。古びた茶色の革のブルゾンを脱ぎ、オリーブ色のTシャツ姿になった彼の上半身には、適度に筋肉が張っている。よく日に焼けた健康そうな太い首も、硬そうな腕も、光沢のある髪の毛も、何もかもが命の輝きを放っていて眩《まぶ》しいほどである。

澪が俯《うつむ》き加減になりながら、四角い大皿の上に美沙緒の作ったおせち料理を菜箸で取り分けている。その脇で、昭吾がそれを見つめている。俯いた姉と弟の横顔は、重ね合わせた二枚の絵のように、一分の隙もないほど酷似しているように見える。

そしてその相似形は、美沙緒に若かった頃の圭一の面影を思い出させた。澪と圭一が並んでいる風景を自分はしっかりと目の裏に焼きつけてきた、と美沙緒は思う。そこに嫉妬はなく、あるものと言えば微笑ましさだけであり、その微笑ましいと思う気持ちが、よりいっそう、自分を圭一に寄り添わせ、同時に澪をこの世でもっとも近しい存在にしてきたのだ、とも思う。

「ね、写真、見たくない？」

居間のテーブルを囲み、ビールを飲みつつ雑談に興じた後、美沙緒は昭吾に向かい、そう聞いた。

「写真？」

「まだ澪から見せてもらってないでしょ。あなたの両親の写真よ。少ないけど、私のアルバムの中に残ってるの」

ああ、と昭吾は言い、ぎこちない笑みを浮かべた。「見たくて見たくてたまらない、と言ったら嘘になるんですけど……。見るのが怖いような気もして」

「わかるわ。そうだったわね。ごめんなさい。無理しなくていいのよ。どうする？　見る？　やめとく？」

「急ぐ必要なんか、ないわよ」と澪が間に割って入った。「そういうものを見て、へえ、これが親父か、これがおふくろか、って他人事みたいに思えるようになるまではね、見ないでおいたほうがいいかもしれない」

「でも、アルバムがここにあるのなら見てみたい。そんな気もするけど」

そう、と澪はうなずき、煙草をくわえたまま「じゃあ、そうしたら」と言って軽く微笑んだ。

美沙緒は寝室から一冊のアルバムを持って来た。古いアルバムを眺めるのは、美沙緒とて抵抗がある。今もなお、そこに詰まっている思い出の数々は美沙緒の胸を熱くさせる。それは言わば、封印された記憶の小箱のようなものでもある。

テーブルの上の小皿や箸を脇に寄せ、美沙緒は中央にアルバムを置いて「どうぞ」と言った。「私の手元にはこれしかないの。残りの写真は全部、澪が持ってるわ。そうだったでしょ？」

「クローゼットの奥にね」と澪は、いくらか蓮っ葉な口調で言った。「でも、どこにしまったのか、よく覚えてない。パパが死んでから、一度もアルバムを開いたことなんか、ないから」

「どうして？」と昭吾が聞いた。

澪は片方の肩をすくめた。「どうしてかな。よくわからない。過ぎたことだからよ、きっと。過去を振り返って感傷に浸る少女趣味がね、私は嫌いなの。戻らないものを追いかけるなんて、この世で一番、馬鹿げたことでしょ」

この子は嘘を言っている、と美沙緒は思った。美沙緒の想像の中の澪はいつだって、夜も更けてから、そっとクローゼットの奥からアルバムを取り出しては眺め、過去に引き戻されているのである。

澪の中に現実の時間は流れていない。流れているように見えるのは、そのように澪自身がうまく装っているからであって、実際に澪の中に流れているのは過去の時間だけなのだ。

誰よりも自分を愛してくれた父親の面影だけを引きずって、この子は今も、中途半端な現実を斜に構えながら生きている、と美沙緒は思う。澪の中で分裂している過去と現在は、常に危うい均衡を保っているに過ぎない。何か一つの小さなことが引き金になって、その均衡は崩れ、澪が真っ逆様に底なしの淵に落ちていくことは今も充分、考えられるのである。

昭吾がさりげなさを装いながら、アルバムのページをめくり始めた。古いとはいえ、それほど傷んでいないアルバムである。圭一が事故死した後で、嶋田家に残る写真をすべて整理し、美沙緒は自分が写っているものだけを取り出して、一冊にまとめた。

とはいえそこには、司法試験を受けるために勉強中だった頃の美沙緒、澪の母親のような役割を担っていた頃の美沙緒、圭一と密かな愛を紡いでいた時の美沙緒、そのすべての美沙緒が詰まっている。アルバムは、美沙緒の半生の記録にもなっている。

「そこに写ってるのが、若かった頃のあなたのお父さん、お母さんよ。どう？　お父さんなんか、今のあなたによく似てるでしょ？　澪もいるわ」美沙緒は身体を乗り出しながら、一枚の写真を指し示した。

澪はまだ幼い。二歳くらいか。圭一に抱かれ、笑っている。隣に千賀子が立ち、微笑んでいる。美沙緒はその、幸福そうな三人家族の手前に中腰になって坐り、カメラを見つめている。姉夫婦と同居しながら、司法試験の勉強を始めた頃に、嶋田邸の庭で撮影されたものである。

一九七〇年代半ばころの写真だった。美沙緒は身体にぴったりとしたオレンジ色のTシャツにベルボトムのジーンズ姿、髪の毛は当時流行っていたウルフカットにしている。

昭吾はうなずき、ゆったりと微笑んだ。微笑みに翳りが射すか、と案じたが、そんな様子はなかった。

「澪さん、こんなに小さかったんですね」

「この翌年に、あなたはママのお腹の中に宿ったことになるのよ。ね、美沙緒ちゃん、そうよね」

「ええと、この写真が一九七五年の夏に撮ったもので、昭吾君は七七年生まれだから……そうね、このちょうど一年後くらいに、あなたを妊娠した計算になるのかな」

昭吾の視線を美沙緒は注意深く追い続けた。落ちつきを失っているようには見えなかった。むしろ好奇心たっぷりに、赤の他人のアルバムをめくっているかのようでもあった。

見知らぬ男女を示されて、これがあなたの両親ですよ、と言われた時、多くの人間は似たったような反応をするのかもしれない、と思いつつ、美沙緒は昭吾の様子をいくらか訝《いぶか》しく思った。

昭吾は写真の中の澪ばかりを追い続けている。澪の成長ぶりをほめそやし、その面影を現在の澪と重ね合わせては楽しそうに笑い続ける。

「変ね、昭吾君って」と澪が言った。

「どうして?」

「あなた、自分の生みの親の顔を見ても、何も感じないの?」

その時、昭吾はひどく生真面目な表情を浮かべ、澪のほうをまっすぐに見つめた。「何か感じるべきなのかな」

「そうは言ってない。ただ、変ね、って言っただけ。自分に似てるとか、ふうん、なるほど、想像してたのと違うな、とか、それだけのことでもいいけど、ともかく何か感じるはずだと思ったから」

「自分には関係のない、遠い昔話を聞かされてるみたいなんだ。こういうものを見ても、ああ、そうなのか、って思うだけで、それ以上のものは何も」

「だったらそれでいいのよ」澪は素っ気なくそう言い、紅い蒲鉾をひと切れ、口に放りこんだ。

「僕を産んだ人の顔を見るよりも、僕は澪さんを見てるほうがずっと楽しい。昔の写真っていうのは、自分がよく知っている人の写真だからこそ面白いんであって、顔も見たことがない人の写真をいくら眺めていても、何も感じないのは仕方がないことだと思うけどな。たとえそれが、自分の両親の写真であったとしても」

わかるわ、と澪は言った。二人の会話はそこで途切れ、あたりにはどこかしら、ざらざらとした沈黙が流れ始めた。

美沙緒はつと席を立ち、冷蔵庫を開けて冷やしておいた白ワインを取り出した。ワインオープナーを用意し、アイスペールに氷を入れる。

ここにいる姉と弟は、今、必死になって何かを隠そうとしている、と美沙緒は思った。自分でもはっきり気づいていることをひた隠しに隠そうとしている。

澪にも昭吾にも不幸な過去がまとわりついていて、不幸の種類は違えど、双方とも思い出したくないものを抱えながら生きているのである。そのことを認め合いつつ、かばい合い、時には故意に相手の不幸を突ついてみせたりもし、そうしながら互いが恐ろしいスピードで近づきつつあることに、二人は今、気づかないふりをしている……。

そのことが何を意味するのか、美沙緒にはわからなかった。

室内には音声を消したテレビをつけっ放しにしてある。音楽は、CDデッキから流れてくるフレンチ・ポップスで、大仰な衣装に身を包んだ歌手が勢ぞろいしている『紅白歌合戦』の画面には不釣り合いだが、何とはなしの大晦日の雰囲気は充分に伝わってくる。澪と昭吾は、時折、テレビ画面を振り返り、登場してきた歌手について、あからさまな寸評を囁き合い、さも可笑しそうに笑いころげている。食卓の上には幾つかの料理。そしてビールの空き缶。一見したところでは、どこの家庭でも見られる、穏やかな年の暮れの風景である。

「そろそろ白ワイン、飲まない？」

美沙緒がトレイに載せたワインとグラスを運んで行くと、昭吾がボトルを手に取った。テーブルの上のアルバムはすでに閉じられている。美沙緒はそっとそれを目立たぬ場所に移した。

「わあ、もうこんな時間なんだ」澪が声を張り上げた。「新年まであと少しよ。ねえ、どうせだったら、時計が零時を指したその瞬間に、三人でワインで乾杯しない？」

「いいな、そういうのって」と昭吾は言い、目を輝かせた。

美沙緒はCDの電源を落とし、代わりにテレビの音声を大きくした。十一時五十分。テレビ画面には、『ゆく年くる年』の画像が映し出されている。静かで温かな年の瀬である。雪の降りしきる映像は流れてこない。

昭吾がワインのコルクを抜き、ボトルをアイスペールの中に戻した。除夜の鐘の音が続いている。

「いろんなことがあったよね」と美沙緒は言った。「でも、よかった。こうして私たち、今年もまた元気に新年を迎えるんだわ」

澪は曖昧にうなずき、昭吾が三つのグラスにワインを注ぎ入れた。

「さあ、皆、席から立って」と澪が言う。「そろそろよ」

鐘の音がひとしきり大きくなる。ナレーションをしていた男の声が高まった。画面の時刻表示が「0：00」に変わった。

「ハッピー・ニュー・イヤー！」と三人は口々に言い合い、グラスを重ね合わせた。そして次の瞬間、美沙緒は澪と昭吾が、どちらからともなく手をさしのべ合い、抱き合うのを見た。軽い抱擁であった。あくまでも軽い、挨拶程度の。だが、ふざけて冗談半分に抱き合ったのではない、そこには何かもっと違う、否応なしに引き寄せ合うような隠れた烈しさが感じられた。青いワンピース姿の澪は、オリーブ色のTシャツ姿の昭吾の胸の中にすっぽりとおさまって、二人は分かちがたく結ばれた一対の彫像のように見えた。

「おやおや」と美沙緒はからかった。「なんか当てられるわね」

その場にふさわしくない科白《せりふ》であることは、充分、承知していた。だが、それ以外の言葉は思い浮かばなかった。

深夜二時過ぎ、昭吾を居間のソファーに寝かせ、澪と共に寝仕度を整えて寝室のベッドにもぐりこんだ美沙緒は、サイドテーブルの明かりを消してから隣の澪に話しかけた。

「起きてる？」

「うん」

「楽しかった？」

「どうして？」

「ううん、別に」

澪が寝返りをうち、仰向けになるのが感じられた。暗がりの中、澪がいつもつけているオー・ド・トワレの香りが甘く闇に滲んだ。

「ねえ、澪」

「何？」

「後悔してない？」

「何の話よ」

「昭吾君……いえ、崇雄ちゃんと再会したこと」

ふうっ、というかすかな溜め息が聞こえた。

「おかしな美沙緒ちゃん。今さら何よ」

「そうね」と美沙緒は言い、「なんかちょっと、飲み過ぎちゃった」と言った。「おやすみ。また明日ね」

「うん、また明日」

目を閉じると、つい今しがた、居間で澪と昭吾が抱擁し合って新年の挨拶を交わしていた姿が甦った。

考え過ぎてはいけない、と美沙緒は自分を戒めた。もしも父親である圭一が生きていたとしても、澪はやっぱり、同じことをしただろう。

だが、その晩、美沙緒の中に圭一の面影はなかなか甦らず、眠れぬままに幾度も幾度も頭の中を去来したのは、互いを抱きしめ合っている澪と昭吾の、どこか切なそうな姿であった。

10

あれは何だったのだろう、と澪は思う。

考えても答えが出るようなことではない、とわかっていたが、それでも澪は考え、考えるために幾度も幾度も一つの記憶を反芻《はんすう》し続けた。まるでその記憶にしがみつこうとでもするかのように。

年が変わった瞬間、テレビから流れてくる除夜の鐘の音を聞きながら、昭吾と思わず互いの身体を抱きしめ合った。美沙緒が見ていることは充分承知していた。冗談めかした抱擁を装ったのは事実で、笑い声をあげていたことは覚えている。抱擁の仕方とて、きわめて軽いものだったに過ぎない。

だが、それでもそこに、旧知の気のおけない仲間同士によく見られる、気安い雰囲気は生まれなかった。例えば酒場などでふざけて抱き合ってみせる時、男女はたいてい周囲の視線、仲間の反応を意識し、それらを楽しんでいるものだが、その種の無邪気な自意識もなかった。澪はただ、ふいに胸を焦がされ、何かに烈しく突き動かされて、気がつくと昭吾の胸に飛びこんでいたのだった。

生まれてからすぐ生き別れになった実の弟と初めて迎えた新年……という特別の意識がなかったと言えば嘘になる。だが、むしろ、自分はそうした意識を利用しただけなのではないか、と澪は考えた。初めから自分の中には、昭吾と抱き合いたい、昭吾と触れ合いたいという思いがあったのかもしれず、その思いが新年を迎えたあの瞬間、きわめて自然に解き放たれてしまったのかもしれなかった。

自分の背に回された昭吾の腕の力強さを澪は、何度も思い返した。抱擁を交わした瞬間、耳朶《みみたぶ》のあたりに昭吾の顔を感じ、一瞬ではあるが、彼の熱い息吹も感じた。自分の肉体がすっぽりと昭吾の胸の中に収まり、それはまるで、精密に作られた対の容器のように、ぴたりと嵌《は》まって、不思議なほどであった。

何故そんなことばかり思い返しているのか、よくわからなかった。深夜の路上などで、人の目を意識しつつ、男と軽い抱擁を交わしたことなど、数えきれないほどある。抱擁の後で軽いキスを交わし合うことにも慣れていた。離れてしまえば、今しがた自分たちがしたことなど、きれいに忘れてしまえるほど、それは澪にとって何ら特別な行為ではなく、言ってみれば感謝の表現に近いことでもあった。

豪華な食事を奢ってくれたことに対する感謝。一夜の孤独をまぎらわせてくれたことに対する感謝。脂ぎった小鼻をひくひくさせながら「よかったらホテルで休んでいかない？」などと、馬鹿げた科白を吐かず、店を出ておとなしくタクシーを拾ってくれたことに対する感謝……。

だが、昭吾との抱擁にはその種の醒めた感覚は皆無だった。澪はその瞬間のことを思い出すたびに、ひたひたとしのび寄る恐怖にも似た感覚を味わった。

あの子は自分の弟。たとえ生後まもなく離れ離れになったとはいえ、弟は弟である。惹かれてはならない。人間的に惹かれる以上のものを感じてはならない。決してそうなってはいけない……。

そしてそう戒めるそばから、再び気持ちは堂々巡りを繰り返し、澪は自分が昭吾を一人の男として見ていることを意識せざるを得なくなるのだった。

とはいえ、それからしばらくは、表面上は平穏な日々が続いた。

澪は昭吾と小まめに連絡を取り合って昼食を共にしたり、昭吾の働いている渋谷の『タッジオ』まで出向いて、彼の給仕でカクテルを飲んだりした。一緒に映画を観に行き、帰りに街をぶらぶら散策したりもした。それは或る意味で、年下の男友達と過ごす健全な日々、と言ってもよく、そのことがいくらか澪の気持ちを和やかなものにさせるのに役立った。

昭吾とはいかなる時でも、どこに行っても、一緒にいると心躍った。会話は常にはずみ、見なれていたはずの風景もすべて新鮮なものに感じられた。文具店に一緒に入り、ボールペン一本を選ぼうとしている時でさえ、そのひとときはとてつもない愉楽の中にあった。二人は無邪気な子犬のように、ころころとよく笑い、ふざけ合った。遠慮会釈なく相手をからかう冗談を連発し、そうすればそうしたで、そのことが引き金になり、再び会話は際限なく拡がっていった。

澪はそんな昭吾の中に、およそ父が他界してから初めて、身内意識を覚えた。美沙緒を別にすれば、それほど自分と近しい存在であることを意識した相手はかつて一人もいなかった。昭吾は新年を迎えた時の互いの抱擁について、一言も口にしなかった。澪も同じだった。すべて忘れた、というふりをし続けたし、亡き両親の話題、昭吾を誘拐し、昭吾を育てた女の話題も出さなかった。

澪が過去の話題を避けていたのは、何も翳りを帯びた会話を遠ざけようとしていたせいではない。過去を振り返れば、おのずと見えてくる自分たちの関係が辛く感じられたせいであった。

姉と弟、という関係の曖昧さが歯がゆかった。かくも近しく感じられる相手が、実の弟である、という事実は澪の中に刺々しい諦めを生み、同時にそれは、禁断の匂いを放って澪を苦しめ始めた。

二月に入ってまもなく、昭吾は言った。

「そういえば、澪さんの仕事先の珈琲店に、僕はまだ一度も連れて行ってもらってないんだよね」

今にも小雪が舞い始めそうな、曇った寒い日の午後だった。二人はその日、用があったというわけでもないのに、どちらからともなく誘い合わせ、渋谷駅近くにある、若者たちで賑わう喫茶店で落ち合ったのだった。

そういえば……などと、いかにも思いついたような言い方だったが、ずっと以前からそのことにこだわっていたらしいことは、澪にはすぐに見てとれた。

「そんなところに連れて行ったって、なんにも面白くないだろうから誘わなかったのよ」澪は飲んでいたホットココアのカップをソーサーに戻し、マルボロに火をつけた。「退屈な珈琲店よ。どうってことない店」

「僕が行ったら迷惑?」

「迷惑だなんて、そんなことあるはずないでしょ。どうしてそんなふうに思うの」

「なんだか澪さんが僕をそこに連れて行くのを嫌がってるみたいだったから」

「嫌もいいもないわ。行きたいんだったら、連れてくわよ。ここんところ、さぼってばっかりいるから睨まれるだろうけどね」

「澪さんの恋人に?」

「恋人なんかじゃないってば」

苦笑しながらそう言ったものの、澪は内心、いよいよこの瞬間が来た、と感じた。牟田との関係について、昭吾にはあらかたの事情を打ち明けてある。

だが、昭吾に牟田を紹介するつもりはなかった。今も変わらずに時折、身体の関係をもち、その代償のようにして、月々の生活費を渡されている自分の手垢のついた実体は、できれば昭吾に見せたくはなかった。

「いつから？」と昭吾は聞いた。周囲の喧騒がその声をかき消したので、澪は昭吾を正面から見つめ、「え？」と問い返した。

昭吾は唇の端に不可解な笑みを浮かべ、もう一度繰り返した。「いつからその人と？」

「何の話をしてるの」

「その恋人と澪さんがさ、つきあい始めたのはいつ、って聞いたんだ」

澪は煙草の煙を乱暴に吐き出しながら、「忘れた」と言った。「ずいぶん前よ。頼みもしないのに、生きていくのに困らないだけのお金をくれるようになって、それ以来ずっと……」

「結婚してる人？」

「もちろん。子供もいる。奥さんはね、亭主がただのアルバイトの小娘に法外な給料を支払ってるのはどうしてなのか、いちいち聞いてこない利口な人。奥さんが利口だから、彼は私との関係を続けていけるの。それだけのことよ」

うん、と昭吾はうなずいた。「そうなんだろうな。でも会ってみたい、その人と」

「何のために」

「興味があるから」

「言ったでしょ？　私は生きていくためにこうやってるだけなんだ、って」

「そうだとしても、会ってみたい。……だめかな」

澪は眉を大きく上げ、目をぐるりと回してから煙草をもみ消した。「そんなに言うなら、行ってみる？　でも行くだけよ。あの人、本音のところではあなたにものすごく興味をもってる。私にはそうは言わないけどね。あなたのこと、美男の弟、って呼ぶの。いちいち〝美男〟って言葉、くっつけるのよ。馬鹿みたい」

「その人、何ていう名前？」

澪は溜め息まじりに首を横に振り、苦々しい笑みを浮かべた。「牟田、っていうの」

「初めて聞いたよ。牟田さん……ね」

その名が昭吾の口の中で発音されたこと自体が、妙に汚らわしく感じられ、澪は思わずテーブルの上にあったレシートをわしづかみにするなり、「行こう」と言った。「行ってお愛想にコーヒーを一杯だけ飲んで、すぐに出てくるから。いい？」

牟田の経営する珈琲店『牟田亭』は、地下鉄広尾駅から徒歩数分の、大通りを少し奥に入ったビルの二階にある。

煉瓦造りの壁に黒く煤《すす》けた梁《はり》を渡し、調度品もすべてヨーロッパから買いつけてきたものばかりで、仄暗い重厚感が漂う。カウンターの他に、楕円形の大きなテーブル席が一つ設けられているだけで、ボックス席はない。店内に低く流れているのはスタンダード・ジャズ。牟田の学生時代からの趣味だという。

常時、店を切り盛りしているのは牟田本人であるが、牟田は二人の従業員を置いている。一人は渡辺《わたなべ》という名の四十になる女で、もう一人はかつて有名なフランス料理店での見習い経験がある、という三十代半ばの独身男。男は勝又《かつまた》、といい、勝又のほうはもっぱら、厨房にいて、店の名物でもある数種類のケーキ作りを担当している。

渡辺の夫は会社員で、単身赴任でロサンゼルスに行っている。子供はおらず、いつも身ぎれいにしている渡辺と、独身の勝又が恋仲になって長い。

牟田に言わせれば、二人の関係が続く限りはよく働いてくれるから、いっこうにかまわない、ということだったが、澪もその通りだと思っている。澪が自由に店に出たり出なかったりできるのも、その二人がいてくれるおかげであり、牟田は牟田で、澪との情事の晩などに、秘密の夫婦ごっこをしているような二人に店を任せることができるというので、重宝がっていた。

その日、澪が昭吾を連れて店を訪ねた時、店内に見知った客人の顔もなく、三人連れの女子大生が楕円テーブルの真ん中に陣取って談笑しているだけであった。カウンターの奥に渡辺の姿があるだけで、牟田は見えない。

カウンター席に昭吾と並んで坐ると、白いシルクのブラウスに黒のスカートをはいた渡辺が、澪を見てにこにこと挨拶してきた。「珍しいのね。澪さんのお友達？」

澪は「まあね」と言った。「彼は？」

「ちょっと銀行に行く、っておっしゃって、さっき出て行かれたけど、すぐ戻ると思うわ。今日はご覧の通り、お客さんが少なくて暇なの。寒いせいね、きっと。コーヒー、いれる？」

「お願い」

渡辺も勝又も、澪と牟田の関係を知っている。牟田が澪を気にいって、囲い者のようにして月々の生活費を渡していることも知っている。牟田が店を放り出し、時折、妙な時間にふっと姿を消す時の行き先がどこであるのかも、知り抜いている。

知っていて、ことさらにあげつらったり、皮肉の一つも言ってきたりしないのは、彼らもまた大っぴらにできない道ならぬ関係にはまっているせいだろう、と澪は思っている。

自分は別だが、牟田と彼らはあいこの関係なのだ。大っぴらにはできない色恋を共有し合い、秘密を護《まも》り合って、馬鹿馬鹿しいほど互いに忠誠を誓い合っている……。

渡辺がサイホンを使ってコーヒーをいれ始めた時、店の扉が開いて牟田が戻って来た。

その視線はすぐにカウンター席にいる澪と昭吾に注がれたが、牟田の表情にさしたる変化は見られなかった。

彼は着ていた黒いレザージャケットの中の、派手な柿色のマフラーをするすると外しながら、やあ、とにこやかに言った。「もしかして、澪の隣にいる美男は、澪の弟？」

そうよ、と澪は言い、うんざりした気持ちを見透かされまいと、視線をそらせた。「彼があなたに会いたい、って」

「それはそれは」と牟田は言い、カウンターの中に入って、正面から澪と昭吾を見つめた。「僕も会いたいと思ってたんです。初めまして。牟田です。お姉さんにはいつもお世話になっています」

「お世話になってるのはこっちよ。しかも、法外なお世話にね」

澪の最大級の皮肉に気づかなかったふりをして、牟田は笑みを浮かべたまま、昭吾に向かい「それにしてもさすがに姉弟だな」と言った。「こうやって見ると、実によく似ている」

「あら、澪さんの弟さんだったの。ちっとも知らなかった」渡辺が黄色い声をあげた。厨房から勝又が出てきたせいなのだろう。その物腰に、露骨なまでものしなが加わる。

牟田は、渡辺が勝又と共に厨房に入って行くのを一瞥《いちべつ》しながら、「ここがお姉さんの職場」と、くだけた調子で言った。「定期的には来てくれないんだけど、お姉さんが店に出た日には男性客が増える。お姉さんはね、うちの大切な看板娘なんだ」

昭吾はあまり可笑しくなさそうに笑ってみせ、運ばれてきたコーヒーに口をつけた。牟田は一人で喋り続けている。小生意気で一筋縄ではいかないように見える澪が、いかに男にとって魅力的に見えるか、ということや、男という動物の中にある不可解な衝動、それは男である以上、避けられない、といったありふれた分析や、その種の危ういような話ばかりである。

昭吾は曖昧な相槌を打ち、時折、皮肉めいた笑みを浮かべてみせるだけで殆ど何も喋らない。

澪は煙草をたて続けに吸い、あらぬ彼方に視線をさまよわせた。牟田の魂胆はわかっていた。

自分と澪とが切っても切れない関係であることを、暗に昭吾に向かって教えようとしているのである。あくまでも自分と澪とがワンセットなのであり、きみは後から現れた新参者に過ぎない、ということを言いたいのである。

子供じみた嫉妬が感じられるのであればまだしも、牟田は終始、落ちついていた。その落ちつきがかえって、自分と牟田との間に作り上げられてしまった不快な絆を感じさせた。

この男は、二十四年の歳月の果てに再会した姉と弟の、簡単には口にできない深刻な過去を何ひとつ感じていないのだ、と澪は考える。この男が企んでいるのは、どうすれば自分の居場所が危うくならずに済むか、ということだけ。おまけにその企み自体も、うしろぐらい感情に突き動かされて生まれたものではなく、ただの合理的な処世術に過ぎない。

この男は私が欲しいだけなのだ。単に私に贅沢をさせ、自由にさせて、その上で私の上に生涯、君臨し続けたいと望んでいるだけなのだ……。

それは形を変えた支配であるに違いなかった。彼から生活の援助を受けている以上、澪は自分が彼の支配から逃れることができないこと、仮に百人の男と寝てこようとも、結局はまた、この男のもとに舞い戻って、この男の世話になり、この男に抱かれ、好きでもないのに性的な興奮を覚えて、自分でもいやになるくらいの声をあげては、終わってから深い深い虚無の底を覗き見るしかなくなっていることを知るのだった。

「もう話は済んだ?」澪はつっけんどんに昭吾に向かって聞いた。「済んだんだったら、そろそろ行かない? 言い忘れてたけど、今日は早く帰らなくちゃいけないの。美沙緒ちゃんに頼まれてることがあるから。マンションまで送ってくれる?」

昭吾は一瞬、怪訝な顔をしたが、「うん、送る」と言い、着ていたジャケットのポケットをまさぐり始めた。

「馬鹿ね。いいのよ。牟田さんが奢ってくれるわ。ね? そうでしょ?」

「もちろん」と牟田はにこやかに言い、澪に向かってウィンクした。艶《つや》めいたウィンクで、それは澪に、マンションの一室で彼から受ける愛撫を連想させた。「気をつけて帰るんだよ」

それには応えず、澪は昭吾を促すようにして『牟田亭』を出た。澪がまずしたことと言えば、携帯の電源を切ることだった。

どうせ後で牟田から携帯に連絡が入るに決まっていた。ここのところ、ひと月ほど牟田の情事の相手を務めていない。二週間前、会いたいと執拗に言われたが、風邪気味で具合が悪いと嘘をつき、断った。

彼が自分の変化に気づいている可能性は大いにあった。それが昭吾の出現と無関係ではない、と知られるのも時間の問題かもしれない、と、澪は思った。

午後四時をまわっていて、すでにあたりは薄暗くなっている。風が出てきたせいか、気温が下がったと見え、外気はひどく凍《い》てついていた。

「美沙緒さんに頼まれたことって、何？」昭吾は澪が拾ったタクシーに乗りこむなり、そう聞いた。

「作り話よ。早くあそこから出たかったからそう言っただけ」

「ずっと不機嫌だったね、澪さん」

「言ったでしょ。あの店には連れて行きたくなかったの。あの人と会わせたくなかったのよ」

「……でも僕は知りたかったよ。会ってみたかったよ」

ヒーターで充分すぎるほど温もったタクシーの後部座席で、澪はつと隣にいる昭吾を見た。

昭吾は澪のほうに視線を向けず、まっすぐ前を向いたまま、「会ってみたかったんだよ」

と繰り返した。いくらか尊大な口調だった。「澪さんの相手をね。どういう男か、知りたかった」

「相手、だなんて、そういう言い方はやめてくれない?」

「恋人と呼ばないでほしい、って言うからそう言ったんだ。何が悪い」

「今日は御機嫌が悪いのね」

「機嫌が悪いのはあなたのほうじゃないか。何か言えば、それは違う、って言うし、仕方なく別の言い方をすると、それも違う、って不機嫌になる。つきあいきれない」

「つきあいきれない? それ、どういう意味よ」

昭吾は応えずにぷいと窓のほうを向き、腕組みをした。沈黙が拡がった。澪もまた、窓の外に目を投げ、唇を噛んだ。

黄昏《たそがれ》の降りている冬の街には、早くもイルミネーションが灯されている。雪になるかもしれない、と澪は思う。

外を眺めたまま、姿勢を変えずに澪は言った。「ねえ、これからうちに寄って」

返事はなかった。かまわずに澪はもう一度、繰り返した。「うちに寄って行ってよ。そして、もしよかったら……今夜は泊まってってって」

昭吾がおずおずと振り向く気配があった。だが澪は身じろぎもせず、窓の外に目を向けたまま、手にしていたバッグをコートの上から両手で胸に抱きしめた。

「私のこと、あなたは自堕落な女だと思ってるんでしょうね」

澪は聞いた。マンションの部屋は暖房が効いていて汗ばむほどである。窓にかすかな結露ができている。外の闇が張りついた硝子に、室内の自分たちの姿が映し出されている。グラスも用意していない。冷蔵庫から取り出した缶ビールが二缶、テーブルの上に載っている。中はすでに空になっていたが、澪は立ち上がろうともしない。

昭吾は上目遣いに澪を見た。「どうしてそんなふうに言うの」

「牟田の世話になって生きてるのよ。仕事に見合わないお給料をもらう代わりに、身体を売ってる。そんな生き方が板についちゃってる」

「だからって別に自堕落だとは思わないよ。身体と引き換えに金銭を受け取ってる女はたくさんいる。商売女じゃなくてもね。生きていくためにそうする必要があるのなら、そうすればいい。僕はなんとも思わない」

「でも私は貧乏なんじゃないわ。パパから受け継いだ遺産がある。それを喰いつぶして生きていけばいいのに、それには手をつけようとしないで、こうやって生活してるのよ。どうしてかわかる？」

昭吾は黙ったまま、静かに首を横に振った。

「自分を壊したくて仕方がないのよ。まっとうな生活ができないんじゃなくて、私はまっとうな生活なんか、したくないの。働けばいいじゃない。どこでだって働けるわ。居酒屋で煙にまみれて焼鳥を焼いてもいいし、ブラウスの第一ボタンまできちんとはめて、ちょっとした会社の受け付け嬢をやったっていい。なんだって、いつだって、その気になればできるのよ。でもしないの」

「どうして」

「何かをね、一つ一つ、地道に積み上げていくことに興味が持てないの。そういう生き方をしなくちゃいけない、少なくともそういう生き方は素晴らしいことなんだ、って自覚しなくちゃいけない、っていつも思うんだけど、できないのよ。そんなものは……そうやって積み上げたものなんか、悪魔がふっと息を吹きかけただけで簡単に崩れてしまう。そう信じることしかできないの」

昭吾は黙って耳を傾けていた。澪は勢いづいて話し続けた。

「だからいつだって、汚らしいところで生きていたくなる。人から純粋だとか、無垢だとか、扱いにくいけどあなたはもともとお嬢さん育ちなんだとか、歯の浮くようなことを言われるのは大嫌い。それよりも、おまえはなんて汚い女なんだ、男をくわえこんでいなければ生きていけない、なんて醜い女なんだ、って言われたほうが安心する。自分の中のきれいなところなんて、見せたくないし、見てもらいたくもないのよ、誰にも」

「澪さんが本当の自分を見せてきたのは……父親に対してだけだった。違うかな」

澪は顔を上げた。昭吾相手にそんな表情をするつもりはなかったのだが、皮肉めいた笑みが唇に浮かんでくるのをどうすることもできなかった。

「いっぱしの評論家みたいなことを言うのね。ちょっとでも人生を知っている人なら、誰でもそんなことを言うわ」

「そうだろうね」昭吾は無表情にうなずき、澪を見つめた。「でも、弟から言われたことはないでしょう」

テーブルの上のペンダントライトの明かりが、室内の闇を丸く蹴散らしている。他の照明はすべて消してあり、こんなふうにしていると、まるで自分たちは小さな舞台で寂しいスポットライトを浴びているようだ、と澪は思う。

うん、と澪はうなずき、ややあってぎこちなく微笑んだ。「確かにその通りね」

遠くを救急車が走り去る音がしている。都会の冬の、闇の底にいるような気がする。

「お腹すいた？　何か食べる？」

いらない、と昭吾は言った。「澪さん、僕、さっきどうしようもなくなるほど、牟田っていう男に嫉妬したよ。まるで……まるで……恋敵を見るような気持ちだった」

澪は黙ったまま昭吾を見据えた。

「ごめん。馬鹿なことを言ってるのは承知してるよ。でもほんとにそうだった。あなたと彼の関係そのものに嫉妬したんじゃない。つまり……あなたが彼に養われている、っていうことなんか、どうでもいいんだ。そんなことじゃなくて……単純に僕は彼とあなたが……」

「私とあの人がセックスしてることが嫌だったの？」

あたりの空気が束の間、凍りついたようになった。澪は昭吾が思わず息を止めたのを感じた。

「露骨すぎる？　でも露骨に言わなくちゃ、まわりくどくてわかりにくいことって、世の中にはたくさんあるわ。ねえ、ここではっきり言っておくけど、牟田が私に求めてるのはそれだけよ。愛じゃない。牟田は私の身体が好きなの。私が年をとって、おばあさんになって、使いものにならなくなるまで、牟田は私を抱こうとすると思う。でもそれでいいと思ってるの。そういうことって、よくあるわ。うぶな女は、時々、ベッドの中で『あなたは私の身体が目的だったのね』って聞くみたいだけど、私に言わせれば笑っちゃう。身体を目的にして何が悪いの？　他に何の目的があるっていうの？　それは男も女も同じ。セックスなんて、そういう合意の上にしか成り立たないことなんだから。愛だの恋だの、そんなもの、幻想なのよ。セックスはセックス。男と女がいれば、それでいい。面倒な精神性なんかいらないのよ」

「そんなふうに偽悪家ぶるのはやめろよ」

「偽悪家？　よく言うわね。私のことなんか、よく知らないくせに」

着ていた黒いセーターの胸を大きく上下させながら、昭吾はぎらぎらと光る目で澪を睨みつけた。「知らないかもしれない。でもそれが何なんだよ。僕が知ってる澪さんがすべてだし、それでいいじゃないか。嶋田澪という女の人について、正しい解答が書かれた虎の巻でもある、っていうのかよ。そんなもの、あったとしたって、何の役にも立たない。僕は僕が知っている澪さんで充分だ。それ以外、何も知りたくない」

一息にそこまで喋ると、昭吾はふいにぐったりと身体の力を抜き、坐っていた椅子の背に身体を預けた。天井に向けられた目が、いまいましげに閉じられるのが見えた。

「ごめん」と澪は小声で言った。「……昭吾君の言う通りだね。何もあなたの前で虚勢を張らなくたっていいようなものなのに……馬鹿よね、私も」

ざらざらとした沈黙が流れた。だがそれは澪にとって、どこかしら安心できる沈黙だった。

この人が自分の前からいなくなることはないだろう、と澪は思った。決してない。何があろうと、どれほどの烈しい諍《いさか》いを繰り返そうと、この人は立ち去らない。そしてまた、自分も立ち去らない。

何故ならこの人は自分の弟で、私はこの人の姉なのだから。この世に唯一人残された、血を分けた者同士なのだから。

その弟が自分と牟田との関係に嫉妬し、そのことを正直に打ち明けてくれた、と思うと、澪の中に温かなものが拡がった。それは春の漣《さざなみ》のように乾いた心を潤し、静かな感動を澪の中に呼び覚ました。

「ね」と澪は掠れた声で呼びかけた。「なんだか急に嬉しくなっちゃった」

「どうして」

「私たち、すごく真剣に姉弟喧嘩してる。そう思わない?」

昭吾がゆっくりと姿勢を元に戻した。透き通った視線が澪を貫いた。

「あなたが僕の姉じゃなかったら、どんなによかっただろう」

「言っちゃだめ。それだけはだめ。わかってるわね?」

「時々、美沙緒さんを恨むことがある。彼女が悪いんじゃなくて、それどころか、すべては彼女のおかげであるにもかかわらず、僕は彼女を恨むんだ。どうしてそっとしていてくれなかったんだろう、って。どうしてあのままにしておいてくれなかったんだろう、って。あのままでよかったんだ。僕は岩崎昭吾で、嶋田なんていう家のことは何ひとつ知らずに生きてた。それでよかったんだ」

「私に会わなければよかったと思う?」

ああ、と昭吾は言った。「そう思うよ」

「会えたからこそ、こんなに仲良くなれたのよ。まるで……そうね、分身みたいに。私はなんでもあなたに話せる。他の人が聞いたら眉をひそめて、軽蔑されるようなことでも、全部」

「でもそれはあなたが僕の姉で、僕があなたの弟だから、っていう意識があるせいだよ。あなたが僕の姉だったなんて、知らなければよかった。知らずにいたら、僕はきっとどこかであなたと出会って、あなたに恋をしてたと思う」

胸が熱くなり、感動と困惑と不安とで不吉なほどに膨れあがるのが感じられた。考えるよりも早く、気がつくと澪はテーブルの上に手を伸ばしていた。あまりに素早い動作だったので、空の缶ビールが倒れ、そのまま床に転がった。

缶が転がり落ちる音も、何ひとつ二人の気持ちをせきとめることがなかった。昭吾は澪の手を握りしめてきた。

昭吾の手も澪の手も、指先が冷たい。掌は冷たく潤って、握り合った手の中で、たちまち互いの火照《ほて》りが溶け合った。

「その通りね。そうなっていたら、私もすぐあなたに恋してたと思う」

昭吾がそっと澪の手を持ち上げ、口もとに運んだ。

「ここにキスしていい?」

「して」

「本当はもっと別のところにキスしたい」

「別のところって?」

「唇」

「だめよ」

「わかってる」

昭吾の乾いた唇があてがわれ、やがてそれは潤いを帯びて、熱い吐息と共に澪の掌を充たした。

澪は悲しいような悦びを覚え、目を閉じた。

11

牟田が突然、訪ねて来たのは、雛祭りの日の夕暮れ時だった。

酔っているわけでもなく、何かに不機嫌になっている様子もない。日が落ちた頃、何の前ぶれもなく澪の部屋にやって来るなり、「店は渡辺さんたちに任せてあるから、今日はもう帰らなくてもいい」と言い、牟田はやおら澪を抱き寄せてきた。

電話もかけずにいきなりやって来るのは、珍しいことだった。何かを探ってでもいるのか、と澪は訝ったが、別段、表情に翳りはなかった。

ソファーに腰をおろすのももどかしげに、牟田は澪を両腕にくるみこみ、キスを始めた。一連の動作が自然な流れの中にあったとはいえ、その性急さはどこか異様だった。

「どうしたのよ」と澪は苦笑しつつ、身体を固くして唇を遠ざけようとした。「まるで飢えた狼ね。何かあったの?」

「何もないよ。急に澪に会いたくなったから来ただけだ」

「電話ぐらいしてくれればよかったのに」

それには応えず、牟田は「たまには夕食でも食べに行こう」と澪の耳元で囁いた。「今日は雛祭りだしさ」

「雛祭りと夕食と何の関係があるのよ」

「女の子のお祝い」

「変なの。馬鹿みたい。甘酒でも飲ませる気?」

「甘酒の代わりにワインでも」

「どっちみち夕食を食べに行くんだったら、来て早々、こんなふうにしなくたって……。ねえ、ちょっと放して。シャワーを浴びてくる。髪の毛、洗いたいの」

「髪なんか洗わなくていいよ」

「これから着替えてお店に出るつもりだったのよ。私が働く気になった時に限って、あなたはそれを邪魔するのね」

牟田は、ふふっ、と可笑しそうに笑い、澪の耳朶を軽く嚙んだ。うなじに、牟田の吐息を感じた。

部屋着にしていた黒い薄手のセーターの胸の部分を牟田の手がいささか乱暴に這いまわる。下着をつけていなかったので、肌に牟田の指の感触がじかに伝わってくる。澪は自分の意思に反して、瞬く間に乳首が尖っていくのを感じた。

「やめてよ」

「どうして」

「今日はそういう気になれない」

「いくらでもそういう気にさせてあげるよ。澪はじっとしてるだけでいいんだ。ほら、身体の力を抜いて……」

「いい加減にしてってば」

半ば、腹立ちまぎれに牟田の胸に両手をあて、強く押し返そうとした。だが、牟田は面白そうにその手を摑むなり、澪をソファーの上に押し倒した。

万歳の姿勢で、両腕を耳の脇に上げさせられた。澪は身体の自由を失った。

「こういうやり方は一番嫌い」

「嘘つき澪。澪は僕を欲しがっている」

「欲しくなんかないわよ。図に乗らないで。私がいつだってあなたの言いなりになると思ったら、大間違い……」

唇が塞がれ、澪は言葉を失った。

昼間、春めいて暖かかったのが、日が落ちてから少し冷えてきた。暖房を消しておいた室内はひんやりとしている。靴下をはいていない足の爪先が冷たくなっていて、軽い尿意すら感じ始めたというのに、牟田の手が這いまわっている肌の部分が急速に火照り始めた。澪は自分自身に嫌悪を抱いた。

渋面を作り、顔をそむけ、牟田の唇から逃れようとした。だが、牟田は難なく澪の唇を再度とらえ、別段、腹を立てた様子もなく濃厚なキスを続ける。いくらか息が荒くなっていて、ちょっとした興奮状態を見せていることを除けば、牟田はいつもと変わりなく落ちついている。

愛撫の手順もさほど変わっていない。いつもの手順。烈しくはあるのだが、そのどれもが淡々としている。順番に従って冷静沈着に運ばれていく愛撫の数々……。

この人はいつだって勝ち誇っている、と澪は思う。負けることを知らずにいる。私を組み伏せることにかけては、永遠の勝者のようでもある。

彼の中の何がそれほどの自信を持たせているのかはわからない。女など星の数ほどいて、どんな女も簡単に手に入る、と信じて生きている愚かさがそうさせるのか。それとも、単に彼の肉欲が桁外れ《けたはず》れに強く、あまりに強すぎるせいで彼自身を盲目にさせてしまっているだけなのか。

ソファーの上で時間をかけた愛撫が続けられていく。澪は目を閉じ、観念する。気持ちとは裏腹に、身体が健康的な反応を返そうとしているのがわかる。そうなることがどれほど牟田を喜ばせることになるか、わかっていながら、もはや抗《あらが》うことはできない。

嫌悪のせいで眉間に刻まれた皺が、次第に別の意味を伴っていく。思わず喘ぎ声をもらしそうになって、澪は奥歯をきつく嚙みしめ、それをこらえる。こらえているのに、声は否応なしに喉の奥から迸《ほとばし》り出てくる。慌ててそれを抑え込もうとすればするほど、かえって悦楽の度合いが深まっていくのがわかる。

何故、こうなるのか、と幾度も幾度も自問する。だが、答えは出ない。

別れたいと思っている男と肌を合わせながら、自分の舌を嚙み切ろうとした女の話を澪は思い出した。数年前に、美沙緒から聞いた話である。

美沙緒の知人の弁護士の、遠縁にあたる若い女が、職場の上司と深い関係にあった。まもなく他に真剣に恋をする男が現れて、女はそれをきっかけに上司との関係を清算しようとしたのだがうまくいかない。別れ話をするたびに、身体を求められ、応じているうちに別れられずに終わってしまう。

そんな自分に女は烈しい嫌悪を抱き、或る時、上司に抱かれながら、死のうと決意して自分の舌を嚙んだ。うまく嚙み切ることはできなかったが、女の口からは鮮血があふれ出し、驚いた上司は慌てて救急車を呼んだ。

その話を聞いた時、澪は「舌を嚙んで死のうとする」ほどの嫌悪感がこの世にあるのか、と思ったものだった。何も自分が舌を嚙まずともいいではないか、そんなに嫌だったら、その男と別れればそれで済む話だったのではないのか、何故、嫌な男に抱かれてまで、自分の舌を嚙み切らねばならないのか、と。

だが、今はその女の気持ちがわかる、と澪は思う。気持ちの通わない男に身体を許している自分が汚らわしいのではないのだ。貞操観念が自己嫌悪を催《もよお》させるのではない。気持ちの通わない男から受ける愛撫に、一つ一つ、見事に反応してしまう自分の肉体こそが、汚らわしいのだ。汚らわしさのあまり、その場で死んでしまいたくなるのだ。

牟田はソファーの上で丹念に丹念に愛撫を続けた後、軽々と澪を抱き上げて寝室に連れて行った。

「いや」と言いながら、澪は足をばたつかせた。悦楽の時が近づいていることを澪の肉体は受け入れようとし、同時に澪の精神が拒絶しようとしていて、そこに生じる不均衡が「いや」という言葉になってあふれ出てくる。

それなのに、もう自分は何かを待ち望んでいる。牟田、という男を名前も顔も実体もない、ただの剝き出しの雄と考えて、彼に向かってねだるようにして手を伸ばしかけている、雌の自分を感じる。

寝室のベッドに横たわり、着ていたものを脱がされて、澪は仰向けになったまま天井を睨んだ。目尻から涙が滲《にじ》み出す。心は目の前にいる男をありったけの思いで拒絶しようとしているのに、身体が受け入れようとしている。自分がばらばらになってしまったような感じがする。

心の奥底では昭吾のことを考えている。昭吾の名を呼び続けている。何故、この、今まさに自分を抱こうとしている男が昭吾ではないのか、と思う。恐ろしい考えに凍りつきそうになる。昭吾に手を握られ、指先、掌、手の甲に、彼の唇を感じた時のことを思い出す。

肉欲などかけらもないくせに、その時、澪は濡れそぼったような深いエクスタシーに包まれた。一つの巣穴の中で、同胞《はらから》と睦《むつ》み合っている時のような安堵感。一人ではない、という静かな幸福感。嗚咽《おえつ》してしまいそうになるほどの、豊かな、満ち足りた気持ち……。

あれから、昭吾と会うたびに、昭吾の身体に触れるのが怖くなった。何かの加減で、指先が彼の腕に触れてしまっただけで、慌てて飛び去るようにして身体を離すようになった。

距離を保ちつつ、それでも時折、目と目が合い、彼の瞳が潤んだように輝いて、絡みつくような視線を感じると、胸が熱くなった。触れてもいないのに、触れたと同じくらいの肉体の火照りを感じた。そのたびに恐ろしいような、悪魔的な悦びが澪を充たした。

牟田はベッドでもまだ、執拗な愛撫を続ける。早く早く、と急かしてしまいたくなるほどの緩慢さである。

侮辱されている、と澪は思う。こんなふうに肉体を弄ばれ、終わることのない呻き声を上げさせられるのは自分と彼に限って言えば、侮辱以外の何ものでもないのかもしれない。

「もういやよ」と澪は枕に顔を押しつけ、吐き捨てるように言う。あとからあとから涙が滲む。「なんだって、こんなに……」

「欲しがっている澪を見ていたいんだよ」と牟田は言う。「僕を欲しがる澪をね」

「欲しくなんかないのよ。わからないの？」

「そうか？　そうなのか？　本当に？　嘘をついてはいけないよ。嘘つきは地獄に落ちるんだよ。ほら、こんなに澪は僕を欲しがっている……」

牟田の口調には、徹底して相手を軽蔑しているような含み笑いが感じられる。澪は引き裂かれる思いで自分自身の火照りと戦い続ける。

胸の内で昭吾の名を唱える。会いたいと思う。こんなに汚れきってしまった自分を清めてほしいと思う。

牟田が服を脱ぎ始めた。牟田の息は荒い。泥にまみれて鼻を鳴らし続ける豚のようだ、と澪は思う。

寝室のカーテンは開いたままで、窓の外にはとばりの下りかかった空が見える。明かりを点けていないので、室内は仄暗く、薄墨でも流したような闇が拡がっている。目の前で服を脱いでいる牟田の身体の輪郭もはっきりしない。

牟田がズボンを脱ぎ、下着に手をかけた。待っていたかのように、澪はむっくりと起き上がった。乱れた髪の毛もそのままに、裸のままベッドから降り立った。

そして、下着一枚の姿になっている男に向かい、低い声で言い放った。「帰ってよ」

「え？」

「悪いけど帰って」

「何を怒ってるんだよ」

「別に怒ってなんかないわ。何度も言ったでしょ。あなたとは寝たくないのよ」

何かがぷつりと音をたてて千切れたような感じがした。あたりが静まり返った。

牟田は無言のままベッドの脇に立っていた。滑稽な姿だ、と澪は思った。灰色のブリーフに黒い靴下をはいただけの姿……。

牟田は、ふっ、と短く笑った。「僕と寝たくない？ そう言ったね」

「言ったわ」

「これまでこんなことは一度もなかった」

「議論する気はないわ。早く帰って」

牟田は応えない。じっと立ち尽くしたまま、澪を見ている。澪は全裸のままでいる。

「それとも、今ここで私を強姦する？ 強姦するか、帰るか。どっち？」

「わかったよ」と牟田は低い声で言った。

怒りに震えている様子はなかった。薄闇の中、急に十歳も老けこんでしまったように、牟田の全身から力が抜けていくのが見えるようだった。彼はひどくゆっくりした動作で、今しがた脱ぎ捨てたシャツを身につけ、前ボタンを留めてズボンをはいた。

手ぐしで髪の毛を整え、床に転がしてあった腕時計を拾い上げた。それを腕にはつけず、ズボンのポケットに押し込むと、牟田は黙って部屋から出て行った。

玄関で靴をはく気配があった。玄関扉が開き、閉められる音がした。澪は耳をすませた。遠くを走り過ぎて行く救急車の音しか聞こえなかった。

裸のまま澪は玄関に走り、鍵をかけ、チェーンを下ろした。部屋中のカーテンを閉じ、バスルームに飛び込み、シャワーを浴び、全身を洗った。

そして濡れた髪のまま、タオルを身体に巻き付け、携帯を手にして昭吾を呼び出した。五度目のコール音の後、昭吾が出てきた。

「今、どこ?」

「近所のコンビニで買い物してたところ。澪さんは?」

「うちにいるわ。今夜、バイトは休みだったよね」

「休みだけど……何かあったの? 何だか声が……」

「……会いたいの」

沈黙が流れた。受話器の奥から、賑やかな音楽が聞こえてきた。かすかにくぐもったような人の話し声がした。

昭吾は「僕も」と言った。「僕だって会いたい。会おうよ」

「今すぐ。いい?」

「いいよ、もちろん。僕が澪さんの部屋に行く? それとも、どこか外で会う?」

「私があなたの部屋に行こうか」

「僕の?」

「迷惑かな」

「来てほしいけど、めちゃくちゃ狭いよ。驚くよ。それでもいいなら……」

澪は微笑み、「いいに決まってる」と言い、近くまで行ったらまた電話をする、とつけ加えてから携帯を切った。


昭吾の住むマンションは、田園都市線の桜新町《さくらしんまち》駅から少し奥に入ったところにある。場所だけはおぼろげに聞いてはいたが、澪はそれまで一度も行ったことはない。

室内を覗いてみたいとは思っていた。それは純粋な興味、好奇心からくるものであり、他意はなかった。

一人暮らしをしている弟の部屋に姉が訪ねて行くことがあるとしたら、弟が何か問題を起こした時か、もしくは、ただ単に、どんな部屋に住み、どんな暮らしをしているのか、見てみたいと思った時か、いずれかに違いない。そして、その時の澪の気持ちは明らかに後者に属した。

とはいえ、だいたいの予想はついていた。汚れ放題汚れて、色の褪《さ》めたカーテン、乱雑に積み上げられた本や雑誌、何か月も替えていないであろうベッドシーツ、食べ物の滓《かす》がこびりついた食器であふれ返っているキッチンシンク、整理されないまま散乱しているCDのケース……。

昭吾の部屋は、ごくありきたりの、一人暮らしをしている若い男の部屋であるに違いなかった。そんな風景の中に溶け入りながら、汚れたカップで安物のインスタントコーヒーを飲み、昭吾と他愛ない会話を交わしたい、と澪は思った。

そうしていくうちに、牟田から受けた愛撫の感触はたちまち拭い去られていくだろう。すさんだ気持ちも潤っていくだろう。自分は昭吾を相手に丸くなり、全身の緊張を解いて寛ぐことになるだろう。温かな巣穴の中に戻った、小さな動物のように……。

タクシーを使って桜新町の駅まで行き、料金を払って降りてから、澪は携帯を使って再び昭吾に電話をかけた。電話に出てきた昭吾は、何が可笑しいのか、くすくす笑った。

「何笑ってるのよ」

「だって」と昭吾は笑い続けながら言った。「トレンチコートの衿を立てて、携帯で誰かと喋ってるきれいな女の人が、僕のすぐ傍にいるんだもの」

驚いてあたりを見回すと、五十メートルと離れていない電信柱の脇に昭吾の姿があった。

「駅で降りるだろうと思って、待ってたんだ。どうする？　ずっとこうやって携帯で話をしてる？　話しながら、僕の後をついて来る？　それも面白いね」

「ううん、ついて行かない」と澪は、胸の中に温かな漣《さざなみ》がたつのを覚えながら言った。

「なんで？」

「昭吾君と手をつなぎながら歩きたいから」

少し遠くに見える昭吾が、携帯を耳にあてながら照れたように微笑むのがわかった。「手なんかじゃ物足りないよ」

「どういう意味？」

「澪さんを抱きしめて歩きたい」

傍らを幾台もの車が行き交っている。車のライトに照らされて、昭吾の顔が闇の中に浮かび上がる。夜の街には春の香りが滲んでいる。

あふれ出すような想いにかられ、澪はやおら携帯を切るなり、昭吾に向かって走り出した。まだ芯の部分に冷たさが残る風が、澪の耳元でひゅうひゅうと音をたてた。

昭吾のところまで走り、直前で急ブレーキでもかけるようにして止まり、それからどうすればいいのかわからなくなって、澪は息をはずませながら彼を見上げた。昭吾が目を瞬かせながら笑った。澪も笑った。

そして二人はきわめて自然に互いの腰に手を回し、一分の隙もないほどぴたりと寄り添い合いながら、歩き出した。

七階建ての小ぶりのマンションだった。大きさは各々違えど、ほぼ全室がワンルームだという。住人の大半が学生か、もしくは飲食業関係に従事している独身者で、日曜日のその時刻、各階の窓にはぽつりぽつりと明かりが灯されているのが見えた。

古くも新しくもない。駅からさほど離れていないというのに、建てつけがいいのか、意外なほど静かである。五階でエレベーターを降り、突き当たりにある昭吾の部屋に入り、扉を閉じると、静寂が二人を包んだ。

玄関を入ると右側にミニキッチン、左側にユニットバス、モザイク模様の入った硝子扉の向こうが、七畳ほどの洋間になっている。

キッチンはきれいに磨かれ、グラス類が丹念に整頓されている。シンクの中に汚れものは一切ない。わずかにコーヒーの空き缶が一つ、レンジの脇に載っているだけ。

硝子扉を開けると、正面の小さなベランダに向かった窓には、シルバーグレーのブラインドが下りている。ベッドはなく、シングルサイズのマットレスと寝具類にブラインドと同色のカバーが掛けられ、ソファー代わりにもなっている。

黒く細長いデスクにはノート型のパソコンが一台。書籍やノートの類はデスクの下や上に、きちんと積み上げられている。他にあるものと言えば、小さなCDデッキと小さなテレビ、ビデオデッキ、それに折り畳み型の低い丸テーブルだけ。無駄な装飾は一切ない。生活の垢のようなものも感じられない。生活者にとって必要なものが全て揃っていて、確かに誰かがここで暮らしている、ということはわかるのだが、そこには住み手の体臭のようなものが嗅ぎ取れなかった。

「想像が見事にはずれたわ」澪は室内をぐるりと見渡してから言った。「あなたって人は、私と違って整理魔だったのね。おまけに潔癖性。私だったら、これだけ掃除して整頓して、インテリアを考えるのに一週間はかかる」

「魔法を知ってるんだよ」と昭吾はふざけて言った。「澪さんが来る前に、ちょっとした魔法をかけて、一瞬にしてきれいにしたんだ」

「嘘ばっかり」

「あはは。何か飲む?」

「クラッシュド・アイスを山盛りにしたダイキリが欲しい、って言ったら、すぐに出てきそうよね」

「インスタントコーヒーと缶ビール、それに安物のウィスキーくらいしかないな」

「安心したわ。じゃあ、ビール」

昭吾はうなずき、ミニキッチンについている小さな冷蔵庫から缶ビールを二つ持って来て、そのまま澪に手渡した。

二人は缶と缶を合わせて乾杯し、照れながら微笑み合って、言葉少なにビールを飲んだ。

昭吾がCDデッキの電源を入れた。エレクトリック・ギターの音色が流れてきた。

「ここで一人で暮らしてるんだね」

「うん」

「勉強もして、洗濯もして……」

「本も読むし、レンタルビデオも観るし。洗濯して干したりもするし、時々、自分で食事も作る」

「自分で郵便局に行って、銀行に行って、買い物に行って……『タッジオ』のバイトに出て、自分の生きていく分をちゃんと稼いで、学校に行って、帰って来てまた勉強して……。すごいな」

「何が」

「偉いな、っていう意味。どうして姉と弟なのに、こんなに違うの。あなたは根が真面目だし、安定してるし、自足してる人なのね」

「別に安定してるわけじゃないよ。ただ、こうやって一人で生きていくことに慣れてるだけ。誰だって、僕みたいな環境にいたら、こうやって生きていくと思うよ。仕方ないでしょ。生きていこうと思ったら、なんでも自分でやるしかないんだから。それは僕みたいな若造も、八十、九十になった老人も同じ。年齢の問題じゃない」

「精神が強いのよ。本当の意味で強い。そんな感じがする」

ふっ、と昭吾は大人びた笑みを浮かべ、マットレスの隣に坐っている澪を見た。「強いとか弱いとか、そういう次元でものを考えるのはずっと昔にやめちゃったよ」

「どうして？」

「強くて弱いのが人間。弱くて強いのも人間。ぐちゃぐちゃなんだよね。みんなそう。時代が悪いとか何とか言うけど、時代だけがそうさせてるんじゃないんだよ。もともとさ、人間はぐちゃぐちゃなものだし、いつ何が起きて、どう行動するか、自分でも予測がつかない生き物なんだ」

「さすが哲学科ね」澪は微笑んだ。「惚れ惚れするわよ、そういう話。私の自慢の弟」

「弟であって、恋人」

澪は目を大きく見開き、何か言いかけた口を閉ざした。昭吾はじっと澪を見ていた。

「僕は恋人じゃないの？」

「ねえ、お願いだから、人をどぎまぎさせるようなこと、聞かないでよ」

「弟が恋人だと、やっぱりまずいかな」

「ふつうはね、弟を恋人にする、ってことはないと思うわ」

「近親相姦が大昔から禁じられてきたのは、どうしてだか、澪さん、知ってる？」

澪は考えこむふりをした。「禁じたのは神でしょ。神が禁じて、法律ができたのよ」

「僕は無神論者だし、法律にも疎い」

「何が言いたいの」

「僕が怖い？」

澪はわざと大きな笑い声をあげ、缶ビールを床に置くと、昭吾の額を指先で突ついた。

「あなたが？　怖いか、って？　怖いわけ、ないでしょ。馬鹿ね。私はあなたが大好きなのよ。この世で一番好きなのよ」

「僕だって」と昭吾は言い、柔らかな笑みを浮かべた。張りつめたようになっていた空気が和んだ。「ねえ、さっきコンビニでおにぎりとサンドウィッチ買ったんだ。食べる？」

身体の力が抜け、楽になった。澪は身を乗り出した。「うん、食べる。ほんとのこと言うとね、お腹、空いてるの」

「じゃあ、何か食べに行ったほうがいいかな」

「ううん、いい。いまさら出かけるのは億劫よ。おにぎりとサンドウィッチで充分」

そして二人は並んで、コンビニのおにぎりとサンドウィッチをつまみ、昭吾がいれたインスタントコーヒーを飲んだ。澪はリモコンを使ってテレビをつけた。どうということのないタレントが大勢出て来て、騒々しくはしゃぎまわる番組を観ながら、二人はタレントの悪口を言い合っては笑いころげた。

二缶目のビールを飲んだ。澪はマルボロに火をつけ、心ゆくまで味わって美味しく喫った。

黒のジーンズに黒のタートルネックセーターというくだけた装いの澪は、わが家にいるも同然の思いで、壁によりかかり、しどけなく足を投げ出して寛いだ。昭吾がウィスキーの水割りを作ってくれた。林檎《りんご》がある、というので、澪がそれを剝いた。狭い室内に林檎の甘やかな香りが拡がった。

　小さく林檎を嚙み、しゃり、という音をたてながら、澪は目を伏せ、つぶやくように言った。「ありがとう」

「え？　何が」

「洗われる思いがするわ。身体の隅々まで。もう大丈夫。昭吾君のおかげで、すっかりきれいになった」

「何の話？」

「うん」とうなずき、澪は嚙み砕いた林檎を飲みこんだ。「……さっきね、牟田が来たのよ、うちに」

　昭吾がそっとリモコンを手に取り、テレビを消した。静けさがあたりを包んだ。

「正直に言うわ。牟田はね、私とセックスしたくなったから来たの。そのためだけに来たのよ。連絡もなしに突然。飢えた狼みたいになって。初めは仕方ない、と思ってたんだけど……途中で急に嫌になった。吐き気がするくらいにね、嫌になったの」

　昭吾は黙っていた。澪は食べかけの林檎を皿に戻した。

　澪は皿の上の林檎を見つめたまま言った。「自分が汚らわしいのよ。洗っても洗っても落ちない汚れをもってるみたいで」

「そんなふうに考える必要はないよ」

「かもしれない。そういう生き方を選んだのは自分なんだものね。でもほんとに嫌になったの。うんざり」

「で……どうしたの」

「何が」

「……セックスだよ」

澪は首を横に振った。「しなかった。もう少しで、っていうところで、帰ってもらった」

そう、と昭吾は言った。「よかった」

「ほんとにそう思う？」

「当たり前じゃない。澪さんがあの人に抱かれてると思うと、虫酸《むしず》が走る」

澪はうなずいた。「昭吾君が、もう二度と彼と会うな、って言ったら、会わないよ、私」

昭吾は応えなかった。立て膝をし、彼はうっとうしげに前髪をかき上げた。「そういう話はしたくないよ」

「どうして？」

「したくないから、したくないんだ」

「逃げないでよ。私はあなたとこうやって会っている時が、一番正直でいられるの。逃げたりしないでよ。ほんとのこと言ってよ」

「逃げてるわけじゃない。ただ……」

「ただ、何よ」

「牟田さんと会わないでくれ、別れてくれ、っていう話を僕が始めたとしたら、それだけじゃ済まなくなる。そういうことを言いだしたら最後、すべてを遡《さかのぼ》って、一つ一つ検証して、馬鹿なことをしてしまいそうな気がするんだ」

「馬鹿なこと？」

「あなたがこれまで寝た男を捜し出して、全員、殴り倒して、それでも足りずにまとめてガソリンかけて火をつけて焼き殺してやりたい。いや、寝た男だけじゃないよ。あなたがこれまでキスした男も全員……。あなたを口説いた男も全員……」

澪は言葉を失い、目を見開いて、まじまじと昭吾の顔を見た。

昭吾は続けた。「全部、いやだ。許せない。あなたに触れた男はすべて……あなたを口説こうとした男もすべて……。あなたは僕のものだし、僕はあなたのものだ」

そして彼は隣に坐っている澪を勢い良く振り返った。彼は前歯で唇を噛み、いまいましげに溜め息をつき、再び髪の毛をかき上げて、抱えた膝の間に顔を押しつけると、「ごめん」と小さな声で言った。「……僕はどうかしてる」

その肩が小刻みに震えている。そんな昭吾を見たのは初めてである。目の前に、感情を剝き出しにした一人の若い男がいる。そしてそれは、紛れもない自分の弟なのである。弟であって、弟ではない。恋人のような、それでいて、恋人になりきることは不可能な、一個の不可思議な生き物……。

熱い想いにかられて、澪はそっと手を伸ばし、彼の肩に触れた。少し汗ばんでいる。彼の体温が澪の掌に伝わってくる。

「こっち向いて」と澪は掠れた声で言った。

昭吾がそっと顔を上げ、澪を見た。目が赤くなっている。涙の痕は見えないが、今にも泣きだしそうな顔をしている。

「馬鹿」と澪は言い、薄く笑った。昭吾もそれに応えるようにして笑みを浮かべた。

二人の視線が交わり、互いの唇のあたりを浮遊した。次の瞬間、そうするのがごく当たり前のように、二人は顔を近づけ合った。

とまどい、ためらい、途中で動きを止めては、あとじさり、再び動き出す。唇はすぐ目の前にあるのに、いっこうに距離が縮まらないような気がする。

昭吾の手が伸びてきて、澪のうなじにあてがわれた。再び視線が烈しく交錯した。

「キスだけ」と昭吾が言った。声が震えていた。

うん、と澪はうなずいた。

待って待って待ち焦がれて、どうすることもできなくなっていたというのに、その接吻はひどくぎこちなく、淡かった。

12

昭吾が美沙緒の事務所を訪ねて来たのは、三月も半ばを過ぎた暖かな日の午後だった。

事前の連絡も何もない、突然の訪問だった。澪とのことで、何かあったのか、と美沙緒は案じたが、昭吾の様子は淡々としており、ふいの訪問を詫びる口調にも何ら変わったところは見られない。それでも、そうした形の訪問の仕方は妙だった。

「珍しいのね。でも、ちょうどよかったわ。あと一時間くらいで出なくちゃいけなかったから」

「忙しいようだったら出直しますけど」

「昭吾君だったらいつでも大歓迎よ。でも電話くらいかけてくれてもよかったのに。こういう仕事だから、ばたばたと出入りが烈しいし、せっかく来てくれてもお相手できないことだってあるのよ」

「すみません、ほんとに。思いついて来たっていうわけでもないんですけど。電話すればよかった」

何かあったの、と聞こうとして、その質問を美沙緒は飲みこんだ。秘書の若い女が、給湯室でお茶をいれ始める気配があった。お茶が運ばれて来るまで、美沙緒は他愛のない世間話を続けた。

「もう春ね」と美沙緒は窓の外に拡がる、東京にしては青々と澄んだ空を目に留めながら言った。「春眠暁を覚えず……よ。今頃の時間、眠くなって困るの。ぶ厚い訴状の山の上でうたた寝して、あっちこっちに涎《よだれ》の跡をつけちゃいそう」

形のいい唇に優雅な笑みをうかべ、昭吾は静かに微笑んだ。

「どう？　元気だった？」

「ええ。相変わらずです」

「最近、澪ともゆっくり話をしてないわ。同じマンションに住んでるっていうのに、生活時間帯が違うのよ。電話だって、最後にしたのはいつだったか、思い出せないくらい」

「澪さん、元気ですよ。時々会ってます」

どんな会い方をしているのだろう、どんな会話を交わしているのだろう、二人の感情はどんなふうに変化し続けているのだろう……その種の興味はつのったが、美沙緒はあえて聞かずにいた。澪と昭吾のことになると、思わず恋人同士のような扱いをしてしまうのが不思議でならない。姉と弟であることを忘れ、ついつい、からかい言葉の一つや二つ、口にしてしまいそうになる。それは滑稽であると同時に、何かとてつもなく不謹慎で、恐ろしいことのようにも思える。

秘書がお茶を運んで来た。茶托のついた伊万里焼の湯飲みから、湯気が上がっている。美沙緒は「どうぞ」と勧め、自分から先に口をつけたが、昭吾は手を出そうとしなかった。

「実は……ご報告しなければいけないことがあって来ました」

美沙緒は湯飲みを茶托に戻し、昭吾を正面から見つめた。昭吾は美沙緒から目をそらそうともせず、無表情に低い声で言った。「金谷の伯父が亡くなりました」

驚いた表情を内側に隠し通す術《すべ》は心得ている。美沙緒は昭吾に負けず劣らずの無表情を作ったまま、「そうだったの」と言った。「いつ?」

「一週間前です。通夜も告別式も済ませました」

「死に至るような御病気だとは聞いてなかったけど……。死因は何だったの」

「肝硬変。暮れから急に具合が悪くなったらしくて、三月に入ってからはずっと危篤状態が続いてたようなんですけど、僕のところに連絡が来たのは亡くなる二日前でした」

「話……できた?」

「なんとかね。でも、もっと早く知らせて欲しかったのにと思いました。金谷のおばさんとは、どういうわけか、昔からウマが合わなかったんです。伯父のところに行っても、ろくに話もしないことが多かったし。伯父があんな状態になっても、彼女の頭の中には僕のことなんか、なかったのかもしれない」

「そうじゃないと思うわ」と美沙緒は柔らかく言った。「混乱してたのよ、きっと。身内の死に目に会わせようとして、いろいろなところに冷静に連絡を取れる人なんて、あんまりいないものよ。たいていの人は混乱しちゃって、あたふたして、気づいた時はもう遅かった、っていうこと、よくあるわ」

「そうかな。伯父は僕のことをおばさんに話したのかもしれない、って、そう思いました。だから彼女は僕に伯父のことを知らせなかったんじゃないか、って。本当の身内ではない人間にいちいち危篤の知らせをする必要はない、っていう意識があったのかも……」

「亡くなる直前に金谷さんから、何かそういうことを匂わせるような話を聞いたの？　金谷さんが奥さんにあなたのことを打ち明けたっていうような……」

「いえ、伯父は何も。それどころか、ほとんどまともな話はできませんでした。ただ、僕の手を握って、達者で生きろよ、って、なんだか任俠映画のワンシーンみたいな科白を吐いただけです」

「金谷さんは、あなたのことを誰にも言わなかったはずよ」と美沙緒は言った。「間違いなく、言わなかったと思う」

何の確証もないことではあったが、美沙緒にはそう確信できた。あれだけの長い年月、実の妹が犯した罪の真相を知りながら、沈黙を守り抜いた男である。地獄の日々を乗り越えてきた彼が、今さら、可愛がっていた甥の今後の人生を乱すようなことを最期の最期になって妻に打ち明けるとは考えにくかった。

「告別式で、宇都宮の親戚の皆さんと顔を合わせた？」

「はい」

「誰かが何かに勘づいてる、っていう印象はなかったでしょ？」

「ええ、何も」

「知っていたのは金谷さんだけよ。その金谷さんが何も言わずに亡くなったのだから、これで本当にあなたの出生の秘密が外に洩れることはなくなった。そう思うと不思議ね」

「そうですね」

美沙緒は笑みを浮かべた。「あなたは今まで通りでいいのよ。岩崎昭吾。それでいいの。嶋田崇雄はもうこの世にいない。存在すらしていなかった。そう考えて、今まで通り生きればいいの」

「でも僕は澪さんの弟で、本名は嶋田崇雄なんです。変ですよね。まだその感覚になじめなくて、時々、混乱します」

わかるわ、と美沙緒は言った。「とてもよくわかる。でもね、習慣って、素敵なものよ。或るひとつのなじめなかったことが、習慣になってしまうと、それがまるで、昔からの真実だったみたいに感じられてくるんだから」

昭吾は生真面目な顔をしてうなずき、束の間、黙りこくった。お茶をひと口、啜《すす》り、茶托に戻し、腕時計を覗くと、彼は「そろそろ行きます」と言い、立ち上がった。

「また、近いうちに澪も一緒に食事でもしましょう」美沙緒は言った。「それから……金谷さんのことは心からお悔やみを言わせてね。金谷さんの御自宅にお線香をあげに行くわけにはいかないから、いずれお墓参りをさせてちょうだい。澪も一緒に。私や澪にとって、金谷さんは大切な人だったのよ。金谷さんだけが、あなたが澪の弟であることを証明してくれたのだから」

はい、と昭吾はうなずき、話の内容とは裏腹に晴れやかな笑みを浮かべた。

もっと深い話がしてみたい、と美沙緒は思った。この青年は何を考えているのか。何をどのように感じているのか。

自分の出生が思ってもみなかったところで明らかにされ、混乱の極みに立たされているのは確かである。それなのに、口ほどにもなく、表面上は落ち着きを保っていて、乱されているという内面の深い部分を見せようとはしてこない。

母だと思っていた人が赤の他人であり、伯父だと思っていた人ともまた、血のつながりがなかった。そればかりか、いきなり目の前に現れた女弁護士とその姪とが、彼に思いもよらなかった別の人生を与えたのである。それが彼をどれほど烈しく動揺させたかは、容易に想像がつく。

過去のあらゆる記憶を失った人が、突然、自分自身の過去を見せられたら、あるいは今の昭吾と同じ反応をするのかもしれない。先のことは考えず、とりあえずはそれを咀嚼《そしやく》し、がむしゃらに飲みこんでしまおうと試みるのかもしれない。だからこそ、表向きは冷静さを維持し続けているように見えてしまうのかもしれない。

だとしたら、その心理の底の底にあるものを覗いてみたかった。不器用でもかまわない。矛盾だらけの話でもかまわない。彼なりの言葉で語られる、彼自身を知りたかった。

丁寧なお辞儀をして事務所を出て行く昭吾を見送り、美沙緒は一つだけ聞き忘れたことがあったことに気づいた。

金谷が他界したことを澪は知っているのだろうか……。

知らないはずがない、とすぐさま思い直した。昭吾は誰よりも先に、澪に金谷の死を伝えたに違いなかった。

澪と昭吾……姉と弟。それなのに、美沙緒の想像の中で、二人は恋人同士のようにふるまっている。まなざしの熱さがそこにある。自分自身の内側にあるものを相手に伝えようと必死になっている。誘う。触れる。抱きしめる。美沙緒の想像の翼は、そこではたと動きを止める。それ以上の想像は禁忌であるように感じられる。

美沙緒は思い返した。あの暑い夏の午後、新宿の病院に金谷を見舞った日のこと。金谷は髭の剃り跡も生々しく、白目を黄色く濁らせたまま、「ねえ、先生」と言ったものだった。

「人間ってのはね、表に見えてる部分なんて、ほんの少しなんですよ。人間の全部を明らかになんか、誰にもできっこないし、する必要もない」

その通りだ、と今さらながらに美沙緒は思った。だとすれば、自分がしたことは何だったのか。人の全容を明らかにしようと企んで、岩崎昭吾がかつて誘拐された嶋田崇雄であることを証明し、澪に引き合わせた。

にもかかわらず、今もなお、まだ見えてこない部分がある。明らかにすればするほど、見きわめることのできない闇の部分が濃くなっていく。人間の奥の奥の、さらに奥深くに、決して外部にはさらすことのできないものが蠢《うごめ》いているのがわかる。それは法律も常識も決して関与できないものでもある。

人が人としてある限り、永遠にその奥底に沈んでいる不可解な澱のようなもの……それを自分は今、目の前にしている……美沙緒はそう思った。

澪と昭吾を引き合わせ、姉と弟という立場を押しつけた。そのことに自分は満足もした。澪も昭吾も、再会できたことを心から喜んでいる。犯罪を明らかにしようとしたわけではないのだから、昭吾の戸籍もそのままだ。今後、万一、澪が先に死んだとしても、嶋田家の財産は一文たりとも昭吾のもとには転がりこまない。それでも二人は出会ったことを受け入れ、少しずつ姉と弟であることに慣れて、姉弟の絆を心ゆくまで味わっているように見える。

問題は何もない。何もないはずだった。それでも何かが気になるというのは、もしかすると自分自身のつまらない世俗的な老婆心のせいかもしれない、と美沙緒は思う。澪と昭吾……あの二人が姉と弟という立場を超えて、恋におち、苦しむことになるという想像は、掃いて捨てるほどある凡庸な小説や映画が自分に某《なにがし》かの影響を与えているせいに過ぎないのだろう。

現実にはそんなことは何ひとつ、起ころうはずもなく、澪も昭吾も、その不思議な運命の再会を面白おかしく味わっているだけなのだ。そんなことを美沙緒が気にしている、と知ったら、二人とも顔を見合わせ、爆笑するのかもしれない。

気分を変えて美沙緒が外出の準備をしている時、デスクの脇に置いてあった携帯が鳴り出した。楠田であった。

ここのところ楠田からは頻繁に連絡がくる。楠田という男を自分の人生において、いかなる場所に位置させればいいのだろうと、美沙緒は時々、真剣に考える。恋人？　性的な関係を伴った友人？　それとも、そのどれでもない、長い人生の後半、たまたま出会い、肌を合わせているに過ぎないゆきずりの男？

「近いうちに食事でもどう？」楠田は弾んだ言い方で聞いてきた。「それとも小旅行に行こうか。伊豆《いず》はもう、あったかいよ。そろそろ桜も咲くだろうし。考えてたんだ。一泊で修善《しゅぜん》寺《じ》あたりに行くのもいいかな、って。贅沢な温泉宿を知ってるんだ。客室が全部離れになっていて、それぞれに小さな露天風呂がついている」

美沙緒は右手で携帯を持ち、左手で書類を挟んだバインダーをひとまとめにしながら笑い声をもらした。「人がこれから拘置所に接見に行こうか、っていう時に、なんとも次元が違う色っぽい話をしてくるのね」

「接見の相手は殺人犯？　それともヤク中？」

「家庭内暴力でね、亭主をゴルフクラブで殴っちゃった女房。亭主は大怪我。ずいぶん前になるけど、ワイドショーでも面白おかしく扱われてたわ。知らなかった？」

「ワイドショーなんか、見たことないよ。しかし、いろんなやつがいるんだな。ということはここしばらく忙しくなる、ってこと？　旅行どころじゃない？」

「そうでもないけど……食事ならいつだってオーケーよ」

「食事をするんだったら、その晩は久しぶりにホテルの部屋、取ろうか」

「春爛漫《らんまん》？」美沙緒はまた笑った。「なんだか盛りがついてるみたい」

「美人弁護士の先生を前にしていれば、年がら年中、盛りがつきっ放しだよ」

ドアにノックの音があり、秘書が顔を覗かせた。美沙緒は慌てて敬語を使い、「ではのちほどまたご連絡します」と言って携帯の電源を切った。

圭一が生きていたら、とふと思った。楠田とは出会わなかっただろう。出会ったとしても、旅行に行くだの、ホテルの部屋を取るだのという関係には至らなかっただろう。

不思議だった。圭一のことを思い返すたびに、楠田の存在をありがたいと思うことがある。失われたものを完全に補塡《ほてん》してくれる存在ではない、冷たい風が吹きこむ空洞に、ほんの少し華を添えてくれる存在に過ぎないのだが、それでもいい、と思う。充分だ、と思う。

明日にでも、楠田に連絡しよう、と美沙緒は思った。どこかで食事をしよう、と。そしてその時には、澪と昭吾も誘ってやろう。四人で食事をするのだ。楠田にはまだ昭吾のことは紹介していないが、決して他言しないよう、固く約束させて、簡単な事情は説明してある。いつか昭吾を紹介してほしい、と楠田からは言われている。

切っても切れない縁ができた昭吾を楠田に紹介する、というのは美沙緒の中でひとつの意味を持った。それは楠田ともまた、長くかかわろうとしていることを美沙緒自身、自分の中で認めることに他ならなかった。

肩の張らない店、ということで美沙緒が選んだのは銀座にあるイタリアンレストランだった。

表通りに面した地下一階にあり、広々としていて、照明も明るく、カジュアルな雰囲気である。そこそこに離されたテーブル席は落ちついていて、隣のテーブルの会話はまったく耳に入ってこない。客の声は遠くに聞こえる蜜蜂の羽音のようで、邪魔になるどころか、居心地のいいBGMのようでもあった。

あいにくの雨の晩で、気温も春先とは思えないほど低かった。美沙緒より少し遅れてやって来た澪は、冬もののショート丈のムートンのコートを着て、鼻をぐずぐずさせていた。

「あらやだ。風邪?」

「ちょっとね。昨日から熱っぽいの」

「言ってくれればよかったのに。延期したってよかったんだから」

「いいのよ、平気。美沙緒ちゃんがセッティングしてくれた夕食なんて、久しぶりだもの。楠田さんと会うのも久しぶりだし。楽しみにしてたのよ」

顔色はすぐれなかったが、いちだんと贅肉を削ぎ落とし、澪はさらに美しさを増した、と美沙緒は思った。風邪のせいなのか、憂いのある表情が、その奥にある火照りのようなものを隠している。隠しているくせに、時折それは、あふれ出すようにして澪の全身から匂い立ってくる。

煙草をくわえ、ライターで火をつけると、澪は落ちつきのない様子で、ちらと出入口のほうを窺った。

「煙草、風邪の時はやめたほうがいいわ」

「うん。減らしてるから大丈夫。楠田さんはまだ？」

「十分くらい遅れる、ってさっき連絡があった。先にアペリティフでもどう？」

「昭吾君が来てからにする」

美沙緒は、数日前、昭吾がいきなり事務所を訪ねて来た話をした。澪はうなずき、けだるそうに微笑んだ。「金谷さんが亡くなったっていうことを美沙緒ちゃんに報告に行ったんでしょ？　彼から聞いたわ」

「楠田さんが来たら、こういう話、あまりできないだろうから、今、しておくわね。昭吾君にも言ったんだけど、金谷さんが亡くなったことで、彼の出生の秘密を知っている人は私たち以外、誰もいなくなった……そういうことになるわけだし、そう考えると、なんだか不思議よね」

「不思議、って?」

「私が金谷さんに会いに行ったのは去年の夏。あれからまだ半年とちょっとしかたってないのよ。あと半年、私が会いに行くのが遅れていたら、昭吾君が澪の弟である、ということを証明してくれる人はこの世にいなくなってた、ってことになる」

ああ、と澪は言い、うなずいた。「そう言われてみればそうね」

気のない返事であった。関心の薄い他人の、ありふれたエピソードを聞かされている時のような顔つきをして、澪は煙草の灰を灰皿に落とし、小さな溜め息をついた。

「弟……なのよね」

「え? 何が?」

「昭吾君よ。私にとっては、金谷さんのことよりも何よりも、そのこと自体が不思議だわ」

「弟じゃないみたいだ、っていう意味?」

「そうね。恋人みたい。ううん、恋人そのもの」

あっさりと直球を投げられて、美沙緒は返す言葉を失い、狼狽した。

「困ったわね」美沙緒はかろうじて笑ってみせた。「実の弟を恋人にするのは、あんまり健康的なこととは言えないわよ」

「わかってるわ」澪は抑揚をつけずに言った。「わかりすぎるくらい、わかってる」

何か言わねばならない。聞かねばならない、と思い、美沙緒がテーブル越しに身を乗り出そうとしたその時、視界に昭吾の姿が映った。春めいた淡いカーキ色のジャケットを着た昭吾は、笑みを浮かべながら近づいて来て、澪の隣の席に坐った。

「澪ったら、風邪なのよ」と美沙緒は言った。

そのことを知っていたのかいないのか、昭吾は澪のほうを向き、「熱は？」と聞いた。

「少しあるみたい。ほら」

美沙緒の見ている前で、澪は昭吾に向かって額を突き出した。まるで接吻をせがんでいるような表情の中で、目が閉じられた。長く黒い睫毛が、形よくカールされたまま澪の頬に美しい影を落とした。

昭吾はいとも自然な仕草でそこに手をあてがった。そして、そうしながらじっと澪の顔を見つめた。「微熱がある」

澪の額にあてがった手で、昭吾は次に自分の額に触れた。そしてもう一度、澪の額に触れ、「七度五分くらいかな」と言った。

澪はそれには応えず、ゆっくりと目を開けた。そして幸福そうに微笑み返すと前を向いた。

一瞬の出来事だった。弟が姉の額に手をあてて、熱を測ることは不思議ではない。姉が甘えたように身体をくねらせ、弟に額を突き出してみせたところで、そういう関係がいやらしい、と思うのは、そう思うほうがかえって不潔である。仲のいい姉と弟なら、ごくありきたりの行為に過ぎないのかもしれず、それはそれで日常の風景のひとこまとして通り過ぎていくものと言ってもいいのかもしれない。

だが、美沙緒の目にはとてもそうは見えなかった。直前に耳にした「恋人そのもの」という澪の言葉が、ねっとりと捏《こ》ねられたソースのようになって美沙緒の中に、消化されないまま残された。

「食事が済んだら、早く帰ればいいわ」と美沙緒は言った。「昭吾君に送ってもらって」

「そうする」と澪は言い、またしても幸福そうに目を伏せた。

今しがた目にした行為に気づかなかったふりをするのは、骨が折れた。美沙緒はバッグから煙草のパッケージを取り出し、一本くわえて火をつけた。せかせかとした吸い方になっているのが自分でもわかった。どうしようもなかった。

楠田が現れたのは、それからまもなくである。楠田は、その日、ざっくりとしたうね編みの黒のセーターにジーンズといういでたちで、そのせいか、いつもよりも若々しく見えた。

美沙緒はあたりさわりのない言い方で昭吾を楠田に紹介した。「こちら、岩崎昭吾君。澪の弟よ。苗字が違うのが変だけど、まあ、そのへんの事情はおわかりだろうから、ここでは説明しないわ」

楠田は大きくうなずき、事情に関しては全く触れずに愛想よく昭吾に向かって笑いかけた。

「かねがね会いたいと思ってたんだ。楠田です。美沙緒さんにはいつもお世話になっている。よろしく」

「こちらこそよろしくお願いします」と昭吾は席から立ち上がって一礼した。

落ちついた素振りがひどく大人びて見えた。世間の垢にまみれた大人の所作ではない、むしろ、無垢なまま大人になった男の清々しさが垣間見えるようなところがあった。

昭吾は美沙緒と楠田の関係を知っている。澪が詳しく話したに決まっているし、仮にとりたてて何も説明しなくても、勘のいい昭吾が二人の関係に気づかないはずはない。

その分、四人の食事は気が楽だった。誰もかつての誘拐事件に触れようとしなかったし、そんなことはおくびにも出さずにいた。まるで何十年も前から、そうやって一緒に食事をしてきたような、和気あいあいとした家庭的な雰囲気がテーブルに漂った。

ともすれば自分と楠田とが赤の他人同士であることを忘れてしまいそうになるほどだったのだが、それでも美沙緒は注意深く澪と昭吾を観察し続けた。

風邪のせいで食欲の失せた澪が、取り皿の中の前菜やパスタを残せば、昭吾はそれを見るともなく見て、食べやすいと思われるリゾットを小鉢に盛り、黙って澪の前に置いた。澪は微笑み、うなずき、火照ったような目線を彼に送って、再び前を向いた。

どちらかというと澪は黙りがちで、昭吾は社交的にふるまっている。だが、その二人の間には目に見えない漣《さざなみ》がたっていて、澪も昭吾もその漣の音を聞き分けるようにして、時折、じっと耳をすませているように見える。

四人で食卓を囲み、四人で会話を続けているというのに、澪と昭吾だけが、別の宇宙を漂っているような気がした。気のせいではない、と美沙緒は確信を持ち、同時に恐ろしい結論を導き出した。

この二人は、恋に落ちている……と。

食事を終え、デザートのエスプレッソとソルベが運ばれて来た時、澪が急にぐったりとテーブルの上に両肘をついて、額に手をあてがった。

「気分が悪い。ごめん、美沙緒ちゃん、楠田さん。ひと足先に失礼してもいい？」

「気持ちが悪いの？　大丈夫？」

「頭が痛いのよ。熱も上がってきたみたい」

「送るよ」と昭吾が言い、心配そうに澪の顔を覗きこんだ。「出てすぐタクシーに乗れる？　それとも、少し歩いたほうが気分がよくなる？」

澪の答えを待たず、楠田が采配を振るようにして、やおらズボンのポケットから携帯を取り出した。「時々使う、懇意にしている個人タクシーがあるんだ。呼んであげよう。連絡がつくかどうかはわからないけど、つけば三十分以内、いや二十分以内に来てくれる。タクシー乗場で待たされるのはいやだろう？」

「いいの、楠田さん。大丈夫よ。今の時間ならまだ拾えると思うから」澪は笑顔を作り、バッグを手にして席から立った。「ごめんなさい。せっかくの楽しい食事だったのに」

「顔色がよくないわ。あったかくして寝るのよ。後で寄ってあげようか。遅い時間になるかもしれないけど」

「ううん、いいの。そんなことしないで。美沙緒ちゃんは楠田さんとのデートを楽しんでよ」

その晩、食事が済んだら、澪たちとは別れて、美沙緒と楠田は都内のシティホテルに行くことが決まっていた。澪には教えてはいなかったが、残された美沙緒と楠田がその後、どう過ごすかは、澪なら勘づいているはずである。

だが、澪が美沙緒と楠田の時間を邪魔しないように、心配りしているようには見えなかった。むしろ、自分と昭吾のひとときを美沙緒に邪魔されたくない、とでも言っているようであった。

思い過ごしか、と思ってもみた。だが、楠田と美沙緒に一礼し、澪と共に去って行く昭吾が、つと、澪の腰に手を回し、抱き寄せたのを目撃して、美沙緒は胸の中がざわざわと粟立つのを覚えた。

楠田は今、あれを見ただろうか。柔らかな黄色い明かりの中、焦がれる思いにかられたかのように、澪の腰を抱き寄せ、風邪の熱で弱っている澪をまるごとくるみこもうとした昭吾の、あの、熱を帯びた仕草を目にしただろうか。

だが、エスプレッソを飲もうとしていた楠田は何も気がつかずにいたらしい。ややあって、美沙緒のほうを向き、楠田は「なかなかの美青年だったんだなあ」と言った。「さすがに澪ちゃんとよく似ているよ。ああやって並んで坐っていると、美男美女で近づきがたい。知らない人間が見たら、似合いのカップルだと思われるんだろうね」

そうね、と美沙緒は曖昧に相槌をうち、ソルベのスプーンを手に取った。

楠田に聞いてみたかった。澪と昭吾の関係をどう思ったか。姉と弟という以上の関係に至っているように見えたかどうか。何か気づいた点があったら、教えてほしい、と。

だが、聞けなかった。その種の質問を発してしまった途端、不安が一挙に形となって表れて、自分自身を押しつぶしてくるような気がしたからだった。

楠田はしばらくの間、呑気な物言いで澪の美貌を褒め、二十四年ぶりに再会を果たした姉と弟の、運命の不思議な糸について語っていたが、やがてちらと腕時計を覗くと、「そろそろ行こうか」と言った。「チェックインがあんまり遅くなるのも、みっともいいことじゃないからね。僕は泊まれるけど、どうする?」

「やっぱり帰るわ。澪が気になるから」

「澪ちゃんは子供じゃないし、昭吾君がついてるだろう」

「あの子たち、一緒に暮らしてるわけじゃないのよ」

「そうだとしても、薬とか何とか、昭吾君が用意してくれてるよ。心配なんかいらないじゃないか。泊まっていけばいいのに」

熱い視線を感じた。男の視線だった。

美沙緒はふと気持ちが揺らぐのを覚えたが、居ずまいを正すようにして首を横に振った。

「朝の顔を見せたくないの。前にも何度か言ったでしょう?」

「僕が見たいと言っても?」

美沙緒はうなずき、笑いかけた。「いやよ」

「いつか見てやる」

「馬鹿ね。そんなもの見てどうするの」

「見てからあなたを抱くんだよ。朝のベッドでね」

楠田が時折口にする、その種のまっすぐな言い回しが美沙緒は好きだった。楠田と交わりたいと思うのは、そんな時だった。

「いつかね」と美沙緒は言い、再び笑いかけた。「いつか、十日くらいかけてヨーロッパにでも行きましょう。ずっと年をとってからでもいい。それでも朝のベッドで、おばあちゃんになった私を抱ける?」

「朝だけと言わず、夜もね」

ワインの酔いがある。気持ちもほぐれて、美沙緒は束の間、澪と昭吾に対する不安が薄れていくのを感じた。

店を出ると雨が強くなっていた。美沙緒は楠田がさしかけてくれる傘の中で、澪を思った。今頃、澪の部屋であの二人は一緒に熱いココアでも啜っているのだろうか。

そして？　ココアを啜った後は？

想像の糸に鋏を入れる必要があった。美沙緒はその先に拡がるであろう妄想を思いきり強く断ち切り、タクシーの後部座席で、待ちきれないとでも言いたげに手を握りしめてきた楠田の、温かく湿った掌を味わった。

13

パジャマ姿は昭吾に見せたくない、と澪は思っていた。そればかりか、弱々しくベッドに横たわる自分の姿も見せたくはなかった。

だが、思いのほか、熱は上がっていたようだ。昭吾に勧められて体温を計ってみて、体温計が三十八度三分を指しているのを見るなり、澪はさすがに昭吾に対する漠然とした緊張感をゆるめざるを得なくなった。それどころか、身体を起こしてソファーに坐っているだけでも辛い。

「ごめん。私、横になるわ」

そう言いおいて、寝室に行き、素早くパジャマに着替えたものの、パジャマの乾いた感触が異様に冷たく感じられ、全身に鳥肌が立つ。

身体の芯がたぎるほど熱いというのに、肌が外気の冷たさを感じ取って震え始める。頭が痛い、というよりも、重たい鐘の中に頭を突っ込んでいる時のような感覚があって、首を起こしているのも億劫である。

ベッドにもぐりこみ、仰向けになったまま片腕を額にあてがっていると、ドアにノックの音があった。ドアが細めに開けられ、昭吾の顔が覗いた。廊下の明かりを背にして立っている昭吾の顔は、のっぺらぼうの黒い塊のように見えた。

「澪さん、僕……」

「送ってくれてありがとう。大丈夫だから、もう帰っていいのよ」

「大丈夫のはずはないよ。薬、買って来る。まだどこかの店は開いてるだろうし」

「風邪薬の類だったら、たくさんあるのよ。でも、いったん、こうなってしまったら、風邪薬なんか効きやしないの。ハルシオンでも飲んで、ぐっすり寝たほうがずっといい」

「この部屋、冷えてるじゃないか。暖房、つけてあげるよ」

止める間もなく、昭吾は部屋に入って来て、エアコンのリモコンを探し始めた。室内の明かりを消してあるので、どこにあるのか、わからない様子である。

手さぐりで壁のスイッチを見つけた彼は、澪が「つけないで」と言う前にそれをオンにした。一斉に光が室内にあふれ、ちくちくと目の奥を射してくる。澪は咄嗟に蒲団をかぶった。

「いやよ。消してちょうだい。明るすぎて頭がくらくらする」

「わかった。ごめん。暖房をつけたらすぐ……」

ごそごそという音がし、エアコン暖房がつけられる気配があった。ベランダの室外機が、かすかに、ごう、という音をたてて作動し始めるのがわかった。

天井の明かりが再び消された。澪は蒲団から顔だけ出し、昭吾を見上げた。昭吾はベッドのすぐ脇に佇んで、じっと澪を見下ろしていた。

「今夜はここに泊まるよ。ベッドの脇の床に蒲団敷いて。ずっと見ててあげる」

「馬鹿ね」

「どうして」

「そんなことしたら風邪がうつるじゃない」

「澪さんの風邪ならうつされてもいいよ」

「そう言ってくれるのは嬉しいけど、やっぱりだめよ。帰りなさい」

「いやだ。帰らない。澪さんをたった一人でここに置いておくわけにはいかない」

「ただの風邪よ。死ぬわけじゃなし」

「何か欲しいもの、ない?」

「ブランデーを入れたミルクセーキを作ろうか。エッグノッグっていうんだ。れっきとしたカクテルだよ。ものすごく身体があったまる」

「ないわ」

「ううん、いらない」

「じゃあ、頭に冷たいタオル、載せてあげるよ」

「ほんとになんにもしないでいいのよ」澪はそう言い、寝返りをうって昭吾に背を向けた。

沈黙が流れた。昭吾が自分の背や後頭部、乱れた髪の毛の奥に覗く首すじを見つめているのを感じた。

このまま昭吾がベッドにもぐりこんで来たら、自分は彼を拒むことができるだろうか、と澪は思った。背中に昭吾のぬくもりを感じ、やがて昭吾の手が自分の身体を後ろから抱きしめてきて、首すじのあたりに彼の唇を感じたとしたら？

かつて、風邪の熱に喘いでいる時、牟田を受け入れたことがあったのを思い出した。この同じベッドの上で、今と似たような情況で、牟田に背を向けて寒い寒い、と口走っていた時のことだった。

風邪をひいたから店を休む、と牟田に電話をした、その晩、見舞いに、と言って牟田が訪ねて来た。いらないと澪が言うにもかかわらず、牟田はキッチンに立って卵とネギのスープを作り、それを寝室まで持って来た。

お愛想に二口三口、スープに口をつけ、再びベッドにもぐりこんだ澪に、牟田は「添い寝して温めてあげよう」と言った。そして断る間もなく、澪の隣に入って来て、背後から抱きしめてきた。

意に反して、牟田の身体のぬくもりが気持ちよかった。温かな巣穴の中で、背後からしっかりと支えられているような心持ちがして、澪がうとうとし始めると、やがて牟田は、待ちかねてでもいたかように澪の腰や胸をそっと愛撫し始めた。

いやよ、こんな時に、と澪は抗った。だが、牟田は引かなかった。時間をかけて……いつもの何倍もの時間をかけて……澪の身体をまさぐり続け、汗ばんだ首や耳朶に唇をあてがった。牟田の吐息を感じた。

いや、いやだってば、と言いながら、やがて熱の火照りが奇妙な快感に変わっていった。脱がされたパジャマのズボンが、ベッドの下に投げ出された。もうどうにでもすればいい、という思いで、結局、澪は牟田を受け入れてしまったのだった。

何故、今になってそんなことを克明に思い出しているのか、わからない。澪は自制心をなくしそうになっていることに気づき、大きく息を吸った。気管支の奥が鈍く痛んだ。

何か頼まねば、と思った。このまま沈黙の中に身を任せていたら、とんでもないことが起こりそうな気がする。

「やっぱりお願い」と澪は姿勢を替え、仰向けになりながら、吐息の中で言った。「洗面台の上のキャビネットの一番上の棚に、氷嚢《ひょうのう》が入ってるの。水色の巾着型をした袋よ。それを出して、冷蔵庫の氷を入れて持って来てくれる？　それとハルシオン。やっぱりキャビネットに入ってるわ。青いガラスのピルボックスの中。それからもう一つ。暖房をつけると乾燥し過ぎて喉が痛くなる。加湿機がそこにあるでしょ。水をいっぱい入れて、スイッチを入れておいてちょうだい」

わかった、と昭吾は言い、加湿機のウォーターケースを取り外すと部屋を出て行った。遠くで昭吾が動きまわる気配があった。洗面所に入る音、ガタガタとドアを開け閉めする音、キッチンに向かう足音、冷蔵庫を開ける音、キッチンの流しで水を流す音……。

そうやって彼の気配を耳にしていると、澪の中に温かなものが流れた。

傍にいてほしい、と澪は思った。何もしないでいい、彼が同じ屋根の下にいてくれるだけでいい。今、誰よりも傍にいてほしいのは昭吾であった。他に何もいらなかった。

ほどなく寝室に戻って来た昭吾は、明かりの消された室内の、ベッドサイドのスタンドだけを灯し、黙って澪の額に薄手のタオルをあてがうと、そこに氷嚢を載せた。ぶつかり合う氷の音がして、熱のある頬に冷たい感触が拡がった。

気持ちいい、と澪はため息まじりにつぶやいた。「でも、その前にハルシオン、ちょうだい。飲んでおくから」

「一錠でいいの？」

「ぐっすり眠れるんだったら百錠飲んだっていいけど、きっと、そのまま目が覚めないかもね」

冗談まじりにそう言いつつ、澪が氷嚢を手に取って身体を起こそうとすると、昭吾が腕を支えてくれた。

ちらりと見交わした目と目に、火花が散らないよう注意しながら、澪は具合の悪い表情を作って、昭吾が手渡してくれたハルシオンをグラスの水で飲んだ。そして再び枕に頭を落とし、自分でタオルを額にあてて、氷嚢を載せた。

「さあ、これで眠れる。朝までぐっすり。明日になれば熱も下がってるわよ、きっと」

「加湿機、つけようね」

「お願い」

スイッチを入れる音がし、やがて加湿機からしゅうしゅうという、蒸気を噴き出す音が聞こえてきた。

澪の肩が冷えないように、と昭吾は蒲団を引き上げ、手早く直してくれた。ありがとう、と言い、澪は薄目を開けてみた。

氷嚢の載ったタオルが両目にかかっていたので、何も視界には入らなかった。タオルの細かな目を通して、スタンドの黄色い明かりが洩れているだけである。

がつがつと性を貪《むさぼ》ったり、愛の告白をし合ったりすることからは程遠い雰囲気に包まれているのを知り、澪は安堵した。小舟に乗って揺られているような、そのまま、温かな海の底に、泥のようになって沈んでいきそうな、そんな気持ちがした。

「まだ、ここにいていい?」

澪はこくりとうなずいた。

「うるさくしないから。じっとしてるから」

またうなずく。

「眠くなったら寝ていいからね」

「そうする」

澪は温かな気持ちに包まれて、思わず蒲団の脇から彼に向かって手を伸ばした。

「昭吾君、手」

「え?」

「手、つないでて」

昭吾の姿は見えない。目を開けても見えるのは額のタオルの白い布地だけである。その白さに包まれたまま、澪は自分の手が昭吾の掌にくるまれたのを感じた。

仲のいい幼稚園児が、仲のよさを確かめ合おうとする時のような、そんな稚気あふれる触れ方だった。くるんだ澪の手にキスをしてくるか、と思ったが、それもなかった。その分だけ、昭吾が間近にいるような思いがした。

「ねえ、何か話して」

「いいの？　疲れない？」

「大丈夫」

「何の話をしようか」

「なんでも」

「童話？　昔話？　昔々、あるところに……ってやつ？」

澪は笑った。笑い声は掠れていた。「いいわよ、童話でも昔話でもなんでも」

昭吾は少しの間、何か考えている様子だったが、何を話せばいいのか、わからなくなったようで、そのまま黙りこんだ。

「ねえ、黙ったりしないでよ。昭吾君の声を子守歌にして、うとうとしようと思ってるんだから」

うん、と昭吾は言い、わずかに握った掌に力をこめた。数秒の間をおいた後、彼はおもむろに話し出した。

「昔、よく風邪をひいたな。今じゃ、やたら丈夫になって、誰も信じてくれないんだけど、僕、子供の頃は身体があんまり強くなかったんだ。風邪だけじゃなくて、ちょっと冷たいものを食べると腹痛を起こしたり、原因不明の熱を出して寝込んだりしてた。五歳くらいになるまで、そんな感じの、虚弱な子だったんだよ。で、そのたびに、おふくろが……育ての親

が……こうやって、僕の手を握っていてくれたことをね、今、なんとなく思い出してると
こ」

澪が黙っていると、昭吾は「いいの？」と聞いてきた。「こんな話で。聞きたくなければやめるよ」

昭吾がそんなふうにして、問わず語りに自分の過去に具体的に触れてきたのは初めてのことだった。少し胸が騒いだが、熱でぼんやりした頭の中は、あらゆる複雑な感情を濾過《ろか》してくれる、透明なフィルターで被われているような気がした。澪は今なら、この種の話を穏やかな気持ちで聞けるかもしれない、と思った。

聞きたい、と澪は静かに言った。「続けて」

昭吾が澪の手を握ったまま、ベッドにもたれる気配があった。加湿機の音が耳に優しい。あたりは静まり返っていて、他には何の物音も聞こえない。

「あの人の優しさは今もよく覚えてるな。こうなってみれば、あれも罪の意識があったからなんだろうね。でも、そうだったとしても、あの人は優しかったよ。なんかちょっと、人工的な、不自然な優しさだったけど、具合を悪くして寝ていた僕は、こうやって手を握られながら、どんなに安心したかわからない。お母さん……ああ、僕はあの人のこと、そう呼んでたんだ……お母さん、って僕が甘えて口にするとさ、すぐ近くからあの人の声が返ってくる。そのなあに、ってね。お母さん、ってまた僕は言う。また、あの人が、なあに、って言う。その

繰り返し。永遠に終わらない」

澪は手の甲のあたりに、昭吾の頬の感触を覚えた。次いで昭吾の柔らかな唇を感じた。

ややあって、昭吾は続けた。「別にあの人のことを懐かしんで、こんな話をしてるわけじゃないよ。育ての親が一番だとか何とかさ。そんなつまんないことを言ってるんじゃない。感傷的になるのはあまり趣味じゃないし、昔からセンチメンタルなことは得意じゃなかったからね。ただ、こうやって風邪をひいてる澪さんの手を握ってたら、そのことをふと思い出しただけ」

澪は口を開いた。「小学校時代はどんな子供だったの」

「どんな、って？」

「ガキ大将だった？　ガキにしては小生意気な、勉強家タイプ？　それとも、神経質なロマンティスト？」

「どうだろう。どれでもないな。とにかく変わった子だったと思うよ」

「変わった？　どんなふうに？」

「いつも死ぬことを考えてたから」

死、という言葉を耳にして、澪は胸の奥底に封印してきた得体の知れない何かの蓋が、昭吾によってそっと開けられたのを感じた。正面きって話したことのない何かを、今、この人は自分に伝えようとしている、と澪は思った。かすかな緊張感に襲われたが、それもまもなく、熱の中に溶けていき、澪は漣《さざなみ》のように行きつ戻りつし始めた意識の中、ぼんやりしていた。

加湿機の音に耳を委ねながら、「それって」と澪は言った。「自殺願望があった、ということ?」

「自殺、っていう具体的なことを考えてたわけじゃない。でも、とにかく死ぬことが怖くない子供だったんだ。九つや十の幼さで、死は安息だ、みたいなことを考えてたしね。不思議なんだ。僕はさ、こうなってみて初めてわかったんだけど、赤ん坊の頃から自分自身の生い立ちがわかってたみたいな感じがしてる。生い立ちっていうのか、出生そのものが恵まれなかったということをさ、本能の深いところで気づいてたみたいなね、そんなところがある。でも、表向きはごく普通の子供を演じてたんだよ。それなりに友好的で友達を作ることもうまかったし、ガキにしては論理的で弁もたったせいか、クラスでは何かと持ち上げられて何とか委員長みたいなことをやらされて、それはそれでソツなくこなしてたしさ。成績もよかった。かといって優等生では全然なくて、人一倍、悪さもしたし、喧嘩もした。おふくろ……いや、あの人が学校に呼ばれたこともある。その点では、どこにでもいるような子供だったと思うよ」

「どうして」と言いかけ、澪は軽く咳こんだ。昭吾が立ち上がろうとする気配があったので、澪はそれを制した。「平気よ。そのままでいて。それよりどうして、そんな小さい頃から死について考えてたの。育ての親の離婚のせい？」

「それもあるだろうけど、そういう具体的なことだけが原因だったんじゃないと自分では思ってる。うまく説明できないな……つまり……僕は前を向いて生きてはきたけど、一方で、いつどうなってもかまわない、と思ってもきた。自暴自棄には絶対にならなかった一方で、僕が建設的に生きてる時のその必死さみたいなものは、たとえて言えば、おふくろ……あの人の必死さとよく似ていた。そんな気がする。嘘だったんだよ。全部、嘘。嘘で塗りかためながら、それでも必死で笑って生きてた。それがあの人だったとしたら、僕もまったく同じ人生を歩んできたんだなと思う。確かにさ、こういうことは今回、美沙緒さんに教えられた事実を知ったから分析できることであって、渦中にいた時はわからなかったんだけど、でもね、さっきも言ったように、僕はずっと、生まれ落ちた時から、自分に与えられたツキの量が圧倒的に少ないってことを知ってたような気がするんだ。ただ単にツイてない人生、っていうんじゃない。そうじゃなくて……何て言うんだろう……人が一生の間に天から与えられることになっている幸福の量が決まってるとしたら、僕の場合、それが初めっから希薄で、そうとわかっていながら生まれ落ちてきたみたいなね、そんな感じがしてならない」

　昭吾はそこで口を閉じた。間断なく蒸気を噴き上げる加湿機の音だけが、室内を充たした。

「澪さん」と彼は言った。囁きかけるような言い方だった。重たい睡魔にからまれ始めた澪は、自分の手が湿ったぬくもりの中にあって、さらにそこにわずかな力がこめられるのを感じた。

彼の唇があてがわれるのを感じた。そこだけが覚醒していて、他の肉体の器官はすべて眠りにつこうとしていた。

「僕にとって、人生最大の不運が、今ここにある。僕が生まれて初めて本気で好きになって、この人とだったら、もう一度、人生を生き直してもいい、とまで思えた女の人は……僕と血を分けた姉だったんだ。……幸福の量なんか少なくたってかまわない。何をやっても生きていける自信はあるし、逆に言えば、いつ死んでも平気だという自信もある。変な言い方だけどね。でも、これだけは……このことだけは天を呪いたくなるよ。こんなに……こんなに……僕が愛してるのに……あなたは姉なんだ。僕の姉なんだ。どうしてこんなことになったんだろう。美沙緒さんを恨んでるわけじゃない。美沙緒さんが僕にあなたという人を与えてくれたんだからね。でも……でも……どうして、あなたが姉だということを僕に教えたりしたんだ。そう思うよ。それを知らずにいれば、この出会いがどんなに幸福だったかわからないというのに……」

何か言おう、と澪は思った。言わねばならない。何か言葉を口にして、彼の悲しみを癒し、自分自身の苦しみを乗り越え、自分たちの進むべきまっとうな道を探らねばならない……そう思うのだが、熱のせいか、入眠剤の効き目はいやになるほど早く表れてしまったようだった。

澪はいったん開きかけた口を再び閉じた。その途端、意識が遠のき、握りしめられている手の感触も、何かまだ低い声で喋り続けている様子の昭吾の声も、すべてが加湿機がたてる、しゅうしゅう、という音の中に溶けていき、そのうち何もわからなくなった。

14

その晩の記憶が、ともすれば自分の中で濃い霧のようにして渦をまき、そのくせ、輪郭すら曖昧になっていて、昭吾が何を喋ったのか、肝心なことを思い出せなくなるのを澪はたびたび感じるようになった。

長引いた風邪がやっと治り、体調が戻ってからはなおさらだった。

あの晩、昭吾は何を言ったのか、問わず語りに何を語り続けていたのか。幾度も幾度も澪は思い出そうとしたのだが、彼が口にした言葉の数々は断片的に思い出せても、それがどんな順番で並べられていたのか、あるいは彼がそれを口にした時の言葉の響き、ちょっとした間合い、含まれていたはずの、かすかなため息のようなものは、どうしても思い出せない。

それどころか、彼があの晩、自分の手を握りながら何かを語ったということが、現実に起こったことではなく、熱にうなされながら見た夢に過ぎなかったのではないか、とまで思われてくる。

かといって、昭吾を前に、あの晩、話したことをもう一度繰り返して、と改まって頼むのは気がひけた。気がひけるばかりではなく、怖くもあった。

もう一度、あの晩と同じ話を耳にしてはならないような気もした。記憶がぼやけていくままに、いつしか忘れてしまうほうがいいような気がした。

それは澪の本能のようなものと言ってよかった。澪はあの晩、昭吾が語った、何か寂しい、切なくなるような話とは裏腹に、今こそ生きよう、生きてみたい、という思いにかられていた。

死は考えたくなかった。生殖行為に至ることは許されなくても、触れることすらこらえねばならなくても、昭吾という男に恋をし、昭吾のことだけを考えていたい、とする気持ちの中には、まごうことなき、生命の輝きがあった。

とはいえ、昭吾と共に過ごす時間が増えるほど、こらえようのない息苦しさが澪を支配するようになっていった。

それは文字通り、恋をする者の息苦しさだった。ふざけて彼の腕に軽く自分の腕を絡ませる、肩に頭を預けて寄りかかる、アルコールの勢いを借りたふりをして、わざと抱きついていっては笑ってみせる……その種の無邪気な仕草の一つ一つにですら、澪は常に細心の注意を払い続けていた。

触れたいのである。もっともっと長く触れ合っていたいのである。だが、それ以上の行為には決して至らせてはならないのである。

じゃれ合う子犬同士のような子供じみた触れ合いは、ともすれば、それ以上のものを求めるあまり、ぎこちなくなってしまう。やがて笑い声が途絶え、不自然な沈黙が訪れる。その沈黙に耐えられなくなり、再びどちらからともなくふざけ出しては、ふと我に返って、互いを見つめ合いつつ、そっと身体を離す。そういうことの繰り返しであった。

だが、一方で自分が昭吾に対して、具体的に何を求めているのか、澪にはよくわからなかった。昭吾の部屋に初めて入った時に交わした淡い接吻をもう一度、と願っているのか。それとも、唇と唇の触れ合いの先に生まれる、怒濤のように溢れ出す何かを共有したいと思っているのか。

性的な欲望は、希薄であるような気がした。澪の部屋で、深夜、共に過ごすことも多くなり、二人並んでソファーに坐って、ビデオでどうでもいいような映画をぼんやり眺めていたりもする。そんな時、ふと肩や背、腰のあたりにまわされる昭吾の手のぬくもりに、思わず身体を預けてしまいたくなることは幾度となくあった。

せがむようにして腕を伸ばし、伸ばした手を昭吾の首にまわして、頬に愛情のこもったキスを二つ残したりもしたが、それとて性的欲望が強まったから、というほどのものでもなかった。

今、自分は昭吾と触れ合っている、という悦びだけがあった。それは澪にいつも、まどろむような安堵感を与えた。そして、その安堵の中にたゆたっていると、芽生えかけたはずのかすかな性的なものはやがて、不思議なほどきれいに消え失せてしまうのだった。

昭吾が澪の部屋に泊まっていくことはあったが、ベッドに並んで横になることは決してなかった。澪は寝室の自分のベッドで、昭吾は居間のソファーでそれぞれ眠りについた。部屋の扉を開ければ彼がいる……手を伸ばせば届くところにいる、一言声をかければ何かが始まる。そうわかってはいたが、いたずらな緊張感に影響されて眠りが浅くなる、ということにもならなかった。

二人は別々の場所で、子供のようにぐっすり眠った。目覚めてバスルームを使う時は、示し合わせたように時間をずらした。したがって、衣服を脱ぎ着している様を互いが目の当りにすることにも決してならなかった。

たまたま会えない日が四、五日続くと澪は烈しい不安にかられた。それは、会わずにいる時の恋人に向けた理由のない不安感とは少し異なり、共にいるべき相手がいない、という、その不在の感覚を受け入れられなくなった時の不安感に似ていた。

そんな時、澪は遠慮せずに昭吾の携帯を鳴らしたり、携帯メールを送ったりした。まるで澪からの連絡を待っていたかのように、たいていの場合、すぐに返信が戻ってきた。澪が絵文字を使ってメールを送れば、送り返されてくるメールにも絵文字があった。他愛のない文面だったとしても、澪は昭吾からのメールを幾度も確かめるように眺め、束の間、胸はずませた。

一方で、澪は自分がこれまでなかったほど、理性的な人間になっていくことを感じるようにもなっていた。胸の奥で吹き荒れる嵐は、その勢いが強くなればなるほど、澪に〝しなければならないこと〟〝こうあるべき自分自身〟を意識させることになったのである。

四月も半ばを過ぎた、初夏を思わせるほど暖かな日、澪は牟田を携帯で呼び出し、話したいことがあるから会って欲しい、と言った。

三月に風邪をひいて以来、風邪をこじらせて体調が悪い、と牟田に嘘をつき続けてきた。牟田と会うことはおろか、牟田の店での仕事も長い間、休んだままの状態であった。

牟田が明らかに澪の変化に気づいているとはいえ、いくらなんでも店を休み続けたまま、従来通り、法外な額の給料だけ自分の口座に振り込ませるのはいやだった。父が残してくれた金も近々きっと、底をつく時がくる。さしあたっての生活のあては何ひとつなかったが、このまま牟田の世話になりながら生きていくことだけは断じて避けねばならなかった。

牟田の世話になる、ということは即ち、牟田との関係を断ち切らずにいく、ということである。これまで何故、そうした生き方をしてきて不潔感を覚えずにいられたのか、と思うと不思議だった。もう、やめなければならなかった。それは自分自身のためでもあり、他ならぬ昭吾のためでもあった。昭吾との関係を汚したくなかった。牟田との関わりは、昭吾との関係に拭いがたい汚点を残す、と澪は思った。

澪が指定した白金台の喫茶店に現れた牟田は、内面の刺々しさをつゆほども見せず、柔和な笑みを作って「久しぶりだね」と言った。「体調はどう？　少し痩せたかな」

　幾度も幾度も、それこそ無礼なまでに澪は牟田の訪問を断ってきた。いわば肉体を提供して金を得る、という立場であった以上、そのことが意味するものを牟田が知らずにいるはずはなかった。牟田が何故、問い詰めてこないのか、非難してこないのか、澪にはわかりかねた。

「やっとなんとか、元通りになりました」と澪は言い、ぺこりと他人行儀に頭を下げてみせた。「ご心配をおかけしました」

「会いたかったのに、会わせてもらえなかった。僕もずいぶん嫌われたようだね」

「そんなんじゃ、ありません」

「どうして敬語を使ったりする。なんだか別人みたいだよ」

　澪は牟田と視線を合わせないようにしたまま、軽く首を横に振った。牟田は白いシャツに薄茶色のレザージャケットを着ていた。顔の色つやがよく、健康そうだった。白髪まじりではあるが、清潔に整えられた髪の毛や、髭の剃りあとを残した顎のあたりからは、一年を通して優雅な都会生活をしている中年男の、独特の余裕が感じられた。

　どう見ても、決して虫酸が走る男ではない。それどころか、或る種の女たちに言わせれば恰好の愛人だと言うこともできただろう。牟田は嫉妬せず、独占欲も見せず、あくまでも鷹揚に構えてみせるのが巧くて、関わるのは楽だった。

この男に抱かれることは何でもないことだったのだ、と澪は改めて思った。今だってできないわけではない。ここでこの男に手を伸ばされ、抱きしめられ、キスを受ければ、着ているものを脱いで身体を差し出すことなど、造作もなくできそうである。

そもそも牟田とは、そんなふうにして始まったのだった。そしてそれは単調に続けられ、可もなく不可もないままに、日常の中に溶けこんでいた。

当初、生活のためだという意識は希薄だった。まして罪悪感は皆無だった。肉のもたらす快楽に罪の意識をもつなど、滑稽だ、という気持ちが澪にはあった。だからこそ、牟田と澪とは、或る意味であいこであった。昭吾の出現がなければ、さらにさらに関係は途切れることなく続けられ、しまいには長年連れ添った夫婦のような、誰よりも気のおけない間柄になっていたのかもしれない。

「ごめんなさい。あなたのせいじゃないのよ」と澪は言った。「私たちはうまくいってたと思うし、あなたにはいろいろな意味で心から感謝してる。本当よ」

牟田の顔色が一瞬、変わったように思ったが、澪はかまわずに先を続けた。「……お店、辞めさせてください」

唐突な話だね、と牟田は言った。わずかに片方の眉がぴくりと痙攣《けいれん》した。「店を辞める？どういう意味？」

澪は深く息を吸い、顎を上げ、まっすぐに牟田を見た。「……お別れしたいんです」

牟田は黙っていた。表情に格別の変化はなかったが、目の光が次第に失われていくのがわかった。わずかの沈黙の後、彼はテーブルの上のコーヒーカップを手に取り、ゆっくりと時間をかけてコーヒーを飲み、ソーサーに戻してから軽く唇を舐めた。

「理由は?」

「一言では言えません」

「あの青年の出現と何か関係があるんだろうね?」

「全然ないとは言わないわ。でもそれだけじゃない」

「もう僕がいやになった……そういうことだろうか」

「あなたとの関係は、初めからいいもいやもなかった。わかる? つまり、そういう関係だったでしょ? あなたはいい人だったし、優しかった。私には過ぎた人だったかもしれない。私みたいな、ろくでなしを雇ってくれて、ろくに仕事もしないのに、毎月毎月、信じられない額のお金をくれて……」

「僕がお人好しだと?」

「そんなことは言ってないわ」

牟田は悲しそうに微笑んだ。澪は牟田がそんなふうに自分を前にして、感情をこめた切ない微笑を湛《たた》えるのを初めて見た。

「僕は澪が好きだったし、今もこれからもその気持ちは変わらないと思うけどね」

外はよく晴れていて、街路樹が路面に美しい木もれ日を落としていた。道行く人々の笑顔に光が弾け、それは澪にとって何か遠い別の世界、スクリーンで観ているだけの映像のようにしか見えなかった。

「ごめんなさい」と澪は言い、唇を噛んだ。「うまく言えないの。自分でも苛々するくらい、言葉にならないのよ。でもね、これだけは言える。別の生き方がしたくなったの。これまでの自分から抜け出したくなったの」

そうか、と牟田は言った。次の言葉を待ったのだが、それ以上、彼は何も言わなかった。

ほんの一瞬、澪は牟田の中に、亡き父が自分に対して抱いていた情愛に似たものを見た。長い間ずっと、私はこの男の中に、無意識の内に父を探し求めていたのではないのか、と澪は思った。

だからこそ、この男に抱かれ、愛撫されることを受け入れてきたのではないのか。それはある日突然、言葉もなく逝ってしまった父に対する、無言の反抗、あるいは永遠に消えない父への依存心の顕《あらわ》れでもあったのではないか。

牟田は怒らなかった。嘆かなかった。醜い捨てゼリフも吐かなかったし、澪を引き止めようとする素振りも見せなかった。

彼は窓の外の木もれ日に目を移し、眩しそうに目を瞬き、深くうなずいて、わかった、と言った。

砂が流れるようにして時間が流れ、その砂の中に埋もれつつ、澪と昭吾は静かに睦《むつ》み合いながら過ごした。

過去の話が出ない代わりに、将来の話も出なかった。その点において、二人はひどく不健康だった。交わされる会話のほとんどが、核心からはずれたものばかりになった。

大学をうまく卒業できたら、どうするつもりなのか、という点に関しても、昭吾はあまり話したがらなかった。澪は澪で、今後どうやって生きていこうとしているのか、どんな仕事を探し、どんな人生設計を立てているのか、自分でもまとまりのつかないことを昭吾相手に話す気になれずにいた。

そのくせ、見交わす目と目は、熱く鋭かった。焦がれるような思いの奥底に、互いに辿って来たそれまでの人生の寂しさと不幸が見えた。それこそがさらに二人を近づけて、いっそう狂おしい触れ合いを促そうとしてくるのだった。

五月も間近いある日の夕暮れ時、『タッジオ』のアルバイトに出る、という昭吾を澪は玄関先で見送った。

前の晩、遅くにやって来た昭吾と朝まで寝ずに過ごし、昼の間、居間でうつらうつらしながら、言葉少なに過ごした後のことだった。

「じゃあ」と昭吾は言い、名残惜しげに靴をはいた。二人は、狭い三和土《たたき》の上で向かい合わせになった。

別れ際に二人はいつも軽い抱擁を交わす。それが習慣になって久しい。性的な匂いのかけらもない抱擁である。

開け放しておいた居間の窓の外からは、雨の音が聞こえていた。雨は前の晩からやまずにいた。二人はどちらからともなく互いの身体に手をまわし、抱き合った。

離れがたい、という気持ちがそうさせたのか、あるいはもっと別の、いつになくもの哀しいような思いが澪の中に生まれたせいか。その時、澪はそれまで一度もしたことのなかったことをした。昭吾の肩に両手を置いたまま、軽く背伸びをし、彼の頬に接吻をしたのである。

その直後、昭吾の身体に怖いような力がみなぎるのを澪は感じた。昭吾の両手が澪の顔を包みこんできた。澪の目の前に、濡れたような光を放つ昭吾の目があった。

彼が唇を固く結ぶのが見えた。形のいい小鼻がひくひくと動いた。彼は目を閉じ、再び開け、忌ま忌ましげに唇を嚙んだ。顔を包んでいる彼の両手に力がこめられ、それはまるで憎いものを握りつぶそうとでもするかのようにして、澪の耳の脇の髪の毛を乱暴に摑んできた。髪の毛と共に耳が強く後ろに引っ張られた。澪は顔をしかめた。

「痛いわ」

「ごめん」

昭吾は低い声でそう言い、力をゆるめた。真剣な光を湛えた双眸《そうぼう》がじっと澪を見据えた。

深く息を吸い、肺の奥深くで止め、彼は意を決したようにして、澪の身体を強く抱きすくめてきた。

衣ずれの音の中に雨の音が混じった。触れ合っている胸と胸、頬と頬、唇から洩れだす吐息が火のように熱かった。

二人は何も言わなかった。何を言えばいいのか、わからなかった。どうすればいいのかも、もう、わからなかった。

昭吾はつと押し返すようにして澪の身体を離し、無言のまま勢いよく玄関の扉を開けた。彼の身体が扉の外に消えていき、扉が閉まり、マンション特有の重たげな金属音があたりに響き渡った。

泣くような場面ではない、と思うのに、胸が熱くなった。その熱さが鼻に届いた。気がつくと澪は、玄関の三和土に立ちすくんだまま、声を殺しながら泣いていた。

澪が牟田の店での仕事を辞め、牟田とも別れた、ということを美沙緒に打ち明けたのは、五月の連休が明けてからである。

美沙緒の事務所に電話をかけ、あたかも事務的な報告でもするようにして簡単に事の次第を述べたのは、根掘り葉掘り、詳しいことを聞かれたくない、という思いがあったからだが、そんな心配は杞憂のようだった。美沙緒はいかにも美沙緒らしく、「そうだったの」と言って受けとめ、余計な質問はしてこなかった。

「ごめんね、こんな話。忙しいんでしょ？　もう切るわ」

「いいのよ、大丈夫。さっき面倒な依頼人を帰したばかりだから、今ならゆっくり話せるわ。ねえ、これだけ教えて。何かあったの？　牟田さんと」

「別に何も。別れたくなったのよ。ただそれだけ」

そう、と美沙緒は小さくため息をつき、「なら仕方ないわね」と言った。「考えてみれば、いつまでも続けていけるような関係じゃなかったんだものね。いつかはこういう時を迎えていたはずよね」

「心配しないでね、美沙緒ちゃん。私は変わりなく元気でいるんだから」

「牟田さんとの別れはいいにしても、これからどうするの？　何か新しい仕事、探すつもりでいるの？」

「そうね。今すぐ、っていうのは考えてないけど、いずれそうすることになると思う。ねえ、私、美沙緒ちゃんの事務所で働こうかな」

それは単なる思いつきで言った言葉だった。それまで一度としてそんなことは考えてみたこともない。美沙緒の仕事に関して、澪は完全な門外漢だったし、格別の興味もなかった。第一、住む場所も過ごす時間も、美沙緒と共有することになれば、美沙緒との関係は微妙に変化していかざるを得なくなる。たとえ大好きな美沙緒であったとしても、澪は自分の私生活を侵害されることに対して、最大限の警戒心を抱く人間だった。

だが美沙緒は、少し驚いたように「え?」と聞き返し、「そうよね。そういう手もあったわね」と勢いこんだ口調で言ってきた。「考えてみてもいいわ。秘書はちゃんといるにしても、時と場合によってはもう一人、手伝いが欲しくなる時があるのよ。ほんとのこと言うとね、前からそう思ってたの。といっても、別に本気になって求人募集する気はなかったんだけど。信用できる人間を探すのって、信じられないくらい大変なことだしね」

「私はお金がかかるわよ。高給優遇、してくれる?」

「怖いこと言うのね」美沙緒は面白そうに笑い声をあげた。「澪を雇ったら、うちがつぶれちゃう、ってこと?」

「冗談よ。どうせお茶汲みしかできないんだから、もし私を使ってくれるんだったら、学生アルバイトに払うバイト料程度で充分」

「ねえ、本当にそうしてみようか」

「何が?」

「だから、澪を私の事務所で雇うのよ」

「美沙緒ちゃんたら。冗談で言っただけよ」

「冗談? 本気じゃなかったの?」

「まだ働くことは真剣に考えてないのよ。そういう気になれなくて」

美沙緒はふっと黙りこみ、やがて受話器の向こうで優しい吐息をもらした。「一蓮托生、っていう言葉、知ってるでしょ。澪と私は、一生、同じ運命を共有しながら生きていくのよ。昭吾君のことだってそうだわ。結局は、私にとってあなたは唯一の肉親だし、あなたにとっての私もそう。うちの事務所で働いてみてもいい、って思えるようになったら、いつでも言ってちょうだい。澪ひとりくらい、なんとかするから」

澪は受話器を握りしめたまま、うなずき、「ありがとう」と小声で言った。

その時突然、澪は美沙緒の事務所で働いてみてもいいかもしれない、と思った。

澪もその年の誕生日を迎えると三十になる。世間によくいる、ごくありふれた三十歳の独身の女たちのように、自分もまた、普通に勤めに出て、少ないながら給料をもらい、つましく、それでも精一杯楽しく、暮らしていけるようになるのかもしれない……。

これまで、まともな人生設計などしたことがなかった。まともに人並みに生きていこうなどという考えは、はなからなかった。堕《お》ちて堕ちて、堕ち続けていくことが自分である、と信じていたし、かといって、それが悲劇的であるとも思っていなかった。

昭吾のせいだ、と澪は思う。昭吾が現れてから自分は変わった。好きなのだった。どうしようもなく彼に恋焦がれているのだった。

彼が弟でなかったら、と今さらながらに澪は思い、胸の痛みを覚える。もしも彼が弟として現れたのでなかったら、今の自分はどれほど幸福だったことか。

彼が弟でないのだったら、これまでの薄汚れた人生をすべて捨て去り、忘れ、彼と共に始める新しい人生に向かって、自分は夢を紡いでいたことだろう。夢を見るばかりではない、現実を見据えつつ、力強い足取りで一歩を踏み出そうとしていたことだろう。父の亡霊と向き合いながら生きる人生から、自分は完全に解き放たれ、別の人間に生まれ変わっていたことだろう。

でも、と澪は考える。昭吾は弟かもしれないが、現実に自分の一番近くにいるのである。日毎夜毎、触れ合うことのできない苦しみを抱えながらも、それでも自分たちはこれまで考えても見なかった幸福、安堵、信頼を手に入れることができた。ふざけ合い、じゃれ合いながら、寄り添っていく悦びを得たのである。

「澪？」と美沙緒が呼びかけた。「どうかした？」

「あ、ごめん。なんでもない」

「昭吾君とは会っている？」

「ええ。しょっちゅう」

「仲がいいのね」

「とっても。世界で一番仲のいい姉弟かもしれない」

「よろしく言っておいて。ねえ、ところで澪、明日の夜はどうしてる？　私、明日だったら早めに仕事、切り上げることができそうなのよ。うちに来ない？　何かおいしいもの、作るわ。久しぶりにゆっくりお喋りでもして……」

「ごめん。明日は昭吾君と会うことになってるの」美沙緒の言葉を途中で遮り、澪は半ば、浮き浮きした調子で言った。「ドライブに行くの。といっても、別に遠くまで行くんじゃなくて、たかだか横浜に行くだけなんだけど。前から決めてたのよ。彼のバイト先のオーナーが、彼に特別に車を貸してくれることになってるの。それが明日、ってことに決まってるから変更できないの。彼って、可愛がられてるのよ、その人に。といっても、ホモのお相手として、という意味じゃなくて、弟分みたいな感じらしいんだけど。とにかくお金持ちのオーナーでね、自宅にジャガーとポルシェとベンツを持ってるんだって。信じられる？」

第三者に、自分と昭吾の予定を打ち明けたり、昭吾の周辺に生きる人間の話を聞かせたりするのは楽しいことだった。このままずっと、美沙緒相手に自分たちの周辺のエピソードを披露し続けていたい、と澪は思った。気持ちは少女のように弾んでいた。

「楽しそうね」と美沙緒は言った。からかうような口調だった。「気をつけて行ってらっしゃい。彼に言っておいて。運転、くれぐれも気をつけるように、って。お酒、飲ませちゃだめよ」

「わかってる。当然でしょ」

「また時間ができた時にでも連絡ちょうだい。澪といろいろ話したいわ。話、たまってるもの」

「楠田さんとはうまくいってるみたいじゃない」

「いやだ。そんな話をしたいんじゃないのよ」

あはは、と澪は声をあげて笑った。女友達と、互いの恋人との関係について自慢し合っている時のような、懐かしい幸福感が澪を包んだ。

とにかく、と美沙緒が改まったように言った。「牟田さんのこと、きれいにピリオドが打ててよかった。澪がどう感じてたかは知らないけど、彼は彼で、一生懸命、澪とのこと、考えてくれた人だったと私は思ってるのよ。でも、終わったのね。そして、これからはまた、新しい澪の人生が始まるのね」

「うん。そうね。そう思う」

「いろいろなこと、一緒に考えていきましょ。まだまだ若いんだもの。焦ることはないわ。可能性が山のように残されてる。羨ましいくらい」

「美沙緒ちゃんだって同じでしょ。可能性の宝庫」

「澪ほど若くないからだめよ」

「楠田さんの他にもう一人、新しい恋人はどう?」

「澪ったら」

美沙緒が呆れたような笑い声をあげた。澪も笑い、二人は幸福な笑い声の中で電話を切った。

何もかもが杞憂だった、と美沙緒は思い始めた。少なくとも、そう思おうとする努力が功を奏するようになっていた。

つまらないことを案じる必要は何もなかったのだ。澪と昭吾は、姉と弟として引き合わされたその時から、同じ巣穴の中で育った同胞そのままに意気投合し、離れていた二十四年間の空白を埋めるべく、急速に接近し合おうとしているだけなのだ。

その証拠に、澪の際立った変化が上げられる。いっときは、贅肉という贅肉がそぎ落とされて、目ばかりが潤いと輝きを増し、言ってみれば典型的な恋する女の様相を呈してはいたが、それも昭吾の出現による精神的なショックのせいに過ぎなかったとも考えられる。そんな時期を過ぎてみると、澪にも落ちつきが感じられてきたし、澪自身、きちんと自分の生活設計を始めようとしているのが、はっきりと伝わってくるのだった。

牟田とも手を切り、美沙緒の事務所で働きたい、とたとえ冗談半分であったにせよ、申し出るということは、やっとまともに生きていこうとする意欲がわいてきた証拠と言える。それも昭吾のおかげだろうし、翻って言えば、昭吾の出現こそが澪の将来に光を与え、生きていく悦びを与えたのだ、と言うこともできた。

やっぱり、昭吾と澪を引き合わせてよかった、と美沙緒はしみじみ考えた。身体との引き換えに高額の給料をもらっていた牟田との関係は、たとえそれが、牟田の純粋な本心から続けられてきた関係だったとしても、まだ三十になるかならないかの女にとっては、人生の汚点になることは間違いなかった。そうした関係を振り切って、新たに生き直そうとしている澪の、遅まきながら訪れた人生の出発点に、美沙緒は最も身近にいる人間の一人として、寄り添い合っているのだった。

澪の父親、圭一もあの世でどれほど喜んでくれていることだろう、と美沙緒は思う。案じていた愛娘の、船出の時が近づいたのだ。生きていれば、目を潤ませて、震えるほど感動していたに違いない。

圭一、圭一、圭一……美沙緒はその名を幾度となく胸の中で繰り返す。

楠田さんの他にもう一人、新しい恋人はどう?……そんなふうに言ってきた澪の言葉を思い出す。新しい恋人など欲しくなかった。欲しいのは今も変わらず、圭一だけである。このまま年を重ね、老人と呼ばれる年代にさしかかっても、自分はやっぱり、圭一だけを恋焦がれ、圭一との思い出にだけ浸って生きるのだろう、と美沙緒は思う。

そしてそれは、美沙緒を優しい気持ちにさせる。死者は戻らないが、永遠である。圭一はもう、決してどこにもいかないのだ、と思うと、喜びに似たものがわき上がってくるのである。

澪が昭吾と横浜にドライブに行く、という日の午後、予定していた仕事が一つキャンセルになった。ただでさえ早く切り上げることができそうだったのが、急ぎの仕事が何もなくなり、こういう時こそ早めに帰って、久しぶりにのんびりしよう、と美沙緒は思った。

五時過ぎまで事務所にいたが、秘書に後のことを任せ、五月の美しく晴れた夕暮れの街に出て行った。地下鉄に乗り、白金台まで戻って、地元のスーパーで買い物をした。

澪には相変わらず尊敬の眼差しで見られている。時間ができれば、外食はせず、自宅で一人だけの手料理を楽しもうとするのは、美沙緒の変わらぬ習慣のようなものでもあった。

ここのところ、洋食ばかり続いていたので、あっさりとした和風の煮つけのようなものが食べたかった。里芋の煮ころがしなら、さほどの時間もかからずに作ることができる。

他にはほうれん草のおひたし。ひじきの五目煮。野菜をたっぷり入れた納豆汁。それに新鮮なかつおのたたき。そんなところでいいかもしれない。

我ながら見事に健康的な献立だ、と自画自賛し、美沙緒は材料を買うと、いそいそとマンションに帰った。

テレビをつけ、夕刻のニュースを聞きながらキッチンに立った。思わず鼻唄が口をついて出る。たっぷりとした時間。長い夜。今夜は誰とも約束をしていない。邪魔が入ることもない。澪と会えなかったのは残念だが、会えないなら会えないなりに、自分だけの時間が用意されている。

楠田が急に連絡をしてきて、会いたい、と言ってくる可能性はなかった。楠田はその前日から、学生たちを引き連れて十和田《とわだ》湖畔の民宿に逗留していた。ゼミの研究旅行なので、帰って来るのは一週間後、と聞いている。その後も何かと忙しそうなので、ここしばらくはゆっくり会うこともないだろう。

ほうれん草を茹で終え、鍋の中の里芋の煮え具合を菜箸で確かめている時だった。室内の電話が鳴り出した。

反射的に時計を見る。七時少し前。今頃誰だろう、と思った。自分が帰った後で、事務所で何か厄介な問題が起こったのだったら、秘書は自宅の電話ではなく、携帯電話を鳴らすだろう。

「もしもし」と応対した美沙緒の耳に、聞き覚えのある若い男の声が響いてきた。

「やっぱり今日は早くお帰りだったんですね。よかった」

昭吾はどちらかというと抑揚をつけずにそう言い、今、マンションの前にいるんです、と急いでつけ加えた。「澪さんから、今日は美沙緒さんが早くお帰りになるって聞いてました。僕たち、ドライブなんです、これから。ご存じだと思いますが」

「ええ、知ってる」と美沙緒は言った。「でも、どうしたの？　澪に待ちぼうけをくわされてるの？」

いいえ、そんなんじゃなくて、と昭吾は小さく笑った。「ちょっと早く着き過ぎちゃって、さっき澪さんに電話したら、シャワー浴びてるとこだから、もう少し待ってて、って言われちゃって」

「そう。のんきな子ね。だったら待ってる間、うちに来る？　今、食事の仕度、してたとこだけど、うちで待ってればいいわ。澪にその旨、連絡して」

「いえ、いいんです。それより、美沙緒さん、出て来ませんか」

「私が？」

「澪さんが出てくるまで、ちょっとだけ、車、見てやってください。ジャガーなんです。惚れ惚れしますよ。バイト先のオーナーからの借り物なんですけどね」

内心、面倒だ、と思わないでもなかった。里芋を煮ているガスの火を止めてから行かねばならない。もう少しで煮えるところだったのに、と美沙緒は思った。

「是非」と昭吾は珍しく熱心に誘った。「見るだけでいいんです。美沙緒さんに見てもらいたい」

美沙緒は根負けし、「じゃあ、今行く」と言って電話を切った。

ガスの火をとめ、つけていたエプロンをはずして、玄関先のサンダルをつっかけた。玄関ドアに鍵をかけ、エレベーターに乗って一階に降りる。

エントランスポーチの向こうに、昭吾の姿が見える。メタリックレッドのジャガーに寄りかかり、両腕を組みながらじっとこちらを見ている。珍しくスーツを着ている。そのせいか、普段よりも大人びて見え、よそよそしさのようなものも感じる。

「今日はやけに決まってるじゃないの。そうやって立ってると、まるで貴公子」美沙緒はからかった。デートのためにめかしこんできた、としか思えなかったが、以前のように案じるような気持ちはわいてこなかった。

いいのだ。仲のいい姉と弟。これでいいのだ。

「姫を迎えに来た、っていうところね」

「まあ、そんなようなもんです」と昭吾は言い、にこやかに笑った。「どうです。いい車でしょう」

「ほんとに」

「他にも二台、外車を持ってる人なんですよ」

「そうですってね。澪から聞いたわ」

「ちょっと乗ってみませんか」

「いいの？」

「もちろん」

昭吾が助手席のドアを開けてくれた。美沙緒がシートに身をすべらせると、ドアは重々しい音をたてて閉まり、やがて隣の運転席に昭吾が坐った。

音楽は何も流れていない。エンジンが切られた車の中は、ひどく静まり返っていて、互いが唾液を飲みこむ、その音まで聞き取れそうである。近くの通りを行き交っている車の音がしているはずなのに、耳をすませても何も聞こえない。

「車のことはよくわからないけど」と美沙緒は言った。「最高クラスの車であることだけは確かかね。いいじゃない。素敵だわ」

昭吾は応えなかった。自分から誘って車を自慢しようとしていたくせに、車になど何の興味も抱いていない、とでも言いたげである。美沙緒はふいに、説明しがたい奇妙な違和感を抱いた。

「あの」と昭吾は前を向いたまま言った。

「え？」

「……ひとつ、美沙緒さんに話しておきたかったことがあるんです」

昭吾の横顔はエントランスポーチの明かりを受け、てらてらと光って見えた。

「いやだ。どうしたの、改まって」

「さっき携帯に電話があって、澪さん、まだあと二十分くらいかかる、って。だから、大丈夫です。ゆっくり話せます」

「私と二人じゃないと話せないような話なの？」

「できればそうしたいです」

「澪には聞かせられないこと？」

それには応えず、昭吾は「実は」と切り出した。「これは想像なんです。ほんとにただの想像。でも、もしかするとその通りだったのかもしれない、って最近思うようになったことがあって……いつか美沙緒さんに聞いてもらいたいと思ってました」

そう言い、昭吾はゆっくり首をまわして美沙緒を見た。「僕の本当の父親……嶋田圭一さんのことです。ああ、すみません、まだ、親父、って呼べないので、圭一さん、っていう呼び方をしますが、圭一さんが亡くなった時のことで……僕、思いあたることがあるんです」

心臓がとくんと音をたてて止まったような気がした。美沙緒は上半身を横にし、昭吾のほうに向けた。

「何年前になるか……おふくろ……育ての母親ですが、おふくろがね、夜中に誰かを待ってたことがある。僕は十七歳かそこらでしたから、多分、七、八年前のことになると思う。いつもなら、おふくろは十一時過ぎると蒲団に入るのに、その晩に限って風呂にも入らなかった。パジャマに着替えようともしないで、おまけに化粧までして、茶の間の電話機を睨みつけてた。季節がいつだったのか、それすらも思い出せないんだけど、その時の何とも不安な気持ちだけは覚えてます。どうしたんだよ、って聞いた記憶がある。おふくろは、うん、ちょっとね、古いお友達からの電話を待ってるの、って。古い友達がこれから宇都宮に来るかもしれない、って言うんですよ。今、電話がかかってきたら、少し出かけることになると思うから、戸締り、ちゃんとしといてね、って。こんな夜中に変だ、と思いました。そうでしょう。古い友達、っていうのが男なのか女なのかも、わからなかったけど、そんな時間に訪ねて来る友達なんておふくろにはいないはずだったし……。でも、その時は別に深くは考えずに、僕は自分の部屋に戻りました。で、結局、電話は鳴り出さなかった。おふくろは出かけることもなく、そのまま寝たようです」

美沙緒は目を瞬かせながら、低い声で訊ねた。「その、電話を待ってた相手っていうのが、圭一さんだったんじゃないか、ってあなたは思ってるのね？」

昭吾はうなずいた。「圭一さんが事故を起こしたのは、確か東北自動車道だったですよね」

「そうだけど」

「そっち方面に知り合いがいたんですか」

「いないはずだったの。だから、見当もつかなかった。どうして真夜中にそんな道を北に向かって走ってたのか、って」

「事故現場はどのへんでした？　インターを降りたら、宇都宮市内に行けるような場所じゃなかったですか」

美沙緒は喉が詰まるような感覚を覚えた。おそるおそる昭吾を見た。昭吾は無表情のまま、フロントガラスの外を見ていた。

「雨だったわ」と美沙緒は言った。「スリップしたの。時速百三十キロ以上で走ってたみたい。車はぐじゃぐじゃだった。彼の遺体確認に行ったのは私よ。澪にはショックが大きすぎると思ったから。でも不思議ね。その時の彼の様子は全く記憶の中にないの。損傷が烈しかったんだけど、覚えてない。覚えてるのは生きてる時の彼だけ」

そこまで言うと、美沙緒は口を閉ざし、小さくため息をついた。「あの場所から少し行ったところにインターチェンジがあった。そこから一般道に入って、確かに宇都宮に向かうこともできたと思うわ」

「あくまでも仮説です、僕の言ってることは」と昭吾は言った。「一般道に入ったからといって、宇都宮なんか、何の関係もなかったかもしれない」

「あなたの育てのお母さんが、圭一さんに連絡した……そういう仮説を立ててる、ってことね？　だから彼は慌てて車を走らせて、誰にも黙って、あの晩、宇都宮に向かったのかもしれない、って」

美沙緒は混乱し始めた頭の中で考えた。あれほど深く、圭一の事故のことを考えたし、昭吾のこれまでの生きてきた軌跡についても考えてみたというのに、その二つを結びつけることはしなかった。自分としたことが、と恥ずかしく思った。

確かに昭吾を誘拐した女、岩崎知子は、昭吾＝嶋田崇雄の実の父親の連絡先を知っていたはずである。はっきりわからなかったのだとしても、調べようと思えばいとも簡単に調べることができたはずである。

そして或る日、知子は意を決して嶋田圭一に電話をしたのだ。匿名を使ったのか、初めから正直にすべてを明かしたのかはわからない。いずれにしても、知子は圭一に、ここにあなたの息子がいる、と言ったのだ。事情はお会いしてから話したい、と。誰にも言わずに会いに来てもらいたい、と。

圭一は戸惑っただろう。いたずら電話かもしれない、と思っただろう。だが、何らかの手段を使ってその電話の主が本物であり、いたずらの可能性はきわめて低い、ということを確かめて、彼ははやる気持ちをおさえつつ、東北自動車道に乗ったのだ。そういうことも充分、考えられる。

「おふくろは、結局、圭一さんに会えないまま、少し後になって彼の死を知ったんでしょう、きっと」と昭吾は言った。「身体の具合を本格的に悪くし始めたのは、その直後からでした」

「罪の意識が病気を招いた、っていうこと?」

「もし僕の仮説があたっていたのだとしたらね。しかも二重の罪の意識。僕を誘拐したことと、そして、圭一さんを事故死させてしまったことの……」

美沙緒は唇を噛んだ。真相は永遠にわからない。圭一も昭吾の育ての親だった知子という女も、共に死んでしまった。あのどしゃ降りの雨の晩、知子が圭一を呼び出し、圭一が知子から真相を聞くために車を宇都宮に向かって走らせていた、ということを証明してくれる人間は一人もいない。

「ねえ」と美沙緒は、今にもエントランスホールに澪の姿が現れるのではないか、と思いつつ、聞いた。「聞かせてちょうだい。どうしてその話を私に？」

「美沙緒さんと圭一さんが、かつて恋人同士だった、と澪さんから聞いていたので」

馬鹿ね、と美沙緒は苦笑した。「そんなことまで、あの子ったら」

「だから、教えておきたかった。それだけです」

「澪にはこのこと、話すつもりがないの？」

「はい」

「何故」

「彼女の大切な父親を事故死させたのが、僕の育ての母だったかもしれない、って、そんなことを言うのは勇気がいる。ものすごい勇気が」

そうね、と美沙緒はうなずいた。「そうかもしれない。でも、それを言うなら、私も同じよ」

昭吾はゆっくりと首をまわして美沙緒を見た。その端整な顔に、煙のように不可解な、悲しみにも似た表情が浮かんだ。

「そうですよね。確かに」と彼は言った。「でも、こういうことも言える。圭一さんの人生最後に取った行動は、やっぱり澪さんに関係していたことだったんだ、って」

美沙緒が何か言おうとして口を開きかけた時だった。エントランスホールにすらりとした影が見え、それは機嫌よくまっしぐらに走って来る子猫のように、笑顔を見せつつ、車のほうに早足で向かって来た。

「お礼を言います」と昭吾は早口で言った。

「え？」

「僕と澪さんを引き合わせてくださったお礼」

「何言ってるの。今さら」

「姉弟なんです。僕たちはもう、二度と離れないと思う」

車の傍まで来た澪が、満面に笑みを浮かべながら、半ば驚いたように美沙緒を見ている。美沙緒はドアを開け、外に出た。我知らず、顔がこわばっているのを感じたが、澪が気づいた様子はなかった。

「どうしたの、美沙緒ちゃん。こんなところで」

「澪のおでましが遅い、って昭吾君から電話があったから、話題のジャガーを見に、ちょっと降りて来たとこ」

「ごめんごめん。部屋の時計が止まってるのに気づかなかったのよ。いつまでたっても五時二十分をさしてて、気づいた瞬間、昭吾君がもうここに到着した、って電話があって、大慌て。わあ、昭吾君、今日はいったい何？　ものすごくドレスアップしちゃって。パーティーにでも行く気？」

「たまにはいいだろ？　似合う？」

「とっても」

美沙緒は、澪が昭吾に向かって照れくさそうに笑いかけているのを眺めた。澪は黒と白の格子模様のワンピースに、七分袖の白いジャケットを着ていた。スーツ姿の昭吾と並ぶと、眩しいほど二人は美しく見えた。

「じゃあ、私は戻るわね」と美沙緒は言った。胸の中がざわざわしている。何かが落ちつかない。何故なのか、よくわからない。「里芋の煮ころがし、作ってたとこだったのよ。まだ途中。夜中にお腹がすいたら、食べに来る？」

いいわね、と澪が言った。「早めに戻ったら寄ろうかな。いい？」

どうぞ、と美沙緒は言い、「但し、午前三時とか四時とかにチャイムを鳴らしたりしないでよ。せいぜい零時どまりにしてね」

「そんなに早くは戻れないかも」

「戻れるんだったら、の話よ。どうせ無理でしょうけどね。さ、行ってらっしゃい。気をつけて」

行って来ます、と澪は言ったが、昭吾は美沙緒をまっすぐ見つめて、意味ありげにうなずいただけだった。

美沙緒もうなずき返した。美沙緒の愛する姪と甥は、まもなく光沢を放つメタリックレッドのジャガーの中に吸い込まれていった。

　エンジンがかけられた。助手席側の窓が開いた。澪が顔を覗かせて、「じゃあね」と言った。美沙緒は軽く手を振った。

　澪を見たのはそれが最後になった。

16

「月がきれいだよ」

　昭吾の言葉に澪はフロントガラスの向こう、建物に遮られて歪《いびつ》な形になっている、群青《ぐんじょう》色《いろ》の空を見上げた。白い月が煌々と昇っているのが見えた。十六夜《いざよい》の月だった。

「ほんと、きれい」と澪はうなずいた。「前に横浜に行った時は、雨だったのに」

うん、と昭吾は言い、ちらりと澪のほうを見た。

「何？」

「いや、なんでもない。澪さん、きれいだな、って思って」

「お世辞がうまいんだから」

　その先の言葉が続かない。何か軽い冗談でも口にしてみたいのだが、何も思い浮かばない。

　澪は目を伏せ、息を吸い、再び彼を見た。彼はハンドルを握ったまま、少しひんやりとした横顔を見せていた。

横浜まで行こう、と誘われて、ジャガーにまた乗りたい、と気軽に言い、その通りになっただけのことなのに、どこかしら昭吾との間に距離があるように感じられる。

彼がスーツを着てきたからかもしれなかった。珍しくそんな恰好をしているものだから、取りすました態度を取ってみたいだけなのかもしれない。そうに違いない、と澪は思い、気を取り直した。

首都高速湾岸線に乗り、浜崎橋経由でレインボーブリッジに向かう。左手にライトアップされた東京タワーと月が見える。タワーの右脇に、あたかもナイフの切っ先から逃れようとでもするかのように、十六夜の月が浮いている。

お台場の巨大観覧車が見えてくる。深い青のネオンが、定規で引いたような無数の線を描いては点滅している。それは闇に浮かぶ美しい模様、巨大な雪の結晶のようでもある。

レインボーブリッジを渡る。見渡す限り、光がある。建物は闇にのまれ、代わりに光だけが浮き上がって、それは音をたてず、ひっそりと無機質にそこにある。異空間に迷いこんだかのようである。

都会は美しい、と澪は思う。人工的なものの集合体。それらが寄せ集まり、瞬き、遠い漁火《いさりび》のようになって世界を取り巻いている。それはあくまでも硬質に美しい。濡れたものや不定型のもの、生臭いものを一切排した、命を伴わないが故の美しさである。

昭吾は黙って運転を続けている。沈黙が、かえって二人の気持ちを深く繋ぎとめているように感じられる。あまりに深く繋がっていて、切なくなるほどである。

道路は空いていた。前を疾走する車のテールランプの赤い色が、澪の目に滲んだように広がり、しまいには長い長い、うねるような赤い線となって残される。

鶴見つばさ橋が見えてきた。文字通り、翼を思わせる美しい橋梁《きょうりょう》に被われた橋である。左側は海だ。無数の明かりが点在している。岸壁に積み上げられたコンテナの明かり。クレーン車の明かり……。寂しくもなく、かといって賑やかなのでもない。ただ、そこにあるだけの、大都会の沈黙した明かりの群れ……。

「今日は静かなのね」と澪は言う。「おとなしいじゃない。知らない人と初めてのドライブをしてるみたいよ」

「そう?」

「そうよ。どうしたの?」

「どうもしないよ。澪さんと一緒にいることを味わってるんだ。いけない?」

「いけなくなんか、ないけど……。なんだかちょっと、いつもと違うから」

昭吾は応えなかった。しばしの沈黙の後、彼は言った。「初めてこの車で横浜に向かった時のこと、覚えてる?」

「もちろん。雨の十二月だったたね」

「その時、僕、水死体の話をしたな」

「水死体？」

「うん。友達でダイバーやってるやつが実際に見た、っていう話。男と女が海底で並んで、ゆらゆら揺れながら立ってた、って」

ああ、と澪は言った。「覚えてるわ。そういうのって、いいな、って話したんだっけね」

「僕と澪さんが海の底に沈んだら、やっぱりそうなるだろうな、って考えてた」

「その時は手をつないでいようよ。離れないように」

つばさ橋を渡りきると、すぐにベイブリッジが始まる。海は間近に見えたり、見えなくなったりする。都会の明かりに彩られた、黒い、静かな海である。

澪は運転席でハンドルを握っている昭吾を見る。その、父によく似た端整な横顔が澪の胸を熱く焦がす。

澪はハンドルに置かれた彼の手に、そっと自分の手を重ねる。彼の手は冷たい。

「この次、海が見えた時」と澪は言う。ふざけてそう言う。「私、この手を思いっきり、ひねるかもよ。油断してたら、ほんとにハンドルが左側に取られて、この車、真っさかさまに海に転落、ってことになる。そうなったらどうする？」

「そうしてほしい」

昭吾の声は聞き取れないほど低かった。

「本気？」

「本気だよ。澪さんと死ぬのは本望だよ」

こみあげてくるものがある。どうしようもなく熱くこみあげてきて、それは澪を澪ではない、別のものに変えてしまおうとするかのようである。

だが、澪は「それはどうも」とふざけた調子で応じる。「世界で一番好きな弟にそう言われるのは、まんざらじゃないわね」

車は時速百三十キロのスピードでベイブリッジを走り抜けている。澪は微笑みを浮かべながら、そっと手を離し、身体を運転席のほうに大きく傾けて、昭吾に近づこうとした。キスがしたい、と思ったが、それはいたずらっぽい衝動に過ぎず、むしろ、幸福な、心弾むような気持ちが澪の中にわきあがった。

澪は話そうとしたのだった。これからの自分のこと。自分たち姉弟のこと。美沙緒の事務所で働くことになるかもしれない、ということ。そうやって、まともに金を稼ぎ、生活を整え、貯金もし、美沙緒を見習ってちゃんと自分で食事も作り、ハルシオンや酒の飲み過ぎは控え、部屋に花を飾り、なるべく多くの人間と交流するように努めていくことにした、ということ。そのうえで、弟としての昭吾とずっと仲良く関わり続け、一緒に映画を観に行ったり、他の友達もまじえて旅行に行ったり、互いの友達を紹介し合ったりしていきたい、ということ。姉と弟として、鎌倉にある嶋田家の菩提寺に行き、亡き両親の墓に詣でたいということ。昭吾が大学を卒業し、仕事が決まったら決まったで、またそれにふさわしい生活環境を互いに整えていきたい、ということ。

本を読みたい、という話。ふつうの生活がしたい、という話。こつこつお金をためて、私も一台、車を買おうかしら、という話。その時は、真っ先に昭吾君をドライブの相手に誘うからね……。

だが、それらの話はすべて、昭吾に聞かせることができずに終わった。

ベイブリッジを走っていたジャガーのハンドルが、いきなり烈しく左側に切られた。

叫ばなかった。恐怖もなく、現実に体感したはずの衝撃もなかった。何が起こったのかすら、わからなかった。

澪がこの世の最後に見たものは、粉々に割れて飛び散る無数のガラスの破片と、凄まじい勢いで眼前に迫ってくる、黒くて静かな海だけだった。

夥《おびただ》しい人工の明かりが煌《きらめ》いている。渦を巻いている。全宇宙がそこにある。

澪と昭吾を乗せた一台の美しい車は、猛スピードで側壁に突っ込み、そのまま昏《くら》い海の底へ底へと向かって、落下していった。

LEMON INCEST

Music by Frederic Chopin

Arranged by Serge Gainsbourg

二〇〇二年一月号〜二〇〇三年一月号「CLASSY.」（光文社）連載
二〇〇三年七月　光文社刊

光文社文庫

長編小説
レモン・インセスト
著 者　小《こ》池《いけ》真《ま》理《り》子《こ》

2006年8月20日　初版1刷発行

発行者　篠 原 睦 子
印 刷　慶 昌 堂 印 刷
製 本　明 泉 堂 製 本

発行所　株式会社 光 文 社
〒112-8011　東京都文京区音羽1-16-6
電話　(03)5395-8149　編集部
8114　販売部
8125　業務部

ISBN4-334-74103-7　Printed in Japan

JASRAC　出0608895-601

お願い　光文社文庫をお読みになって、いかがでございましたか。「読後の感想」を編集部あてに、ぜひお送りください。

このほか光文社文庫では、どんな本をお読みになりましたか。これから、どういう本をご希望ですか。どの本も、誤植がないようつとめていますが、もしお気づきの点がございましたら、お教えください。ご職業、ご年齢などもお書きそえいただければ幸いです。当社の規定により本来の目的以外に使用せず、大切に扱わせていただきます。

光文社文庫編集部